天蓝色的花瓶

图尔贡·米吉提 著
郭俊亮 译

陕西新华出版
太白文艺出版社·西安

图书在版编目（CIP）数据

天蓝色的花瓶 / 图尔贡·米吉提著；郭俊亮译. -- 西安：太白文艺出版社，2024.2
ISBN 978-7-5513-2575-2

Ⅰ．①天… Ⅱ．①图… ②郭… Ⅲ．①中篇小说－小说集－中国－当代②短篇小说－小说集－中国－当代 Ⅳ．① I247.7

中国国家版本馆CIP数据核字（2024）第040602号

天蓝色的花瓶
TIANLANSE DE HUAPING

作　　者	图尔贡·米吉提
译　　者	郭俊亮
责任编辑	葛晓帅
封面设计	王　正
版式设计	宁　萌
出版发行	太白文艺出版社
经　　销	新华书店
印　　刷	四川科德彩色数码科技有限公司
开　　本	880mm×1230mm 1/32
字　　数	250千字
印　　张	10
版　　次	2024年2月第1版
印　　次	2024年2月第1次印刷
书　　号	ISBN 978-7-5513-2575-2
定　　价	89.00元

版权所有 翻印必究
如有印装质量问题，可寄出版社印制部调换
联系电话：029-81206800
出版社地址：西安市曲江新区登高路1388号（邮编：710061）
营销中心电话：029-87277748 029-87217872

目录

CONTENTS

中篇小说

天蓝色的花瓶	/	003
雅丹三朵花	/	087
水影儿	/	153

短篇小说

误　会	/ 223
真情驿站	/ 233
发　现	/ 245
甜蜜的云朵	/ 265
梦　游	/ 271
时　宜	/ 296
夙　愿	/ 306

中篇小说

天蓝色的花瓶

1

倾注我多年心血的四层商贸大厦竣工了。在临近开业的这些日子，没想到令我兴奋的好消息一个赶着一个到来。先是好友苏巴提获得了在内地举办的国际食品交易会的参会资格，我刚给他钱过行，接着又收到了小女儿夏迪耶被内地高中班录取的好消息。人有的时候也会被接踵而来的乐事弄得晕头转向，或者说这是发自肺腑的感动。我无限的激情宛如火一般燃烧。在大女儿哈丽黛考入大连交通大学两年的时候，小女儿又如愿被内高班录取，我精神振奋，欣喜若狂。作为父亲，这足以让我感到自豪。

因为结婚较晚，相比同龄人生孩子也滞后一些。但是想到孩子们生活在这美满的家庭和幸福的时代，心里也没有什么可纠结的。获知小女儿将要去内地上高中的消息后，妻子赛菲耶比我还忙碌。她除了要打理生意，还得为小女儿上学的事精心做着各种准备。

  日子就像过节似的在欢快的气氛中过着。准备就绪的商贸大厦开业仪式开始了，前来参加这一活动的除了亲朋好友外，还有市长和有关单位的领导。市长还亲自为开业剪彩。只不过，因为在内地举办的交易会尚未结束，苏巴提来不及参加这一仪式。我为此难免有些怏怏不乐。当我抬头看向人群时，忽然发现头发早已花白的苏巴提正向这里疾步赶来。我控制不住自己内心的激动，泪水瞬间浸湿了眼眶。这是幸福愉快的眼泪。在今天这样的日子，我情不自禁地想起这些年来生活历程中一幕幕刻骨铭心的场景。回望过去的序幕正是由苏巴提开启的。

2

  苏巴提不仅是我儿时的密友，也是我生命中许多东西的代表元素。二十世纪八十年代初我刚满十二岁，便与他相识并成了朋友。他对我就像兄弟一样，而我无论遇到什么事情也都给他讲。我时常会因自己与他为何不是同胞兄弟而懊恼不已。但是一想到骨肉至亲之间有时也闹矛盾时，就感到苏巴提跟我比亲兄弟还亲。

  我还记得第一次与他相遇时的情景。那天，城市的天空中零零落落地飘着雪花。冬天的冰冷空气像魔掌一样拍打在脸上，使人感到刺骨般疼痛。我提着姨父为我准备的火柴和打火机，冒着这般严寒走上街头。脖子上挂的四方木盘上摆着十来盒火柴，还有几个打火机。我挂着木盘一条街挨着一条街地转，平日里我都是这样反复叫卖的：

  火柴、火柴，

  黑暗中点燃。

未备火柴缺心眼，
家有火柴无遗憾。
……
火柴、火柴，
不买火柴是笨蛋。
……

我边叫卖边将手里的一盒火柴拨拉得哗哗啦啦响。从我身边经过的人听到我的叫卖声都付之一笑。有的人便将手伸进衣兜，停下脚步来买火柴。我费劲地用冻得不灵活的手指，数着卖火柴得来的钱，抑制不住自己内心的激动。脑海里想象着姨父清点我今天做生意拿回来的钱时高兴的表情，我的脸上也露出了甜蜜的笑容。因为那些年我们家贫穷，只有全家人不断努力，才能勉强解决这一家子的各种用度。所以我只有尽可能多地卖火柴，才能给姨父多一份帮助。姨父与我们一样，不顾自己已上了年纪，仍在为一个人单位看护着水塔。家里除了我之外，还有四个孩子。表哥正在读师范，表姐在高中寄宿，还有两个比我小并且连自己都照顾不了的弟弟。姨妈每天既要照看两个弟弟，还得到附近的机关单位、学校的灰堆里捡拾燃烧未尽的煤渣——我们家基本上就是靠这些煤渣来做饭的。

在我的记忆中，我自己原先的家在乡下，家里有一个带园子的大宅院。我是家里的独生子，父母视我为心肝宝贝。我也感到成天乐得像含苞待放的玫瑰花儿似的。有一年夏天，家乡突然发生了一场百年不遇的洪水灾害。这场洪水不仅冲毁了我们家的房屋，而且还让我失去了父母双亲。据大人们说，他们是被洪水冲走的。三口之家就只剩下了我。有的人把这称为一个奇迹。但我却因此长久地处于恍惚中。起初，我生活在村里父亲的亲戚们的家里，但是他们对我漠不关心。吃饭时给我盛的饭只有他们的二分之一，吃馕时只让我吃他们剩下的小碎块。

他们还动不动就对我骂个不停。他们为什么这样对待我，以我当时的生活经验还不能理解。于是母亲的姐姐便把我接到了城里。后来我听说，村里洪水过后我们家剩下的一些东西统统被父亲的亲戚们拿走了。我也是因此才跟着去了他们家里。但是他们对我并不体贴。姨妈实在不忍心我继续遭罪，就把我接到她身边。只不过，她在城市里的生活也过得非常艰难。幸亏姨父心地善良，把家里的困难丢在一边，同意收养我。

　　失去父母后，我过着四处漂泊的日子，自然没有了像别的孩子那样欢快地上学的机会。每天跟大人一样为解决生活之忧而奔波着，除此之外不可能再有别的选择。

　　这天，我在雪花飘飞的城市街区中转了许久，生意并不好。最后我困得全身没有了一点力气，就瘫坐在一栋楼房的墙根下。肚子饿得咕咕直叫，我开始吃姨妈塞在我衣兜里的馕。这时，一个看起来与我同龄的孩子，手里提着装有糖葫芦串的芨芨草篮子出现在我的眼前。他与我一样，靠叫卖招揽顾客。虽说他正满怀希望地用期待的目光盯着每一位从身边经过的人，但因为糖葫芦是小孩子吃的东西，在大人那里基本上没什么生意。

　　看样子他也已因站得过久而疲惫不堪了。只见他将篮子靠墙放置后蹲了下来。我们时不时地相互看一眼对方。每次我们俩眼神相遇时，他都投来甜甜的微笑。而我却流露出慌张的神色。因为我出生在农村，总以为城市里的孩子顽劣，一遇到他们就会受到欺负。这样的想法并不是无中生有，而是来城里后的见闻留给我的印象。如若被他欺负并拿走卖火柴的钱，回家后我很难给姨父解释清楚。三十六计走为上，想到这里我就打算赶快离开此地。然而就在我站起来的当儿，他已经走到我的跟前。我更害怕了。可是从他的脸上，看不出他对我怀有丝毫的歹意。但防人之心不可无，我依然存着戒心。

出乎意料的是,他把一壶水递了过来。我正想着接不接他的水,他脸上带着笑容说道:"看你好像被馕噎着了。"

这时真的有馕渣卡在我的嗓子眼,胸口也被硬东西堵得慌,下不去也上不来。接过他手里的水喝了几口后,堵在胸口的馕才咽进了肚子。我长长地舒了一口气,将水壶还给他。

"谢谢你。"

"不用谢,这算不上什么事情。"

"那么……"

"你卖火柴似乎有一段时间了?"

"一年多了。"

"嗯,我经常遇见你,只是你没有注意我。"

我没有回答,只是不好意思地笑了笑。平时满脑子想的都是怎样才能多卖一些火柴,哪有兴致去注意周围别的什么。因此以前没有注意过他实属正常。今天仔细一看,他满眼尽显亲切和善,我刚开始的恐慌随之烟消云散了。

"你也经常出来卖糖葫芦吗?"

"只在冬天里卖,夏天不制作糖葫芦。"

"噢,那个时候你……"

"卖水。"

我会意地点了点头,没有再说什么。他像大人似的把目光投向两边房屋参差不齐的城市街道,像是在沉思着什么。他那眉头紧锁、多少有些怅惘的样子,不由得让人肃然起敬。

"你叫什么名字?"我拘谨地问道。

"苏巴提。"

因为这个名字从来没有听过,我不由得付之一笑。

"是不是觉得这个名字有点奇怪?"他望着我说。但他脸上并没有生气的样子。

"不……不……不……"

"这名字是我母亲给起的。"他说。

"你母亲真厉害!"我没有想就随口说道,但是话一出口就感到这句话说得唐突。

"不能说厉害,应该说是聪明。我母亲是个了不起的女人。"

"那你父亲呢?"

他再次眉头紧锁,脸像正在飘着雪花的灰色天空似的没有了精神。我意识到自己又一次说错了话,但是又不知道如何让他的心平静下来。如果我的话惹他生气,那我也不会原谅自己。虽然我刚才还对这个小子心存警惕,但直到现在他并没有任何对我不利的言行。我渐渐产生了想与他长期密切交往的想法。

"父亲丢下我们走了。"他眼圈儿红红的,给人一种马上就要哭的感觉,但当我再看他时,他却很快调整了过来,我的心情反倒异常低落。我也失去了父母,他至少还有母亲在。那时,我把他说的"父亲丢下我们走了"理解为"去世了"。但是后来才知道不是这么回事。

"那你是由母亲抚养吗?"

"是的。"

"我是由姨父和姨妈抚养的。"

"什么?那你的父母……"

"他们被洪水冲走了。"

然后我们俩都沉默不语了。我们伤心地叹着气。雪花在天空和大地间不停地飘舞着。天空的色泽像我们的心情似的灰暗。在这种痛苦的气氛中沉浸了好长时间后,我们不得不回到了现实。我需要尽可能地把火柴卖完。冬天的白日短暂,时间耽误不起,天就要黑了。

我把火柴盘的背带挂到脖子上。

"我们到市场上去卖吧？"他用甜甜的笑容望着我。

我点头回答道："行。"

我们俩肩并着肩往前走。我不停地发出叫卖声，后面的苏巴提也模仿着我喊出叫卖声。这一天直到晚上我们都相跟着转街。他的糖葫芦卖完了，我的火柴和打火机却剩下了一些，但我的心里非常高兴。因为今天收获了一位好朋友，这是一件让人感到特别愉快的事情。

"你家住哪里？"分别时苏巴提问道。

"在霍加社区。"

"噢，我们相距不太远。明天我们还一起转街卖如何？"

"好的。"

他刚要走又停了下来，好像为什么事不好意思似的挠着脖子向我问道："你还没有告诉我，你叫什么名字。"

我也笑了。

"阿润江。"

他点了点头。我不知道自己这名字是父亲还是母亲给起的，他们没来得及告诉我就离开了人世。所以想起苏巴提刚才说起他自己名字的由来，我又伤心了起来。我是多么思念父母亲啊。但是尽管泪水在眼眶里打着转，我却硬是控制着，在他面前没有流出来。雪花在我的头顶上飘飞着，路灯早就亮了起来。

"那我们明天见。"我脸上挤出笑容说。

"明天见！"

苏巴提友好地拍了拍我的肩膀，这似乎是他在给我撑腰打气。我们在温暖的感觉中分别了。

3

姨父叫甫拉提，姨妈叫阿米娜。姨父是个不爱说话、时常皱着眉头、连续不断地抽着刺鼻的莫合烟的人。但是他看上去面容不太威严，待人非常和善。自我到他们家以来，从来没有发现他有过任何抱怨。有一次姨妈对他说："家里住着小孩，你这样坐在那里连续不断地抽烟，对他们的身体有害。"从那以后，就再也没有看过姨父在屋内抽烟。只不过他从外面进来，浑身依旧散发着刺鼻的烟味。

生活就这样在艰难中过着。姨妈的头发早就白了。因为常年在灰堆里捡拾煤渣，她的手又粗又黑。但是她的脸上总是保持着一种温情。我发现她的脸在许多方面很像我的母亲。晚上家里的大大小小的成员安静下来的时候，让我感受到了充满平和、关爱的家庭快乐。姨父把从外面带回来的零碎食品摆在餐布上，姨妈做的好吃的饭食飘溢出来的香味让我馋得难耐。

"这是你的，我的孩子阿润江。"姨妈看我急切的样子笑着说。

我不好意思地向姨父看过去。

"吃吧，孩子。"姨父也慈爱地抚摸着我的头说。

饭菜虽然非常简单，但是吃起来让人舒服。吃饱肚子的弟弟们开始在屋子里玩耍。我们开心地笑望着他们的举动。姨父也从家里的欢快气氛中消解了疲劳，用胳膊肘支撑身体，侧躺着把头摇来晃去，嘴里不知哼着什么曲子。

"姨父，这是今天卖的钱。"我把钱递到他的面前。

姨父坐起来，接过我手里的钱，手指在嘴上蘸上唾沫开始数钱。

"好啊，"他亲切地笑着说，"你的买卖做得不错嘛。"

"是。"我也笑着说。

"孩子,你受冻了吧?"姨父又说道。

"不冻。"我努力做出让他看起来很有精神的样子说。

"我们让你为难了。"姨父深深地叹了一口气说。我看到他的眼里满含着悲戚,又听到他说,"本不愿让你在街上卖东西,想让你去上学的。但我们家太贫寒,致使你不能读书。"

听了这话我也很伤心。有哪个孩子不愿意上学呢?每次从市区的某个学校门前经过时,我都不由得停下脚步,羡慕地望着在校园里叽叽喳喳叫闹的孩子们。这时我会隐隐约约地感到自己似乎比他们缺失了什么。很长时间后才依依不舍地带着这个甜蜜的愿望慢慢离开。因为从小经历了太多的事情,对我来说除了咬牙度日别无他法。我心里很清楚姨父家里目前的生活状况,所以我不可以给他们再添新愁。要不是姨妈把我领到城里,我还不知道自己现在会流落到哪里去。想到这里,我就对姨父和姨妈有一种无限的感激之情。

"姨父,没关系,"我笑着说,"现在就先卖火柴,多多地挣钱,以后再去念书不是一样嘛。"

姨父和姨妈相互望着对方。姨妈的眼里含着泪水,她装作整理头巾赶紧用手把眼泪抹掉。姨父抚摸着我的头长长地叹了口气。

过了一会儿,姨父去睡觉了。他天一亮就得起床去看护那个水塔。他有时晚上也回不了家。这种情况下姨妈除了为他提心吊胆之外,什么也做不了。也因为如此,姨妈对姨父倍加体贴。

我也想睡觉,便躺了下来。

"孩子,"姨妈坐在我的枕头前俯视着我说,"现在天气非常冷,如果感觉冻得受不了,咱就把卖火柴的事停下来。"

"姨妈,不要紧,"她的关心呵护让我精神振奋,"我在街上是不停地走动着的,并不太冷。"

姨妈坐了片刻便站起身，在我的头上轻轻地抚摸着。

"那样也行。走在街上千万要留心，我的孩子。"

"我知道。"我激动地说。

我把今天认识了一个卖糖葫芦小孩的事情说给了姨妈。当说到他失去了父亲时，姨妈长长地叹了一口气。

"孩子，你赶紧睡吧。"姨妈再没有多说什么。

次日清晨我便起了床，吃了姨妈做的肉黏饭。姨父已经上班去了。饭后我想着把今天要卖的火柴、打火机摆放在盘子上，然后把背带挂在脖子上赶紧出门。一看，姨父早就把这些东西全都准备妥当了。

"我的孩子，走在大街上千万要留心。"姨妈又叮咛道。

这是她对我说得最多的一句话，可能是她担心我会遇到某种意外事故。有一次她对我说："孩子，你是我妹妹为我们留下来的唯一血脉。"无论什么时候想起她的这句话，我心里对姨妈都是满盈盈的感恩，同时倍加思念我的父母亲。

4

城市笼罩在薄雾之中。清晨的红色阳光为大地万物披上了一层粉色的薄纱。出门的同时刺骨的寒气扑面而来，我的脸瞬间就像被无数的钢针扎着般疼痛。为了遮挡寒冷，我向上提了提外衣领子，但是仅有四指宽的旧绒毛衣领根本保护不了脸。即使如此，我还是横下心来，满怀希望地继续走自己的路。昨天晚上，与苏巴提相约在前面的拐角处碰头。当我走到拐角处时，他已经在等我了。他的脸和鼻子被冻得通红，眼里泪汪汪的。他一见到我，脸上立刻露出了欣喜的笑容。

"你怎么出来得这么晚？"因为寒冷，他的下巴是颤抖着的,话也说得不是太顺溜,"或许你平日里都是这个时候才上市场的?"

"今天要不是为了与你会合,我早就出门了。"

"对,生意人就应比别人早起。"

"嗯,我们还是小孩子,怎么能与生意人相提并论?"

"所有的事情都是这样开始的。"

他的这些话就像大人说的似的。我从他的话里提升了信心,第一次用佩服的眼神盯着他。我感觉从这一点上,我们便可以形成心心相印的朋友关系。

"那就走吧。"我对他说。

"走。"他把肩上的糖葫芦篮子调整了一下说。

我们的鼻子中喷出浓浓的热气。因为出来有些时间了,面部被冻得失去了感觉。苏巴提就像掌着旗子似的,手里举着红色的糖葫芦,走在我的前面。很快,我们的生意就开张了。在我的叫卖声中,有人买走了一盒火柴。今天有苏巴提在身边,我心里尤其踏实和高兴。我们相跟着一边叫卖,一边互相问这问那。一直以来我都是串街卖货,如不扯着嗓子叫卖就没有生意。但今天苏巴提把我领到了生意好的市场上,才转到中午,我带出来的火柴就全卖完了,苏巴提的糖葫芦也出售一空。

"这都是你带来的好运啊。"我笑容满面地说。

"你这话从何而来?"苏巴提诧异地说。

"我今天带出来的火柴不到半天就卖完了。"

"噢,那你以前不是这样吗?"

"不是,有时转到晚上也卖不完。能卖完的次数不太多。"

"生意场上就是这样起起伏伏,没有个准数。"

"你似乎很有经验啊。"

"也不能那样说,只不过我每天得回家两三次去取糖葫芦。"

"这么说，你的生意做得不错啊。"

"当然。"

我昨天看到他的糖葫芦没有卖完，还以为别人不怎么愿意买。原来并非我想象的那样。现在，我也想像他那样赶快回家一趟，再取一些火柴来卖。

"有你相伴，生意仿佛好做了许多。"我控制不住自己兴奋的心情说。

他笑着没说别的。

"那我们这就回家再拿些货出来卖？"

他爱理不理似的朝两边看去。

"今天就算了吧。"

"为什么？生意这么好，如果再回去拿些火柴过来，到天黑前还能卖不少呢。"

"我每天都这样一条条街地转，感到非常困乏。"

"那……那我们干什么？"

他注视着我的脸，犹豫了好一会儿后，才把想说的话说出来："你也先别回家，我们一起玩一会儿。"

我也想跟他一起玩一会儿。可是，如果姨父和姨妈知道我前晌就把火柴卖完，其余时间去玩了，会对我怎么样？这算不算是欺骗他们呢？

苏巴提看我沉默不语，便问道："你怎么了？不愿与我一起玩吗？"

"不是，但……"

我向他说了自己的担心。

"原来是因为这个呀。"他接着说，"不必担心，他们不会生气的。"

"你怎会知道？"

"他们平时对你好吗？"

"当然。"

"那你还有啥可担心的。你把事情做完了，拿出半天时间玩一会儿何错之有？"

他的话好像在理。显然，姨父和姨妈也不是那种不明事理的人。我把火柴卖完了，现在去玩玩他们应该不会生气的。

有了这种想法后，我把头抬起来看着他。

"我们到哪里去？"

他眨巴着眼睛把目光投向太阳升起的方向，那边的一群建筑物隐约可见。

"看见了吗？那些建筑物之间有一片雅丹地貌连片的地方，其间竖立着制作各种陶瓷品的焙烧窑。"

他的话让我感到有些奇怪。那里又没有什么好玩的，我们为何要去风蚀土脊中的焙烧窑？他会不会带我去那里干什么坏事呢？

我的心头充满疑虑，但并没有质问苏巴提。看我安静的样子，他便在我的肩膀上轻轻地拍了拍。

"你是不是对雅丹地貌感到恐惧？"

"不，但是……我是觉得焙烧窑里似乎没有什么可玩的，我们能不能去别的地方玩呢？"

听了我的话，他大声笑了起来。

"你看你，我还没有把话说完呢。我们并不是去焙烧窑玩，那里有一位爷爷，他不但知道很多故事，还会给我们准备很多好吃的。我们去给他打扫一下家里的卫生，然后围坐在他跟前一边玩一边听他讲故事。"

听他这样说，我悬着的心放下了。苏巴提真是一个做事让人称奇的孩子，说起话来像大人似的，他有着我不具备的长处。我们怀着愉快的心情朝那片建筑群方向走去。

穿过树木笼罩的街道之后，便看到它背后的雅丹地貌区域。雅丹地貌区域内也有楼房和棚屋，那里有许多人在东奔西跑地忙着。这雅丹地貌区域完全可以称为这座城市中的神奇地带。走近些，工棚下面摆放着的大大小小的缸和花盆便映入眼帘。我们顺着下坡的道路向雅丹地貌区域深处走去，一股盐碱土的气味扑面而来，与此同时还夹杂有焦煳气味。我们经过焙烧窑继续前行，沿路两边有许多小商店。我虽然在城区街道上转着叫卖火柴好长时间了，但来这里还是第一次，所以，对于苏巴提能领我到这里来感到高兴。如果没有他，我还不知道这座城市里竟然有如此美丽而又神奇的地方。

我们最后来到位于雅丹地貌区域中最平坦的一个社区。这里有许多用篱笆围起来的住家院子。苏巴提推开稍边上一户人家的栅栏院门，领着我进去。房门外面铺着一块用于抖落鞋子尘土的跺脚垫。我们刚进屋时眼睛什么东西也辨认不清。

苏巴提站在门槛处唤道："阿西木爷爷！"

随着"咔嚓"一声，电灯光照亮了整个屋子，我看到屋内角落的床铺上躺着一位老人。他的手里拽着从墙上垂下来的电灯开关绳。

"噢，原来是苏巴提你啊。快进来，孩子。"他哼哧哼哧着欲要起来。

"阿西木爷爷，你是不是生病了？"苏巴提说。

"没有，天气冷，出门不方便，我就躺下睡觉了。你身边站着的是你的朋友吗？"

"是的。"

"你把火炉生着，我看你们冻得够呛。"

苏巴提把木柴和煤从院子取进屋，生着了火炉。屋子里很快就像馕坑般热乎乎的。火炉上面茶壶里烧开的水咕嘟咕嘟地滚了起来。阿西木爷爷吩咐苏巴提把茶泡上，然后从柜橱抽屉拿出几个窝窝馕放到我们面前。

"吃吧,再喝些热茶,先把肚子填饱。"

我的肚子也非常饿了,把窝窝馕掰成小块泡进热茶吃了起来。阿西木爷爷坐在一旁看着我们用茶。

"阿西木爷爷,你也吃。"苏巴提把窝窝馕往他面前推了推。

"你们吃,我肚子还不饿。"阿西木爷爷笑着说。

我和苏巴提很快就吃掉了两个窝窝馕。热热的茶水,暖融融的屋子,我们浑身热得开始冒汗了。苏巴提脱下带帽耳的帽子和棉袄丢在一边。他因为经常来这里没有什么拘束,但是我在阿西木爷爷面前有些放不开,时不时把低着的头抬起来看一看他。

苏巴提示意我把棉袄脱掉。我也跟着他脱下了帽子和上衣。这时一阵睡意向我袭来,我真想香甜地睡上一觉。火炉上的茶壶发出的有节奏的咕嘟声宛如催眠曲般哼唱着,我更加瞌睡了。这个屋子密封得非常严实,外面的嘈杂声几乎听不到。在这样的环境里任谁都会产生浓浓的睡意。

但是苏巴提却扯了扯我的衣襟,提醒着不让我睡着。

"起来,我们先去院子打扫卫生,然后再劈些柴火。"他说。

我们来到屋外。院子里的垃圾果真不少。苏巴提从角落里拿了把大扫帚,我把小扫帚抓在手上,马上干开了。院子不大,转眼间就被我们清扫得干干净净。然后我们又把角落里堆着的粗木头劈开,再截成可以塞进火炉的长度。

"你是不是经常来这里?"我看见苏巴提如同在自己家似的把所有事情都干得有条有理。

"是的。"

"阿西木爷爷与你是不是亲戚?"

"不是。"

"那……"

"还没等我告诉你事情的来龙去脉,你怎么就一个劲儿地问个不停呢?"他笑着说。

"这又如何?"

"你有一个习惯。只要听到一句,就会穷追不舍非问个水落石出不可。"

我也笑了。

"这样是不是不好?"

"你看,又来了。"

"如果你觉着这样不好,那我以后就不问了。"

"不,你把我的话理解错了,我反倒觉着这样能激发我说话的热情。"

我们走进屋内时,阿西木爷爷正坐在火炉旁沉思着。见我们进来,他稍往后挪了挪,示意我们坐到火炉跟前来。

"孩子们,谢谢你们,我让你们跟着受累了。"他说道。然后长长地叹了一口气继续说,"苏巴提,你是个很好的孩子。还有你的这位朋友也是好孩子。"

苏巴提看着我,调皮地伸了一下舌头。我不知道如何表达,坐着没有吭声。想到他孤零零的一个人生活在这里,还有许多疑虑让我恐慌不安起来,并且这些还没来得及询问苏巴提。因此这些与自己无关的事情使我开始不安了起来。我为何要对别人的事情如此热心呢?

苏巴提没有回家的想法,在火炉前伸着长腿悠闲地坐着。我好几次给他递着该回家了的眼神,但他总是一副不理不睬的样子。这时太阳开始落山了,如果还不往回返,姨父和姨妈必定会担心的。

"苏巴提,现在还不回吗?"我实在忍耐不住了,向他明确说道。

苏巴提站起来,从窗户往外看去,但是依旧不急不火地站着不动，像什么事情都没有似的向阿西木爷爷问道："阿西木爷爷，今天不准备给我们讲故事听吗？我可是特意领朋友过来听你讲故事的呀。"

阿西木爷爷断断续续地咳嗽了几下，把头晃了晃："对不起，孩子，今天我身体稍有些不适，而且能给你讲的故事差不多都讲完了。"

"就给我们讲一讲你自己经历过的事情吧。"

"那就……"

"我们……我们……还是赶快回家吧。"我打断阿西木爷爷的话说道。

迄今为止我还未曾在外面东游西逛过，我感到自己像犯了错似的焦虑不安。如果苏巴提继续待着不走，我就会自个儿离开。阿西木爷爷看到我急切的样子，立即转换了话题。

"你的朋友急着回家，如果有机会，下次再来时，我给你们讲，行吗？"

苏巴提沉默不语了。尽管他仍旧舍不得离开，但在我的极力催促下，他也准备回家了。

我们对阿西木爷爷请我们吃馕喝茶表示了感谢后，从他家走了出来。

"为什么要这么急着回家？"他对我不满地说，"专门来一趟，却什么也没听着，就这样走了。"

"故事对你就那么重要？"我也不退让地说道。

苏巴提心有不甘地长叹了一口气。

"也不知为什么，听了阿西木爷爷的故事，让我回忆起很多事情，我感到自己好像就在这些故事中似的。他……他所讲的故事总能给我很多启发。"

苏巴提说这些话的时候激动得眼里放着亮光。阿西木爷爷多病的、虚弱的身影闪现在我的眼前，我并没有感到他有什么能让我激动的特别之处。

"他的故事有那么多吗?"我向苏巴提问道。

"多的是。"

"刚才我似乎听他说'没有了'呀?"

"他每次都是这么说的,但是他的故事从来没有完过。"

"你说的这些都是真的?"

"当然。如果不是你再三催着要走的话,他能给你讲到明天天亮。"

"可是如果回家太晚,姨父和姨妈会为我担心的。"

"说得倒是不错,我母亲也这样。但回到家里给母亲解释清楚后,她的气就消了。你也照着我的做就可以了。"

我站住了。听到苏巴提对阿西木爷爷所讲故事的赞美,我也产生了极大的热情,但是我们没有必要再返回到他的身边。说心里话,我也喜欢听故事,但是姨父和姨妈似乎腾不出时间给我讲故事。刚才在阿西木爷爷家我不知为什么很不自由。他的外表有一种威严,尽管脸上看起来有些淡然,但是眼睛里闪耀着一种令人望而生畏的犀利光芒。正因为如此,他让我有些焦虑不安,所以我总想着赶快离开。他一个人独自居住在雅丹地貌连片的社区,这本身就让我感到不解。

"对不起,"最终我怕引起这位刚结识不久的朋友的怪罪,请求得到苏巴提的原谅,"是我妨碍了你听阿西木爷爷讲故事。"

"没关系,"他笑着说,"不只是我,你也应该听一听啊。"

"你说得对。"

"下一次再去时,你不要像今天这样闹腾了行吗?"

"行。"

我们有说有笑继续走路。苏巴提把芨芨草篮子挎在肩上,时不时用手扶一扶。我看到他的手被冻得通红。他做的事情真的很难,从早到晚提着芨芨草篮子转街,肩疼而且手冻。但这事他又不得不干。我则把木盘的背带挂到脖子上,将腾出来的两只手插进棉袄的衣兜内,这样感觉不是太冷。

越是这样想,对苏巴提的同情之心就越强。只不过,我们谁也代替不了对方受苦。这时,太阳完全落下了山,周围的路灯亮了起来。飘着的雪花渐渐加大,好像给我们脚下的人行道铺上了一条长长的白色薄地毯似的。

在寂静中走路心里憋闷得慌,我开始向苏巴提问道:"朋友,请给我讲讲,你与阿西木爷爷是如何认识的?他有哪些故事呢?"

苏巴提放缓步子朝我看过来。他的鼻子和嘴里往外呼着热气,他的眼睛因寒冷而泪汪汪的。

5

苏巴提开始讲了。

父亲丢下我们母子走的时候我还尚小,可是他的容貌我根本忘不掉。起初我还不知道,母亲也用"你爸爸出远门了,过几天才能回来"的话来安慰我。我不清楚母亲所说的"过几天"究竟是多长时间。

过了一段时间,我也上了学。老师好多次问起我的父亲,我回答不上来。这种情况下,放学回到家我就缠住母亲问道:"好妈妈,你给我说呀,爸爸到底什么时候回来?"

母亲躲避着我的眼睛,眼圈儿唰的一下子就红了。接着眼泪就像断了线的串珠似的不停地流。我不忍心母亲这样无休止地哭泣。泪水好像不是从母亲的眼里,而是从我的心里流出来似的。

"好了，妈妈，你别哭了，我再也不向你问爸爸了。"我搂着她的脖子说道。

母亲把我搂在怀里哭了很长时间。

我一直认为父亲终究会回来的。只不过，母亲从来没有告诉过我父亲的名字。我的名字不像学校里的其他孩子那样以父亲的名字为姓，却是以母亲的名字"美合日古丽"为姓的。每次全班点名的时候，只要点到我的名字，就会引来孩子们的哄堂大笑。为此搞得我很不好意思，有时甚至会羞愧得哭起来。老师也在问了几次关于我父亲的问题之后，就再也不问了。

母亲叮嘱我名字就这么叫，任何时间不管谁问，我都用母亲的名字作为自己的姓氏来回答。上三年级的时候，学校里的议论多了起来。孩子们中有人称我是没有父亲的孩子。外面也有不少有关我和母亲的流言传到了我的耳朵里。从此我念书的心便渐渐凉了下来。并且尽量躲避着，不与认识的人相遇。母亲因为经常哭泣，视力也下降很快，原来的裁缝工作无法继续做下去，这让我们本就困难的生活雪上加霜。而我又年纪尚小，不知道从何处着手来帮助母亲。

有一天，我看到我们邻居正在他自家的院子里制作糖葫芦。

"艾尔肯江爸爸，你这是在做什么？"我跑到他跟前问道。

邻居笑着望着我。

"孩子，你没有吃过糖葫芦吗？"他向我反问道。

"没有，"我嘴里流着口水说，"你做这是自己吃吗？"

他禁不住大笑起来。

"什么？你也不想一想，这么多的糖葫芦，我能吃得了吗？我的傻孩子，我们做这些是拿到集市上卖的。像你这般大的孩子可喜欢吃这个了。"

整个院子弥漫着熟透的水果的酸甜和糖浆合成的宜人气味。我看着刚做好的糖葫芦,边流着口水边贪婪地用鼻子使劲吸吮它们好闻的气味。

这时来了几个孩子,先把糖果球用木质扦插成串,然后别在木棒一端用谷物茎秆绑成的圆柱上,扛在肩上就要往外走。邻居向他们叮嘱了许多在市场上应该注意的问题后,送他们出了门。

"他们……他们干什么去?"我望着一个接一个出去的孩子问道。

"去卖糖葫芦。你是不是也想卖糖葫芦?"

"我?"

邻居见我没有作答,又大笑了起来。我感觉他好像是在讥笑我,就生气地回了家。但是我的眼前不断闪现出那一串串流着红色汁液的糖葫芦。

回到家后我便对母亲说道:"妈妈,让我也去卖糖葫芦吧。"我对母亲撒着娇。

母亲愣了一下,先是什么也没说。片刻后,母亲摸着我的头低声说道:"你……你应该在学校念书才对,孩子。"

"学校里的孩子全都嘲笑我,我不想和他们在一起念书了。父亲也不回来。你老说他几天后就回来。可是妈妈,我为什么连父亲的名字都不知道?"

母亲低头不语地望着地面。我不想再让她哭泣,便亲吻她的脸开始撒起娇来。

"请你不要生气,好妈妈。我不是有意问你的,是别人问我父亲是谁,我答不上来,所以……"

"我不生气,"母亲满怀深情地亲吻着我说,"给你说实话,孩子,你爸爸……你爸爸回不来了。"

母亲说着,眼里的泪水就簌簌地流个不停。我看着她也哭了起来。

"父亲他怎么了？妈妈，他为什么回不来了？"我抽抽搭搭地哭着问。

"孩子，请原谅我，在这以前，我没有给你说实话。因为……我一直都在等着他回家。但是现在我已明白，他不会回来了。他与另一个女人……"

父亲为什么丢下我们走了，对此我不得而知。大人们之间的事情我还不理解。但是看见母亲在流泪，我心里非常痛苦。虽然我能清楚地回想起父亲的相貌,但是他这样狠心丢下我们，我心里对他充满愤恨。

说了这些话后，几天内母亲的眼泪都快哭干了。我尽自己的努力去安慰她，有时只能跟着她哭。我给母亲好说歹说，母亲最终同意了我卖邻居家制作的糖葫芦的请求。

邻居刚开始对我没有多少信心。但是我们家的情况他很清楚，就答应让我试着去卖。第一天我没卖出多少，但从第二天起生意做得相当不错。于是就入了这个行当。就这样，我们家总算多多少少有了进项。但因为夏天糖容易化掉，他们不制作糖葫芦，改为制作带颜色的饮料。我不能像卖糖葫芦那样提着饮料四处叫卖，于是就在街边的树下摆了一个装有带颜色饮料的大盆，一茶杯一角向过往行人出售。我们在盆子里放一大块冰，冰镇的饮料喝起来更爽口，销路要好得多。

没有想到我们从邻居这里找到了出路。从此以后我也成了小生意人。我为自己多多少少能为母亲减轻负担而高兴。

前年冬天我提着糖葫芦从刚才的雅丹地貌区域经过，极目望去，发现看上去疙疙瘩瘩、阴森惨淡的雅丹地貌区域内实际上是一个奇妙的世界。我便着了迷似的朝下面走去。焙烧窑前面到处摆放着各种尺寸的瓦罐、花盆之类的陶瓷制品。那里还有一群人聚坐在一起下象棋。距他们稍远一点的地方有位汉族爷爷在拉二胡,像是在向人们诉说雅丹地貌区域的悲凉。我感到就像进入了另一个世界似的惊讶不已,但仍提着糖葫芦四处转着卖。

我对这里的东西和独特的环境产生了极大的兴趣,甚至到了痴迷的程度。就在这时,我突然听到不知从哪里传来的喊叫声,惊恐中赶快向两边张望,只见一辆手推车正从土路上向这边狂奔而来。我也搞不清推车的人怎么会把车子推得那么快。我当时被吓得魂飞魄散,还来不及躲闪便被撞倒在地,与此同时糖葫芦篮子也被撞飞在一边。我不顾一切地在浓浊的土尘中匍匐爬行,搜寻散落的糖葫芦。可是所有的糖葫芦都沾上了尘土,已经不可以卖了。即使如此,我仍把它们从地上捡了起来。而推车的人却看都没有看我一眼便消失得没有了踪影。

望着报废了的已不能出售的糖葫芦,我无声地哭了。距此处不远正在下象棋的人离开了棋盘,拉二胡的爷爷停止了演奏,他们全都出现在我的面前。那一篮子糖葫芦相当于我好几天的利润。也就是说,那天的损失让我好几天付出的血汗化成了泡影。想到这里,怎能不让我肝肠寸断,我默默地哭泣着。

"你看那个浑蛋,"站在人群中的一位长者气愤地说,"碰了小孩子竟然头都不回地走了。"

其他人听了这话也跟着说:"真的,简直不是个人!"

"这孩子的糖葫芦全都报废了。"

"好像他是吃饭的,别人都是喝西北风似的。"

"那个人好像不是我们社区的。"

"是的,要不怎么会这样脚底抹油似的溜了呢?"

我边听着他们的议论边抽抽搭搭地哭。但是,他们再怎么同情也挽不回我的损失。母亲知道这件事后会怎么想,我上街时她会为我担惊受怕,明天或许因此不再让我卖糖葫芦。想到这里我更犯愁了。

这时，有个人走到我跟前，为我拍打满身的土。扬起来的浓浊尘土呛得我连续咳嗽了几声。

"孩子，走，到我家去。"他牵着我的手说。

不远处就是他带有院子的家。我们走进宅院后，他打来水让我洗了脸。糖葫芦早已变成了垃圾。看到它们，我心疼得撇着嘴，眼里满含着泪水。

"孩子，你是谁家的孩子？"他疼爱地摸着我的头问道。

"我是美合日古丽的孩子。"我伤心地抽泣着说。

"你爸爸……"

"我没有父亲。"

老人沉默了下来。他的眼睛里有一种令人敬畏的威严感。他瞧了一阵子我紧握着的糖葫芦篮子，然后把它接到了手里。

"我们把这些扔掉。"

"但是……"

"你尽管放心。"

他把篮子里的糖葫芦一串接一串取出来，全都丢进不远处的垃圾堆里。我虽然心里不忍，但并没有阻止他，因为即使不扔也不可能卖掉了。

"你放心，孩子。"他又说。

他或许想让我先把情绪稳定下来，但是我并不清楚接下来他会做什么。

"这些东西能值多少钱？"未料到他走到我跟前这样问道。

"这……我……"

"我看你是不愿意两手空空地回去见你母亲，是这样吗？"

"不……不是，但是……"

"说吧，这是多少钱的东西？"

"五……五……"

"噢,走,先进屋子喝点茶,然后我们一起算算。"

我不知道他要做什么。但是我从内心感到这位眼睛令人生畏的人是好人无疑。

屋内的火炉是燃着的,茶水也是烧开了的。好闻的茶水和喷香的窝窝馕摆在了我的面前,一股暖流传遍了我的全身。我的情绪调整过来后,渐渐从刚才发生的不幸中解脱了出来。再怎么苦恼,已经发生的事情也不会逆转过来。

"有这样一个故事,"他开始说话了,但是说的是什么意思我有些不解,"一个孩子从小就失去了父亲。他稍大后便问起父亲的情况。母亲骗他说:'你父亲出远门了,很快就会回来的。'其实母亲是不想让孩子受到伤害才这样说的。孩子开始渐渐长大。到了上学的年龄,母亲便送他上了学。孩子在学校的成绩也很好。直到这时,他家里的一间屋子的门始终是锁着的。孩子问母亲这间屋子的门为什么从来都是锁着的,母亲说:'到了该开的那一天我就会为你打开。'

"'该开的那一天是哪一天?'孩子问。

"'你成年的那一天。'母亲答道。

"孩子在努力学习的同时,企盼自己快点成年,那样他就可以看到被母亲锁着的那间屋子里究竟有什么。

"若干年之后,这个孩子已经成年。母亲打开那间神秘的屋子让孩子进去。孩子进去后几天都没有出来。母亲担心地喊叫儿子,儿子以'噢'作为回答,只吃饭不出来。这让母亲担心得直搓手跺脚。她想进去,屋门却从里面锁着。

"最后,儿子自己走出了屋子。但是体貌和语气整个变成了另一个人。

"'孩子,那间屋子里有什么?'母亲急切地问道。

"'你不知道?'孩子向母亲反问道。

"'不知道,'母亲说,'你父亲把钥匙交给我的时候,说是在孩子未成年前不要让任何人打开这个门。为了不违背你父亲的话,我就从未打开过它。所以我并不知道那屋子里有啥。'

"'那间屋子里有一本书,'孩子说,'书里记录了这个世界上所有的秘密。我看了这本书后,知道父亲并没有出远门,而是去世了。'

"母亲听了儿子的话之后非常惊讶。儿子从这天起,就为以后的生活制定了许多规划并且依照计划用心做事,后来成长为一位名人,并很好地尽着做儿子的责任……"

我全身心进入了故事的情节之中。连爷爷是什么时候讲完故事的也没有觉察到,过了好一阵子才定下神来。这时,爷爷微笑着用他那双威严的眼睛注视着我。

"爷爷,故事讲完了吗?"我眼巴巴地望着他。

"是的。"爷爷再没有说别的。

他讲的故事与我的经历非常相似。只不过我们家没有那么一间从未打开门的神秘屋子。我们的房子总共只有两间屋子。

"你在想什么呢?"爷爷盯着我的眼睛问道。

然而关于他讲的故事的寓意我怎么也悟不出来。脑海里只是不断地浮现我们家的景况。于是我便含混地回答道:"我们家……那样的……那样的屋子没有。"

爷爷听了我的话,大声笑了起来。

"嗯,有没有神秘的屋子并不重要,但是你一定要有下定决心成长为对社会有大用处的人的志向。为了不让母亲一辈子都在流泪中生活,最好的方式就是掌握本领,提高自己,具备照顾和关爱她的能力。"

我滴溜溜地转动眼睛看着他,脑子里喷涌出许多念头,只是我还没有能力解释清楚。我这时就想,这位爷爷一定还有许多秘密有待告诉我。

"现在你可以回家了。"爷爷站起身说。

但是我损失了许多糖葫芦，还没有想好回去后如何给母亲解释。没有想到的是，爷爷从他衣兜里掏出一把钱递了过来。

"这……这……我……"

我望着他伸过来的握着钱的手，结巴着说不出话来。他虽然是位好人，但是平白无故地拿出自己的钱给我，这一点我根本没有想过。他又不是推手推车撞我的那个人，为什么要白白地送钱给我？

爷爷望着发呆的我，坚持把钱塞进我的手里。

"还记得我刚才给你讲的那个故事里的神奇的书吗？"

"记得。"

"虽是我给你讲的那个故事，可那本书究竟有没有那么神奇，这个连我也不得而知。我感觉，你是害怕空着手回家会让你母亲担心。你真是一个心地善良的好孩子。这点钱就权当是我希望你为实现自己的理想而继续努力的鞭策。现在啥都别说了，赶快放心地回家吧。"

"爷爷，但……但是……这钱我还是不能拿。母亲教导我不能平白无故地拿别人的东西。"

"嗯，就因为如此我才给你这些钱的。如果你是油滑、诡诈的孩子，这钱我是绝对不会给的。"

"那……"

"如果有时间就经常来我这里，我再给你讲故事。这钱就当作叫你来看我所付的定金。"

他这样说着就笑了起来，并在我肩上轻轻拍了几下，接着又给我说了几句鼓励的话。从那以后只要有空闲时间，我就去看望他。每次去的时候都为他做一些零七八碎的家务活。他起初不同意，可我执意要做，来来去去他便习以为常了。

听了苏巴提的故事,我心里一下子亮堂了起来。我开始感到阿西木爷爷威严的面容亲切了许多。我为自己未能在他那里多停留一会儿而感到后悔。

我们走到了分别的拐弯处。

"明天见。"苏巴提说。

"好的,我们明天见。"我也说道。

我有许多心里话要说,但是我不知道说给谁。这时,我想起了过早地离我而去的父母亲,我无限地思念他们,为他们泣涕,想把埋藏在内心深处的话讲给他们。只是我清楚,如今我已经永远也见不到他们了。

6

"昨天你怎么回来得那么晚?"清早起床后,我正做着上街前的准备,姨妈问道。

"与朋友一起……"我有些结巴地说。

"本来昨天晚上就想问你,"姨妈把声音压低说,"但怕你甫拉提姨父会产生误解,所以就等到现在才问。孩子,以后再不要去那种旮旮旯旯的地方了。"

"好的。"我心里不情愿,但没有多说什么。

说实在的,我特别害怕姨妈对朋友苏巴提和阿西木爷爷产生误解,所以昨天的事情并没有全部讲给她听。这时姨父从房间出来,把一堆各种颜色的钥匙挂钩递给我。

"把这些也摆到盘子上,"他笑着说,"我看它们很漂亮,就顺便批发回来了,批发价一个一毛钱,你如果卖两毛钱,一个可赚一毛。"

我把钥匙挂钩摆在盘子的一个角上。货物种类如果多了,生意不太好做。

"那我这就上街了。"我把东西全都摆放好之后望着姨父和姨妈说。

"路上小心点。"姨妈重复着她习惯了的话。

今天天朗气清,更加寒冷。我的脸开始像针刺般的痛,眼睛也冻得流泪。但是这些又不得不承受。虽然我年龄还不大,但我感觉到既然艰难的生活使我走上了这条道路,那就理应迈出坚定的步伐。最近这些日子,我也不知道自己怎么喜欢上了做生意这一行。经常有人对我说出"兄弟,你干的那个挣不了多少钱,跟着我做生意吧"之类的话,可我感到自己好像做的是一件很重要的事业似的,做起事来浑身是劲,满怀兴致地继续做着自己的事情。我以比别人便宜的价钱出售,有的人还说三道四想继续压价,我虽然有所不悦但是能够理解。市场是交易的场所,生意也是在讨价还价中做成的。基于这种想法,我在生意中面对各种顾客总是面带笑容。还有的人看我是个小孩,企图用最低的价格买走东西,甚至为达目的不惜采取软硬兼施的手段,但我对生意也相当娴熟,我已经学会了从容以对。

今天的生意不错。只不过,在每天早晨说好了的地点没有见到苏巴提,等了好长时间他也没来。我就想,他会不会生病了?突然我又猜想,他会不会又去阿西木爷爷家了?他昨天从阿西木爷爷家回来时显然没有尽兴。摊子剩下的货不多的时候,我实在忍受不住,便朝位于雅丹地貌区域的阿西木爷爷家走去。

焙烧窑前面向阳处下象棋的那些人今天依旧在下棋,但是在他们之中没有看见阿西木爷爷。如果苏巴提过来的话,他们应该在家中。我这样想着,就来到了阿西木爷爷的门前。我心存顾虑并且忐忑不安。想起阿西木爷爷盯着人时那火一样的眼睛，我的全身就有些发颤。我在这种复杂情绪中敲响了门，从屋里传来爷爷的哼哝声。

迈进门槛时，屋子依旧像昨日一样昏暗，可以看清火炉里颤悠悠闪动着的火苗。这时阿西木爷爷打开了电灯。我不理解他的屋子为什么总是如此昏暗。如果把东边的窗户打开，整个屋子就会亮堂许多。这一点爷爷应该是知道的啊。

阿西木爷爷看到我，轻轻点了点头，然后端详起我来。

"噢，孩子，你来了。"从他的眼神中可以看出对我有些警惕。

"是……是的，"我结巴着说，"我……是苏巴提的朋友，昨天和他一起刚来过你这里。"

"我想起来了。"他点了点头说。

我仔细看了一遍屋子，没有看到苏巴提。说明他并未来这里，这让我一下子泄了气。没有苏巴提，我在这位爷爷跟前很拘束。别说听故事，就连多待一分钟也坐立难安。如果昨天听了苏巴提的话，不急着从爷爷这里离开倒还好说，但是我却执意催促他赶快回家。

"爷爷，苏巴提今天没来你这里吗？"我吞吞吐吐地说，实际上这样的问话完全没有必要，只是我一时找不到合适的话说。

"他跟你说要来这里吗？"爷爷用犀利的眼神盯着我说。

"没有，但是……"

现在我在这个屋子站也不是，坐也不是，根本没有心情听爷爷讲故事，身上就像刺在扎似的难受。我说了声："再见！"就转身跑走了。我不知道爷爷在我身后说着什么，不过我对他说什么也不感兴趣。

出了院子，我行走在土路边沿离开了这里，我心里有说不出的沉闷。就像叫卖几天也没有生意似的快快不乐。午后的生意也不怎么好，我转了好几条街也没有遇到苏巴提。本来今天见不到苏巴提就心境不佳，现在越加烦躁不安。与他在如此短暂的相识下竟不舍到这种地步，连我自己也感到惊讶不已。

今天我打算早一点收工回家。我感到城市令我反感。我无精打采地走着的时候，突然看到几个同龄人正在朝我这边走来，其中有迪力夏提表哥。他已经有好长时间没回过家了。虽然我们不是同胞兄弟，但一见到他我的心里就顿生暖意。我欢快地快步向他靠近。

谁知道，我们之间仅有几步时，他看到我不知怎的竟呈现出恐慌的表情，脸上怪怪的，看向我的目光是冰冷的，他没有放慢脚步就与我擦肩而过。这样的相遇让我感到全身像冰一样寒冷，两只脚变得像灌了铅一般沉重。但是我转念一想，他是不是没有注意到我？瞬间我产生了希望和信心，边跟在他后面走边叫他的名字："哥哥，迪力夏提哥哥！"

孩子们都停下脚步朝后面看过来。

"迪力夏提，他在叫你。"一个孩子向他提醒道。

表哥用难看的眼神睨视着我，然后摇着头颇不耐烦道："我不认识他。"

我感觉自己好像从高空中摔下来似的，这下我的心彻底冰凉了，在极度痛苦中看了他好长时间。表哥在这个城市的一所师范学校上学，平时很少回来。我看到姨父常常给他送钱过去。因为他是姨父的骄傲，姨父见到亲戚朋友就自豪地说："我儿子在师范读书，学校毕业就是老师。"我也以自己有这样一位了不起的哥哥为荣。但是现在那种荣耀感离我而去了。表哥与我之间就像远隔千山万水似的生分。先前他回到家里时就不怎么搭理我，对此我也不太放在心上，因为我住在父亲的亲戚家的那些日子里，对这样的态度已习以为常了。来到城里后，得到姨父和姨妈的善待，所以关于表哥如何对我，我从未想过，而且我们相遇的机会又那么少。

我没有继续跟在表哥的后面,而是去别的街道转悠了一会儿后才往家走。进院门时我就听到表哥的笑声,弟弟也紧跟着在笑。噢,原来他这是回家来了,我这样想着。我把剩余的货放入柜子后走进屋子。姨妈正在做饭。我尴尬地跨进门槛。表哥看我进来,马上停止了说笑。他示意弟弟们先到别处去玩,然后把脸转向我,用看不起的眼神望着我,说道:"你刚才在大街上为何那样喊叫?"

我的舌头瞬间变得异常沉重,即使如此我还是结结巴巴地回答道:"哥哥……我……"

"今后我与别人走在一起的时候,你不要叫我。"

这个时候我不能接话。他的脸色难看至极。那摆出的架势就是,如果我再说什么,他会不惜揍我一顿。断断续续听到我们说话内容的姨妈,放下正在做的事情来到我们面前。

"发生什么事了?你刚才在抱怨什么呢?"

表哥把刚才的事情从头至尾给姨妈说了一遍,之后又用带有恫吓的口气说道:"今年夏天我就毕业当老师了。到那时,如果在街上四处卖零七八碎东西的一个孩子当着别人的面喊我'哥哥',那我还有什么颜面?"

姨妈听了这话便愣住了,然后用眼尾看着我,摇了摇头并深长地叹了一口气。

"孩子,你……你……这说的是什么话?难道……"

姨妈没有继续说下去,眼里的泪水扑簌一下涌了出来。

"妈妈,我什么也没有说。当了老师后我在学校里要管的孩子很多。如果他们知道我们家的人是沿街叫卖杂物的摊贩,会瞧不起我的,也不会听我的话。所以我得从各个方面来维护自己的形象才对。"

姨妈肢体瘫软地坐在炕沿上,眼里充满着悲伤。过了一会儿,她把目光投向在屋子一个角落里投掷东西玩的弟弟,用无力的声音说:"照你这说法,你在外面遇到我们也会感到羞耻了?"

表哥没有作声。他的眉头是皱着的,脸上流露出一种坚定的神色,完全不在乎姨妈心里的痛苦。

"如果供你念书当上了大官,最后的结果就是要用刀把我们全都剁掉?拉倒吧,这就是你在学校里学到的?但是你要给我记住,在你父亲面前,我不准你说出这种话来。"

"为什么?"

姨妈没有回答他,撩起围裙一角擦着眼泪走向锅台。

在极度不愉快中吃了晚饭。饭后表哥没有吭声就往外面走。

"你到哪里去?"姨妈在他后面喊叫道。

"去学校。"表哥连脚步都没有停甩下这句话。

"连你父亲都不等了?如果他回来……"

姨妈后面的话到了嘴边又停了下来。接着从屋子里就听到了表哥打开栅栏院门的声音。姨妈长叹着气坐在那里。这时还没有看到姨父的身影,看来他今天很晚才能回来。他的工作不单是看护水塔,如果输水管哪个部位被冻裂,他就得加班加点修复。姨父以前也多次整个晚上都回不来,每次我就陪着姨妈把晚饭给他送去。

"孩子,你不要把那混账东西刚才的话放在心上,"过了一会儿姨妈说,"今天你哥哥的态度不好,他绝对不该是这样的孩子。我们所说的话,千万别让你姨父知道。"

"好的。"我从各个方面揣摩着她这话的意味。

姨父今天当真没有回来吃晚饭。安顿两个弟弟睡着后,我和姨妈走出屋子去给姨父送饭。

7

我继续做着自己的事情,这事已经成为我的日常。在城市里卖各种物品,出了家门就进市场,用钱购进货,再把货变成钱……如此循环往复,好像根本没有穷尽。

转眼之间已经十多天未见到苏巴提了。我们在一起的日子虽说不是太长,但是他对我产生了深刻的影响。我想与他亲近。越是见不到他,我在沿街叫卖过程中的不安感就越强烈。

有一天我卖完货走在回家的路上,当我快要走到那个拐角处时,好像听到有人在喊我。回头一看,原来是苏巴提正从远处朝我跑过来。他的嘴和鼻子呼着热气。看到他我非常激动,也向他跑过去。

他握着我冰凉的手,兴奋地说道:"朋友,太想你了。每天估摸你快要回家的时间,我都会特意来你经过的这个拐角处等好长一会儿。但是因为等不到你,我的信心都快被耗没了。你的生意怎么样?"

"不错,"我也控制不住自己的激动说,"为什么不上集市了?"

"我也没有办法,"他抽噎着说,"母亲说我每天一条街一条街地叫卖东西太辛苦了。做这样的生意利润也少。还是学上一门手艺才是长远之道,所以……"

"什么?现在……你现在不上市场了?你学的是哪门手艺呢?"

"烹调。"

我沉默了下来。我自己的心也开始被一种莫名其妙的复杂想法搅扰着。但是听苏巴提说这些天来他每天都在找我,为此我非常高兴。他是我真正的朋友。

"就是说，现在你在学厨师，不去市场了？"

"是的。我跟你说，厨师也挺好的。不算太辛苦，吃得又好。你在别人面前还被尊称为'师傅'。看见许多人吃着你亲手做的菜肴，你会觉得自己了不起。"

听了这些，我真心为苏巴提感到高兴。总归在一个城市，我们还能经常见面。我能不能也像他那样学一门手艺？但是这不是我自己可以决定的。我走街串巷叫卖这些零碎的东西是甫拉提姨父安排的。或许他觉着我年纪尚小，做这个更合适一些。他对我学习专业技术有什么样的打算，对我来说还是个谜。

"你怎么了？"苏巴提望着沉默下来的我说。

"没什么。"我也笑着说。

"你走到萨曼大楼前面，在那里的厨房里就能找到我，"苏巴提准备与我分别时说，"我来这里不久，如果迟到师傅会生气的。"

"好吧，"我舍不得与他分手，"想起不能与你在一起做生意我就……"

"我也一样，但是能够见面也行。不要把我忘了。"

"我是不会忘的。"

没有机会给他解释见不到他的这些天，我心里是怎样难受。他说完就离开了，又剩下我一个人。忽然我感到就像做梦一样。为证明这不是在做梦，我朝苏巴提走着的那边望去，但是已经看不到他了。

在愉快和不安的交杂中我回到了家。姨妈也刚从外面回来，她把手里的东西放在院子的旧床上，我们一起进屋。刚把屋门打开，被关在屋子里的两个弟弟就哭着跑到我们跟前——姨妈每次外出时就把他们关在屋子里。

姨妈把他们揽在怀里，给他们以疼爱和安慰。看到他们这样，我不由得思念起母亲。两个弟弟不见母亲才这么短的时间就哭成了个泪人,但是我却永远也见不到母亲了。这世界对我也太不公平了,可是又有什么办法呢?

"孩子,你先领着两个弟弟到外面玩一会儿,我得赶快做晚饭才行。"

姨妈的话让我回过神来,我便带着两个弟弟往外走。弟弟们真的很幸福,因为他们如果哭了有姨妈在,也有姨妈安慰。而我呢?唉,妈妈、爸爸……

我没有给姨父和姨妈讲苏巴提学手艺的事情。因为我觉着这种事情与我没有关系,姨父未必会满足我的心愿。如果我去学手艺,就不会像现在这样每天都有收入。那样的话,姨父的压力就更大了。如果我不能给这个家有所帮助,我觉得太对不起姨父和姨妈了。

我继续做着生意,但是零碎的货物日渐增多,脖子上挂着的木盘越来越沉重,脖子有一处被木盘背带勒得掉了皮。一天,姨妈看到我脖子上的伤口后,心疼地流着眼泪说:"好孩子,都伤成这个样子了怎么不给我们说呢?"

"不要紧,姨妈,"我笑着说,"我擦点药就会好的。"

"这几天不要上街了,"姨妈对我的话置之不理,"都这样了,我如果还不管不问,我妹妹的亡灵会不安的,她会因我而生气的。"

姨妈说着把我搂在怀里,用手轻轻抚摸我的伤口。在她这样的慈爱面前,我禁不住泪流满面。

听从姨妈的话,我有几天没有上街。她给我买回用来擦敷伤口的药。

"这孩子,"姨父也体贴地说,"你为什么不早点给我们说呢?"

我只是笑了笑,什么话都没说。说真的,他们对我如此关爱,我打心里感到暖融融的。

伤口稍好一些后，我便拿上货物上了街。这天不知为什么，我特别想苏巴提。我与他已经有好几天没见面了，便边叫卖边往他正在学徒的那个饭店走去。他正在饭店前给菜削皮。现在正值春天，天气稍有点热，阳光下有几只苍蝇正盘旋在削下来的菜皮上发出嗡嗡声。

"朋友，你来了，"他笑着丢下手里正在做的事情，把我拉到一边，"你肚子饿了吗？"

"还不饿。"我不好意思地说。

"给我说实话。大清早就出来，都到这阵子了能不饿？"

他用系在身上的洗菜围裙擦了擦手，往饭店内走去，不一会儿便用盘子端着几个包子过来了。

"把这吃了，"他把盘子递到我手里说，"我给师傅说过后带出来的，你放心地吃。"

他边与我聊边继续收拾菜。我坐在他跟前开始吃包子。过了一会儿，他惊异地问道："你这脖子是怎么回事？"

我用一只手在脖子伤口处摸了摸，回答说："被木盘背带磨破的。"

他为我心疼得长长叹了一口气。

"你注意一下不行吗？"

"有什么办法。每天挂着这木盘不停地转。你看，这才刚好。"

他把手里的削皮刀猛地插进菜中，朝我身边轻轻挪过来说："把你这些东西摆在这个饭店前卖，你觉得如何？"

对于他这个新建议，我一时不知道如何回答。因为迄今为止，我的货物还从来没有固定在一个地方卖过。

"把货物摆在街道边出售，城管部门不允许。但如果放在饭店前卖，他们就无话可说了。再说了，饭店进进出出的人多，你卖的东西都是些日常用品，所以你在这里也同样能有好的生意。"

他的话的确很中肯。如果在这里做生意,就不会太辛苦。不但脖子上的伤会很快痊愈,而且还可以与苏巴提每天见面。

"怎么样?"他轻轻地推了推我问道,"就按我说的做吧,如果在这里生意没有你以前那样好,再继续走街串巷卖不就得了?"

"好的,"我愉快地答应道,"能与你在一起,生意肯定会好的。"

他笑着在我肩上友好地拍了拍。

"那我就给老板说说,他知道会更好。"

"好的。"

就这样,我的生意摊子就摆在了苏巴提学徒的饭店前面。苏巴提不知从哪里找来一小块垫子铺在地上,我在垫子上面摆上货物。开张后发现摊位摆在这里吸引了很多顾客,生意做得红红火火。更重要的是我也不像从前那样每天都累得筋疲力尽,脖子上的伤也好了起来。我告诉姨父可以再增加一些货物种类。

在城市生活了许多时日,成天忙碌着生意,在不知不觉中,我已经成长为一个大小伙子了。但是在此期间,也发生了一些令我心灵备受折磨的事情。

8

一年后,苏巴提的厨艺已经学成。在师傅们忙不过来的时候,他也能够站到锅台前开始炒菜。看到穿着白大褂、头戴白帽子,站在油烟笼罩的锅台前炒菜的苏巴提,我不由得为他感到自豪和高兴。他渐渐成为这家饭店的主厨之一。我好像把这家饭店前面承包下来了似的,每天继续摆摊做自己的生意。这时我销售的货物已经达到了二三十种之多。

其间我们探望了阿西木爷爷许多次。刚开始我并不是太愿意。自从那次单独找到那里后,也不知为什么我对他的兴趣变淡了。但是拗不过苏巴提,只好一同前往。我们一起去的那天,阿西木爷爷的心情很好。一进门,就像接待尊贵的客人似的把新鲜的水果摆到了我们面前。我和苏巴提要去做家务活,他也不同意。我们坐下来喝茶时,他慢悠悠地开始说话了。

"我给你们讲个故事,"他用沉思的眼神注视着我们说,"或许这并不是什么故事,但是你们就当故事来听,并且从中发现其潜在的哲理。"

"很久以前,有一位牧羊人和一位卖柴人,牧羊人在广阔无边的丘陵地放牧,卖柴人在山间砍柴。有一天他们相遇后,两个人坐下来一直闲聊到很晚。天黑的时候,牧羊人赶着吃饱了的羊群回家了。卖柴人因为专注聊闲话,这一天没有砍到柴,只好空手而归。由于两个人所做的不是同一件事情,牧羊人坐下来闲聊期间,羊群照样低头吃草,并不会耽误牧羊人的活计。而卖柴人如果自己不动手就砍不到柴,他这一天的闲聊,就得不到任何收获。"

"我的孩子们,你们觉得可以这样理解吗?"他接着所讲的故事提问道。

这个故事没有特别的情节,而且对人也没有多大的吸引力。故事里蕴含着怎样的哲理,我怎么也搞不清楚。所以就呆坐着一动不动,瞪大眼睛望着阿西木爷爷。苏巴提也是一会儿看看我,一会儿看看阿西木爷爷,坐着不作声。

"孩子们,请吧,你们分别说说自己的见解如何?"阿西木爷爷用犀利的眼神盯着我们。

"我的理解与你刚才所说的一样,卖柴人当天没有任何收获……"我为了不让他失望,硬着头皮说道。

阿西木爷爷看着苏巴提。

"孩子，那你又是怎么看这个问题的？"

"我……这个……"

阿西木爷爷从我们的回答中似乎没有得到他所需要的答案，微笑着说话了。

"这个故事蕴含的哲理可以有很多种理解和猜想。比如，若是猜想卖柴者是个极聪明的人，从这个故事中即可得出这样的结论：牧羊人把羊放进草地里放心地聊天，而卖柴人到了晚上看似落了个两手空空。但是，他在聊天中就真的一无所获吗？难道你们也是这样认为的吗？不！卖柴人是个有智慧的人，他通过与牧羊人聊天，获得了这座山哪个地方柴好、柴多等有价值的信息。虽然当天卖柴人似乎没有砍到柴，但是从那天开始，他有了新的目标。人的一生就像这个故事一样。我说的这些包含着要你们学会如何把不利因素转化为有利因素的道理。"

通过这样的总结，我的心瞬间被点亮了。虽然一下子还不能完全理解，但隐隐约约感悟到，他似乎要我们志存高远，尽快找到一条适合自己的道路。

从那以后，我和苏巴提只要能抽出时间就去看望阿西木爷爷。只不过他日渐衰老。每次看到他，都感到他的身体状况与前次相差太多。在这个过程中，我们渐渐获知，阿西木爷爷的先辈是在这片雅丹地貌区域上建设焙烧窑的首创者。他祖上烧出来的陶瓷制品远近闻名，阿西木爷爷年轻的时候因瞧不起先辈经营的陶瓷手艺而离家出走，在外地四处奔波。待他脑子开窍认识到陶瓷业独特的艺术之美时，他的先辈们早就离开了这个世界。

正像常言所说的"马行千里终回槽头"那样，阿西木爷爷最终回到了这块故土。重新操起了先辈们留传下来的这门旧业，继承了他们陶瓷制作的精湛技艺。后来政府发现这里的土质非常适合烧制陶瓷和与陶瓷有关的建筑材料，对来这里大规模建设焙烧窑的人予以大力支持。于是把在雅丹地貌区域从事陶瓷相关工作的人集中起来，并建成了社区。阿西木爷爷年老力不从心之时，把焙烧窑转让给了他人。又因与这块土地感情深厚而难以割舍，就坚持留在这里生活。

有一次，苏巴提冒失地问道："阿西木爷爷，你没有老伴儿和儿女吗？"

"有。"阿西木爷爷忧伤地说。

但是，关于他的家和我们从没有见过的他的家眷的事，爷爷没有讲给我们听。我们也没有再问。别人不愿意说的事情，继续提问显然不合情理。

"人在这个世界上似乎需要为自己喜欢的东西付出代价，"有一次阿西木爷爷说，"但是现在看来，那种付出有些值得，有些并不是太值得。我喜欢你们，很高兴晚年能得到你们的照料。这或许是我生命中的一部分。我希望你们永远不要忘记在这片雅丹地貌区域中，曾经生活过我这样一个视陶瓷工艺为生命的孤独者。"

"我们不会忘记。"我和苏巴提异口同声说，尽管我们对他的话并未完全理解。

人的年龄越大愁事越多。以前在街上出售的货物是由姨父给准备的。我只有一个简单的心愿，就是尽力给这个亲戚家力所能及的帮助。但是随着渐渐长大，在批发市场选择货物种类和提货的事情就落到了我的头上。除了为亲戚家着想外，我也要开始为自己考虑了。因为我以后终归得在这个城市立业和成家。要实现这个目标，还得靠钱来作通行证。

表哥迪力夏提如今已上班了，在一个边远县当教师。他上师范学校时回家本来就不多，现在回家的次数变得更少了，一年能回一两次就不错了。回来后在街上他也不让姨父和姨妈与他相认,在家里只住一两天就走了。他当时所说的话我现在仍记忆犹新。姨妈虽然对我说过:"孩子,你不要把他的话放在心上。"可我怎么也忘不了。一个以含辛茹苦把他养大成人的父母亲为羞愧的儿子还配为人子吗?姨父和姨妈虽然贫穷,但他们不怨天尤人,从来都是积极作为,不惜花光积蓄供儿女们念书。没有他们这般含辛茹苦的付出,表哥能过上如今这样吃公家饭的体面生活吗?

姨父成年累月穿着旧衣服。有一次姨妈对他说:"甫拉提,你给自己买上一套差不多的衣服穿上!免得去学校的时候与咱娃同龄的孩子用异样的目光看你。"姨妈似乎也没有忘记迪力夏提哥哥那次的行为,所以才用这种方式给姨父旁敲侧击道。

"算了,"姨父憨厚地笑着说,"我买一套衣服,要抵得上迪力夏提几个月的饭钱。"

姨父省吃俭用努力攒钱,心心念念要让儿女接受良好的教育。他的付出没有白费,表姐艾迪耶也考上了位于乌鲁木齐的大学。得知表姐被大学录取的消息,姨父禁不住哭了起来,姨妈也跟着哭了。但是这是因为高兴而哭,谁都不觉得伤心。大家都以表姐为荣。实际上,姨父也是一位应该骄傲的父亲,姨妈同样是应该自豪的母亲。

对于艾迪耶姐姐上学,迪力夏提哥哥没有提供帮助。我听说他在攒钱,想尽办法找门路,非要把自己的工作调整到城里不可。理由是在城里长大的人不习惯偏远地区的生活。

还好,这时我的生意渐入佳境,收入也多了起来。我把赚的钱直接交给姨父。

"弟弟,谢谢你,"艾迪耶姐姐在上学前拥抱着我说,"你吃了太多的苦,我毕业后过上好日子,绝对不会忘记你。"

无论怎样,她这话给了我巨大的安慰。虽然不是我自己去念书，可是通过我勤劳的双手挣的钱，为艾迪耶姐姐的读书提供了帮助，这也是值得我骄傲的事情。与艾迪耶姐姐不同，当时迪力夏提哥哥在大街上因我感到羞耻，不让我与他相认，想起这些，我的心就像寒冬腊月喝凉水似的凉透了。

艾迪耶姐姐上大学一年后，我们家遭遇了不幸。那时我的生意扩大了许多，在苏巴提的帮助下，我紧挨他工作的饭店墙边搭建了一个售货亭。这样我再也不用因冬天的风雪严寒、夏天的风雨雷电而发愁了，并且感到从那时起，自己真正跨入了生意人的行列。

一天，我正坐在售货亭打理生意，伴着一阵悲哀的号哭声，姨妈出现在我的面前。

"好孩子，你甫拉提姨父他……"姨妈控制不住自己的悲哀说。

"姨妈，你别哭，我甫拉提姨父他怎么了？你慢慢说。"我扶着她并给她擦着眼泪问道。

"他……他……在单位的水塔那里摔倒了。孩子，你……快点！"

我丢下手里的生意，搀扶着姨妈向甫拉提姨父看护水塔的单位跑去。遗憾的是，当我们到达那里时，甫拉提姨父已经没有了气息。这些年来他虽然遭受了许多病痛的折磨，但从未在家人面前喊过苦叫过疼。姨父虽然家庭贫困，孩子又多，但是他在接受我这件事上毫不犹豫，让我重新感受到家的温暖。我十分敬重他，他在我的心里具有不可取代的地位。

姨父患有隐匿性心脏病，此前我们谁都不知道。当他突然摔倒时，周围的人还误以为他是疲劳过度后的短暂昏睡。当人们意识到情况危急时，姨父已经没有了生命迹象。他直到生命终结，从来没有住院治疗过一天。他虽然受到疾病的折磨，但他或许更心疼住医院花钱。他把艾迪耶姐姐能念书看得比自己的生命还重要。

身板像大树般魁梧的姨父倒下了，永远离开了我们。离家只有几个小时路程的迪力夏提哥哥没有赶上这位慈父的葬礼。他是怎么想的，只有他自个儿知道。在我看来，他在姨父的葬礼上的哭泣也像是虚伪的。他似乎还没有真正体会到失去父亲的痛苦。

没有等到为姨父完成七天的祭奠，他就以"我工作太忙"为借口走了。一个因自己的父母感到羞耻的人成了教育者，会给孩子们怎样的示范，对此我百思不得其解。姨妈为了不影响艾迪耶姐姐的学业，不允许将姨父去世的噩耗告诉她。但是过了十几天，艾迪耶姐姐便冒着狂风暴雪奔回家中。她是从一个从家乡前往乌鲁木齐办事的老乡那里获知姨父去世的消息的。

姨父去世后，这个家就像没有了支柱似的。现在我的生意红火，收入也满意。但是我感到姨父作为我和这个家的支柱，他要比金钱宝贵千百倍。我从小失去父母，得到姨父的疼爱，他的离去使我沉浸在巨大的痛苦中，很长时间都不在状态，深陷沮丧、忧伤中。

"节哀顺变，"苏巴提安慰道，"说到底，人来到世上谁都会有这一天。"

话虽这样说，但要从巨大的悲伤中解脱出来实在不易。高兴时笑，伤心时悲痛，这是属于人类的共同心理特征。因此，听到几句劝慰就得到控制是不可能的。

这时，两个弟弟正在读小学，姨父再也无法知道他们将来的学习情况了。为了孩子们的未来，姨妈找到了一份为市环保局管护花卉的工作。对于这件事，起初我不同意，但是拗不过姨妈。用她的话说，坐在家里就难免忧心忡忡，有个事情做可以转移注意力。所以我最终尊重她的意见应允了。

那时我想把事业扩大,为把售货亭转变为百货商店的事绞尽脑汁。这件事情最先得到了苏巴提的支持。

"你的思路是对的,"他听了我的想法后说,"现在城市在日益发展,进货渠道已趋于多途径化。有些地方还开了大型超市,这极可能是今后的发展趋势。从你现在的生意情况看,这个售货亭真的太小了。"

刚开始姨妈的信心稍有不足,但是她亲眼见证了几年来我在做生意方面一步步的成熟,最后同意了。于是,我就着手在市区内好的地段上寻找适宜开商店的风水宝地。

9

我每天大清早便起床,早晨的清新空气和金色阳光令我心情放松。天气晴朗的日子,美好的风景更让我感到舒畅。此外,黎明时分更能让我静下心来筹划未来美好的愿景。受到这种启发,我把商店定名为"早安百货商店"。从走街串巷叫卖小商品起,周围的人就对我熟识。正因为如此,商店开业不长时间生意就走上了正轨。我一个人常常顾不过来。商店正式运转后,我向姨妈提出让她放弃管护花卉的工作。

"我不忍心你还像以前那样吃苦受累,"有一天坐下来吃晚饭时我说道,"从明天起就别外出干活了。"

"孩子,你这是什么意思?"姨妈诧异地说,"当初我外出干活你可是同意的呀。你艾迪耶姐姐正上大学,两个弟弟也都在小学念书。他们的花销不少,我要是不出去干活……"

"这些你不必发愁,你不出去打工他们的花销我也能解决。我现在每个月都给艾迪耶姐姐寄钱,这些有时给你讲,有时不讲。现在我的生意好着呢,如果你实在不想清闲,就来商店里帮我一把。"

姨妈想了一会儿后,点头同意了。

"行,就照你说的做。商店也是我们家经营的,把你一个人放在这里,我却去别的地方做事,好像也不合适。"

"你说的极是,你也算是这个商店的当家人。"我与她开着玩笑说。

姨妈高兴地笑了起来。

从此姨妈每天和我一起到商店,照看着生意上的事情。为了让她不至于太辛苦,许多事情都由我去做。过了几个月,因户外的辛勤工作而直不起腰、被太阳晒得黑黝黝的姨妈渐渐开始恢复健康。她脸上泛起红光,面部闪闪发亮。手上的裂口消失,皮肤变得滑润了。眼睛也像早晨的太阳般炯炯有神。在我的不依不饶下,硬是给她买了几套时尚的衣服。虽然她说:"我老了,穿这样的衣服不得体。"但在我的一再劝说下还是穿在了身上。姨妈虽然背有些佝偻,但她年纪并不太大,那只是艰苦岁月留下的印记。正如常言所说,人靠衣服马靠鞍。新衣服给姨妈增添了几分秀美。我知道,一门心思攒钱供孩子们花费的姨妈,迄今为止,从来没有想过打扮一下自己,就连最便宜的新衣服也舍不得给自己买,常年穿着二手旧衣服。

她第一次穿上价格昂贵的衣服时,连续多日显得非常拘束,就连见到我脸也会唰的一下子红起来。但是有天晚上,我看见她在旁边的屋子里对着镜子打扮着自己。有哪个女人不愿穿好看的衣服,不渴望过上像花一样的美好生活?只不过,有的时候受生活条件所迫,那种生活可望而不可即罢了。但是谁的生活也不可能一成不变。笑着的人有哭的时候,哭着的人也会有笑的时候,命运就像一年四季似的交替变换。

回想起当初每天挂着火柴、打火机走街串巷叫卖的日子,我感到今天的生活就像在做梦似的。但是这个梦是经历了无数艰难困苦才实现的。我仿佛一颗从黑暗的石土缝隙慢慢露出头角、在明亮的世界中成长的种子一样。

苏巴提和我有着相似的命运。随着他渐渐长大，他们家的生活也日趋向好。苏巴提的母亲非常慈祥，经常给他出主意。几年来他母亲与我姨妈交往频繁，现在成了至交。美合日古丽阿姨有时会来到商店，与姨妈拉起家常来会持续几个小时。她们交谈的内容，从生活的甘苦到自己所亲历的灾难，包罗万象。如今姨妈也和苏巴提的母亲一样没有了丈夫，可谓同病相怜。现在她们都在党的好政策下，经过儿子们的努力，过上了安稳的生活，两个人都不由得陷入对往昔的久久回忆中。

这期间我和苏巴提看望了阿西木爷爷好多次。阿西木爷爷的身体一天比一天衰弱。但他的眼睛依旧闪闪发亮，炯炯有神。只不过，他的屋子里什么时候都是像暗室般漆黑，这一点没有丝毫改变。刚开始的时候，苏巴提说："这位爷爷似乎是个有钱的人，我们这样来来往往的，别人会不会认为我们是瞄着他的钱财而来的？"后来他把这话直接说给了爷爷。爷爷听了苏巴提的话，当时就大声笑了起来。

"哎呀，孩子，没想到你小小的年纪，做起事来想得还挺周全啊。"

苏巴提抓耳挠腮地笑了。

"你们放心，"阿西木爷爷说，"我不靠别人养活，更不是那种别人怎么说就怎么做的人。你们是什么样的孩子我心里明白，对我来说这就行了。我乐意你们常来看望我，看到你们我很开心。"

此后我们没有了别的顾虑，经常前去看望他。把他当成自己的亲爷爷看待。他每次讲那些意味深长的故事，无不让我们目瞪口呆。爷爷近来卧病在床，他说话时声音没有从前那样响亮了。看到他这个样子，我心里很不是滋味。苏巴提也心酸地流泪。由于耳闻目睹过姨父的亡故，我开始担心阿西木爷爷将会于不久后离开我们，心里怦怦直跳。

我们最后一次去看望阿西木爷爷的时候，他的话越发少了。他实在太虚弱了。

"爷爷，我们这就送你去医院，"苏巴提说，"我现在有钱。"

"我这里也有。"我接着苏巴提的话说道。

爷爷摆了摆无力的手，开始用微弱的声音说话了。我们俯下身子将耳朵凑到他的嘴边。

"谢……谢谢孩子们。我……我……九十多岁的人了。现已病入膏肓，医生救治不了了。"

听了他的话，我们流下了心酸的眼泪。爷爷使出很大的劲，努力坐了起来。我们从两侧扶着他。爷爷的眼睛像哈了气的眼镜似的模模糊糊。他气息奄奄，看了我们好长一会儿，稍微聚了点精神后，给苏巴提朝屋子一角示意。

"挖，孩子。"

苏巴提不明白他说的是什么意思，一时愣愣地站着未动。我也不理解爷爷的意图，用奇异的目光盯着苏巴提。

"挖！"爷爷使劲才把声音提高了些，又一次说道。

苏巴提从院子拿来一把铁锹，开始在屋子一角处挖了起来。因为他不清楚为何而挖，所以在挖的时候时不时抬起头，用疑惑的目光看看爷爷。

挖了好一会儿，他已气喘吁吁、汗流浃背，于是停了下来。这里并没有任何特别之处。苏巴提一边心里猜测着爷爷是不是糊涂了，一边垂头丧气地将铁锹放到地上，但依旧定睛望着爷爷。

"挖！"爷爷再次用命令的口气说道。

苏巴提又挖了一阵子，还是什么也未发现。走到我跟前，使眼色由他扶住爷爷,让我接替他去挖。现在我们除了遵照爷爷的意思继续往下挖外,没有别的选择。只有挖出某个结果后,所有事情才会水落石出。

我也挖了好长时间,屋子里堆积了好多土。如果这个时候有人从外面进来,会怎么想呢?会曲解自不必说,很可能还会造成预想不到的后果。想到这里,我也不愿意继续挖下去了。但是在爷爷像钉子似的眼睛的逼视下,我不得不硬着头皮继续往下挖。

"咚",铁锹不知碰到了什么东西。我的心咯噔一下提到了嗓子眼,全身的毛发都被吓得竖了起来。在我的眼里,这个屋子本来就有些怪异和神秘,现在更让我感到恐怖了。我的手开始颤抖,好像从地底下会突然蹦出什么怪物似的,我害怕极了。但看到爷爷依然示意让我继续挖,我陷入深深的迷惑中。

我不知接下来会发生什么事,突然感觉又像猜谜语似的兴奋了起来,最后咬紧牙关继续挖。随着土坑渐渐扩大,我才看到里面有一个腐朽了的木头箱子。我忽然对这个刚才还让我心里恐惧的坑洞产生了兴趣,这时才慢慢反应过来,原来爷爷在这里埋藏有东西。在苏巴提的帮助下,我们开始把箱子往上挪。

"当心!"爷爷着急地说。

我们小心翼翼地把箱子搬上来,放在爷爷跟前。

"你们把它打开!"爷爷简短地说。

箱子打开了,屋内四处都是东西腐朽了的气味。箱子内有两个用稻草、破布之类的东西缠得严严实实的包裹。又把包裹打开。最后,两只釉面光亮、造型和大小相同的天蓝色陶瓷花瓶出现在我们眼前。我觉得屋内一下子亮堂了许多。爷爷满脸都是笑,高兴得全身微微颤动了起来。

苏巴提与我相互望了一下对方,看到花瓶后我们的眼睛也为之一亮。这时爷爷用微弱的声音说话了。

"这……这是一对花瓶……是祖上留给我的传家宝。据我所知,我的先辈好多代都是从事陶瓷制作的。这对花瓶是经过好多代才传到我手上的。这也是我们家族继承制陶术的法宝。但……但是这项技艺从我手里失传了。遗憾……实在太遗憾了!"

爷爷说到这里就四肢乏力地瘫了下来。

"爷爷!"我们同时惊呼道。

"没有事,孩子们。我……我好着呢。"

我们沉默不语地看着他。不知道他想将这对花瓶做何处置。

过了一会儿,他终于克制住自己,示意我们扶起他。我们分别在两边扶着他。

爷爷呼吸正常之后继续说道:"这……这花瓶是我留给你们的赠品。它们具有几百年的历史,现在价值几何我也不知道。但是通过这对花瓶,我想让你们知道以陶瓷业为生的一个家族的历史。它们……只是作为一个纪念。"

爷爷用无力的手抓住花瓶,递给我们每人一只。花瓶的釉子清亮而又光滑。由于埋葬地下很久,抱在手里使人感到冰凉。我虽然对陶瓷业一窍不通,但不得不承认手中的花瓶非常精美。

"谢谢你们。"爷爷用微弱而又颤抖的声音说。

"不,爷爷,我们谢谢您。这个赠品实在太珍贵了,我们……"

"嗯,你们……好好地收藏着它。"

爷爷说完这话后把眼睛合上,呼吸放缓,开始打盹。我和苏巴提把刚才挖的坑复原,收拾好屋内卫生。这时我们也到了回家的时间。但是爷爷处于这样的状况,我们怎舍得丢下他离开?暮色渐浓,爷爷还在睡觉。

苏巴提轻轻地唤他:"爷爷。"

他赶紧把眼睛睁开,向我们看过来:"唉,你们怎么还没有走呢?"

"看您现在的……"

"你们回吧,免得让你们的母亲担心。"

"可是您……"

"我什么事也没有,你们过几天再来看我。"

看到他较先前呼吸平顺了许多,我们的心踏实了下来。把花瓶装进袋子,轻手轻脚、小心翼翼地准备离开。

"爷爷,那我们走了。"苏巴提走到他近前说道。

"好吧,孩子们,祝你们平安。"爷爷半睁半闭着眼睛说。

"也祝爷爷平安。"我们心里难受地说。

我们走到外面时,雅丹地貌区域内的路灯已亮,可以听到周围人们的喧嚷声。那位拉二胡的老人正坐在一棵粗大的杏树下演奏着。他的年纪也很大了,他用瘦弱的手颤抖地拉着弓弦,美妙的曲调在雅丹地貌区域的上空回荡。

10

我的生意兴隆,过上幸福的日子后,姨妈如同返老还童似的,再加上穿着时尚的服饰,显得更精神了。她现在大清早就去商店,与往常不一样的是,她出门前会先照照镜子,对自己简单地打扮一下。看到她的变化,我打心里感到喜悦。在这种喜悦中,我从姨妈身上尽力发现她与我母亲相似的方面。浓黑的弯眉、笔直的鼻梁、脸的形状……总之,她与母亲在许多方面都很像。因而,现在我已经把她当成了自己亲妈一样看。有时晚上睡到三更半夜还会发出"妈妈……妈妈……"的呓语。这时,姨妈会走到我跟前问道:"孩子,你怎么了?是不是做噩梦了？"我情不自禁，哭着把她抚摸我头发的手移到自己的脸上。

姨父是吃了一辈子苦的人，但是他没有等到今天的好日子就离开了这个世界。

有一天，表哥迪力夏提来找我，说他准备结婚。婚前根据女方的要求，要在位置好的地段买一套住房。现在所积攒的钱似乎不够，所以得从我这里拿钱。想起当初他因我感到羞耻，在大街上不让我与他相认，到现在我心里都还打哆嗦。

"房子为什么非要选在好的地段？"我对他自不量力、执意要挑选好的地段买房的做法很不理解。

"哼，"他摆出一副瞧不起我的架子，阴沉着脸说，"准备与我结婚的对象是一位领导的女儿，我们这一方做事与对方不对等不行。"

我没有再说别的。民间有"江山易改，本性难移"的俗语，这话算是说对了。自以为是，夜郎自大，是他选择的人生之路。对此我们没有办法阻止。同一棵树上成熟的果子味道也不是完全相同。他还有许多不为我们所知的方面，只不过是与我们相处的时间不多，未曾了解得到。即使是这样，因为我们是兄弟，他遇到事的时候我不能袖手旁观。

"怎么样，你给还是不给？"他毫不客气地用粗鲁的声调说，"实际上你开的这家商店是属于我们家的，我让你使用多久你就使用多久。但我主要是考虑到我母亲的感受。"

我为他能够看重姨妈而高兴，只不过他以前说过的那些刻薄的话像针扎在我心上似的。当时我不顾风雪严寒，忍受着手脚的冻伤，一分一毛积攒下来的钱，难道就是为供这样的哥哥花费吗？当时只想着给姨父家力所能及的帮助，对得起供我吃喝的这个家。但是他毕业上班后，可曾心疼过为孩子们付出全部心血的姨父吗？可曾对家庭成员伸出过帮扶之手吗？对于从无到有、从小到大的这个商店,他可曾做过一丁点贡献吗?如今说这些话的时候,他有一丝一毫的内疚感吗?没有,没有,没有!

"你怎么这样小肚鸡肠?拿点钱有那么难吗?"

"不,我把别的事……"

"给我把你那些别的事放下,我不是闲人,没工夫坐在这里听你说别的。我现在得赶快走才行。"

"行。"

"哎,这还像回事。你如果是听话的孩子,就应该对得起我父亲对你的养育之恩,你应为他做点事情。"

迪力夏提哥哥说这话的时候,我心里气愤,浑身冰凉,对他非常厌恶。但我什么也没说。他这个人不害臊的地方还在于,不管我说什么他都听不进去。

"那你想要多少?"我咬着牙说。

迪力夏提哥哥脸上闪现出一副傲慢的神情,那架势不像是来借钱的,简直就像给我安排任务似的。真的,他是姨父的儿子,我是姨父跟前长大的孤儿。啊,他是我的老板理所当然。

"有的话给两万,没有的话一万也行。"

我回想这些的时候,他当时用命令的口气给我说的那些话一直在我耳边挥之不去。

我看着他的眼睛,马上将打算要说的话咽了回去。我们是有一些积蓄,但那是为保障艾迪耶姐姐大学毕业和两个弟弟继续念书而准备的。再说了,从迪力夏提哥哥现在这个架势来看,他根本没有还钱的想法。

"没有那么多钱。"我面带怒容地说。

"什么?你把我当小孩子看?就你这个连学校的影子都没有见过的土包子,还想在我们这样的社会精英面前耍花招啊?"

他的话是如此伤人且没有底线。但是顾忌到姨父的亡灵和姨妈的面子,我控制着自己没有再多说什么。

"不,"我艰难地动了动气得发抖的嘴唇说,"你是大干部,这个我怎么会不知道?就因为我是土包子,所以在生意上才没有赚到多少钱。"

"你这是什么意思……"

他像是准备与我打架寻找什么东西似的,眼睛朝两侧转动着。

"就是说,你要的钱太多,我拿不出来。"

"开这么大的一个商店,竟然说没有钱,谁相信你的鬼话?"

"信不信是你的事。"

"哼,你是不是在测试我的耐性?我是忙人,没有时间跟你在这里磨嘴皮。"

"我也没有闲工夫测试你。如果不相信我,那你回家问姨妈去,她每天都与我一起在商店,有多少钱她心里有数。"

他稍微调整了自己的情绪,沉默了好一会儿,然后暴躁地捏着自己的下巴向我瞪着眼睛说:"有多少钱?干脆点。"

"五千。"

"什么?凭我的地位,开一次口才给五千元?"

"那是你自己的事。我给你说的是实话。"

"呸!没娘的孩子就是没有教养。"

我的手指不由得嘎吱作响,已经攥紧了拳头。但看在长辈们的面子上,硬是强压住自己。想到他这般冷酷无情、自私自利,心里像火在烧似的煎熬,完全认识到了他对我根本没有一点兄弟间的情谊。

"把五千元拿过来,剩下的我再想别的办法。"他就像与我有深仇大恨似的咬牙切齿地说。

"我得到银行去取。"我说这话时连他看也没看,伸手抓起门锁。他没有办法,只好跟着我走出商店。

"快点,我等不及了。"他催促着说。

我没吭声走了。当我从银行回来时,见他就站在商店前等着。本来想他会跟在我身后,打探我在银行里到底有多少存款,但出乎我所料,他并没有那样做。他伸手就将我手里的一沓钱夺了过去,看都没有看我就扬长而去。

迪力夏提哥哥离开不一会儿,去与苏巴提母亲闲聊的姨妈回来了。她看到我脸上不同寻常的表情,来到我跟前问道:"孩子,发生什么事了?是不是因什么事跟人吵架了?"

"没有。"我颓唐地说。

"那为什么……"

"迪力夏提哥哥来过这里了。"

"什么时候?"

"刚才,你没有见到他吗?"

"没有。"

姨妈好像想与他见面似的,头伸出商店门向外探望。

"走了。"我委屈地说。

姨妈好像想着什么事似的沉默不语。过了一会儿,我给她讲了刚才的事情经过。姨妈似乎并不怎么生气,头埋下来出神了片刻,然后向我低声问道:"他……他……给你说他自己要结婚?"

"是的,他是这么说的。"

姨妈突然站起身,急忙朝外面走去。

"你上哪里去?"我为她的举动感到诧异。

姨妈没有回答。

姨妈出去后直到晚上也没有来商店。我不知道她是嫌我给她儿子的钱太少,还是为迪力夏提的行为生气。今天商店比以往关得晚些,我回到家里后看到两个弟弟在做作业。姨妈连饭也没做,坐在那里发呆。我不知道她态度的变化是出于什么原因,没有多余的话就直接走进卧室。由于心情郁闷,未吃晚饭也没觉得饿。一会儿,我的目光突然落到了对面墙上的壁橱上。那里面有阿西木爷爷赠送给我的那只天蓝色花瓶。但现在那个位置是空着的。一看花瓶不见了,心情沉闷中回想起了一件事情。

十几天前,苏巴提匆匆忙忙跑到我跟前,告诉我说阿西木爷爷去世了。这一噩耗给我带来了巨大悲痛。想起与爷爷在一起的那些日子,我不禁泪流满面。他所讲的故事一幕幕地出现在我的脑海。我们急速向雅丹地貌区域中的那个社区跑去。到了那里时,才知道阿西木爷爷已经去世六天了。穿着黑色丧服的几个人正在院子里进进出出。我还以为他们是附近的亲戚朋友,等我知道详情后便惊讶不已。

他们是不知生活在哪里的阿西木爷爷的孩子,谁也不清楚他们是如何获知爷爷去世的消息的,于两天前赶了过来。来后就立即四处查询父亲的经济往来情况。他们正穿着孝服站在那里,变卖家里所有能卖钱的东西,并且连房屋也准备卖给别人。哎呀,这都是什么事呢?爷爷在世时他们一次也没过来看过。现在人刚去世他们就出现了,开始变卖父亲的遗产。邻居们也说老人是赚钱高手,身边应该留下了不少现金。有个长得与阿西木爷爷一样威严的人,向我投来怪异的目光。

"这位是我阿西木哥哥的大儿子。"有人走到我跟前介绍说。

我们在阿西木爷爷的门前站了片刻,便伤心地返了回来。我们也不晓得老人有几个儿子,他为何这么多年来一个人孤独地生活,这些全都是谜。或许人本身就是一个复杂体,各有各的人生准则和世界观,生活的这个世界,只有自己才能破谜。

那时发现天蓝色花瓶不见了,我来到外面向姨妈问道:"姨妈,我卧室里的那只天蓝色花瓶怎么不见了?"

姨妈艰难地抬起头,向我看过来。

"那……那只花瓶……"

我预感到事情不妙。会不会是被调皮的弟弟摔碎了?我的脑子突然闪现出这种猜想,可是又没有看到一点花瓶被摔碎的迹象。

"姨妈……"我着急地说。

姨妈似乎下了很大的决心,大着胆子对我说:"孩子,你迪力夏提哥哥把它拿走了。"

"为什么?"我脑子嗡的一下开始剧烈地疼痛,说道,"那是别人送给我的呀,而且我承诺过要把它……"

"因为钱不够,我不能眼巴巴看着孩子这样。我手里只有少量钱,为了他不至于孤苦无依……后来,那只花瓶被他看到了。我也没有说什么。"

我感到头一阵眩晕,屋内好像在旋转似的。原来迪力夏提哥哥是为找值钱东西才回家的。而当时姨妈似乎感觉到了,于是紧随其后回去看他,拿出自己积攒的钱给了他,而且他拿走花瓶也是姨妈允许的。母亲的心为什么总是如此柔软呢?孩子再怎么不好,母亲也会为孩子敞开自己宽广的心怀。

我左思右想,慢慢镇静了下来,花瓶怎么说也不能失去。我有我自己的想法,更有自己做人的准则。吃苦受累我无话可说,但是如若超越了我心里的底线可不行。任何人的忍耐也是有极限的。

为了不使姨妈作难,我什么话也没说就往外走去。她也没有问我要到哪里去。想起迪力夏提哥哥的自私,我感到厌恶至极。可是看在兄弟的情分上,花瓶的事情我既要慎重行事,也必须迅速解决不可。一定要保存好这只花瓶,这是我和苏巴提共同给爷爷承诺过的。一个与我们没有任何亲戚关系的人,临终前把他自己喜欢且无比珍贵的传家宝赠送给我们,之后没过多久我就把它丢了,这也太不成体统了。

这么晚了,迪力夏提哥哥提着花瓶会去哪里?假如换作是我,肯定会想把它拿到古玩市场出售,可现在是闭市时间。想到这里,我觉得现在应该到他所在学校的宿舍去找才对。

当我到达那里时,宿舍内的几个人正聊得火热。迪力夏提哥哥看到我突然出现,一下子惊呆了,然后黑着脸,向我投来鄙夷的目光。

"哼,这么晚了,你来这里做什么?"

我正准备回话时,就看到宿舍内有个人手里拿着那只花瓶。我想,或许是迪力夏提哥哥请这些人来为花瓶估价的。

"来看望你不可以吗?"我不动声色地说。但是我的眼睛却盯在花瓶上。

迪力夏提哥哥斜着眼睛看了我几秒后,面向宿舍里的那些人说道:"那就这样定了。你们不要忘记给这笔生意做个见证。"

屋子里坐着的那些人因我不合时宜的到来而扫兴,全都绷着脸站起身。那个人也提着花瓶打算往外走。

"你停一下,"我伸手挡住他说,"这花瓶是别人送给我的,不还给我不行。"

那个人朝迪力夏提哥哥望了望后,用略带惊异的眼神盯向我。

"这个,我已经买下了。"

"什么?"

与此同时,迪力夏提哥哥走到我跟前说道:"这个是我从我自己家里拿来的,与你没有关系。"

他的强横虽然令我恼怒,但为了不伤害兄弟之间的情分,我尽量让自己把话说得和善一些。

"哥哥，那个家不也是我的家吗？你说要钱我也给了你，但是把我的花瓶拿走可就不像话了。这是别人送给我的。你是通情达理之人，拿别人送给我的东西卖钱，这样做也太不像话了。"

"一个没有上过学的人知道什么是不像话？"迪力夏提哥哥嘲笑道，"需要钱的时候，如让它发挥作用，这样的东西才有价值可言。我现在资金遇到了困难，所以……"

"钱我不是给你了吗？哥哥，这花瓶是我的。如果你还认我是你的兄弟，请站在我的角度考虑一下。"

迪力夏提哥哥为了不让自己在这些人面前丢脸，态度不像先前那样强横了。为使事情有个好的结局，他强词夺理道："弟弟，请原谅，我实在没有办法。我结婚需要多少钱，你是不知道的。你给的那点钱，只勉勉强强够几桌饭钱，既然别人能把这花瓶赠送给你，那你就把它再赠送给我好了。"

"哥哥，你别给我出难题。"我抱恨地说。不言而喻，兄弟间为了一只花瓶而反目并不好。可是，阿西木爷爷的坟土尚湿，我如果就把他赠送的花瓶丢掉，他的亡灵岂能安宁？

"我已经把它卖了，"迪力夏提哥哥像一只披着羊皮的狼似的对我吹胡子瞪眼道，"你有钱的话，就还给你。"

手里抓着花瓶的那个人朝我笑望着。

"你哥哥说得对，这个我已经买走了。"

这下我明白了，事情继续朝对我不利的方向发展着，但我也不想与迪力夏提哥哥无休止地争吵下去。抓着花瓶的那个人看我情绪有些缓和，更加得意扬扬起来。

"算了，"我无奈地咬了咬牙说，"我给你钱，你把它还给我。"

"这话我爱听，"他笑着说，"我看这是只好花瓶，如若有利可图，我可就地出手。这样，我这个卖主也省得带着它去市场上四处兜售了。"

屋子里的人听了这话，全都哄然大笑了起来。我强忍着心里的怨气。

"请说出你的卖价。"我委屈地说道。这时我感到，自己就是有个故事里讲的那个自己买回自己驴的人。

"一万元。"他眼睛眨都未眨地说。

"什么？这……"

"花瓶的价值你是知道的，不用我说。"

"哎呀，这，但是……"

我望着迪力夏提哥哥。他的脸一下子变得苍白。还没有等我说话，他就疾言厉色地说道："朋友，你刚才还说这花瓶最多只值五六千元，还说为了帮我，才给我出了六千元，你们是不是这么说的？现在怎么就成了一万元？"

那个人笑着点了点头。

"这就是生意，卖主夸赞自己的货提价，买主找货的缺陷往下杀价。现在这件货有销路，要价多少是我的事情。"

迪力夏提哥哥似乎感觉上了当，用手紧紧抓住自己的下巴。刚才相互间还像知心朋友般热络的这帮人，在利益面前马上与他分道扬镳了。

"我给你出八千元，"我讨价还价道，"你这生意连屋子都还没有出。"

"那又有什么关系，是迪力夏提通知说让我们来这里看货的，为此我也走了好远的路。我来这里当然是为了赚钱，如果合意你就一万元拿走。"

"你看，我也是一个生意人。什么事情都唯利是图并不一定就好。"

"哼，你还挺老练的。如果不是图利那干吗要做生意？"

"给你再加上一千元。"

"你给的价少了……"

"你看……"

"噢,我正看着你哩。"

"一千元也不是小钱。"

"你就是说破天也不行。"

"生意人做事心中要有天理良心。"

"可惜,你说的那个天理良心不能当饭吃。如果不拿出一万元,那我就走了。"

他这样说着,把花瓶夹在胳肢窝就要往外走。迪力夏提哥哥委屈地哭了,这时,他也不知道该说什么才好。我把那人的手拉住。

"请你留步。"

"你干脆点,我再不回家休息不行。"

"我……"

"一万元,一分钱也不能少。"

"给你再加一千元行了。"

"少了。那我就把它卖给出得起我要的价格的买主。"

我的眼前浮现出阿西木爷爷的身影,他好像正用考验的目光望着我似的。我的心酸楚楚的,眼圈也湿了。如果继续这样争来争去,我保不准就会哭似的。我也不知这是我的弱处,还是实在忍受不了这种屈辱。反正这件事,对我的心灵伤害极大。

"给,拿走!"

我从怀里掏出一沓钱,塞到他的手里。他高兴得嘴角都快要咧到耳根了,拿着钱头也不回地消失了。迪力夏提哥哥还在愣着神。我拿到花瓶后,连与他道别的心情都没有就踏上了回家的路。花瓶像星星似的向我眨巴着眼睛。

11

我因花瓶受了窝囊气,心情郁闷了好多天。姨妈也是魂不守舍的样子,似乎为什么东西焦虑不安着,做起事来丢三落四的。姨妈的这种状态使我的心情更糟。难道让她一辈子都在这种苦闷中生活吗?贫穷的日子里被困难所迫,可日子好起来的时候不知怎的仍旧从烦恼中解脱不出来,这究竟是为何?

这种情况下,我便劝姨妈暂时不要来商店,在家里好好休息。可商店规模较大,我一个人着实忙不过来。为此招聘了一位前来应聘的姑娘,她的名字叫赛菲耶,刚二十岁出头。据她自己介绍,她高考成绩未达到分数线,上大学的愿望落空。刚从所在的县中专毕业。她不自暴自弃,虽说只是中专,但她坚持完成学业的务实态度令我佩服。姑娘做起事来拿得起放得下,对待顾客的态度也非常热情友善。即使心情忧郁的顾客走进商店,听了她的话后也会愉快起来。招进她后商店的生意更加兴隆了。有时我甚至感到自己也有些跟不上她的思路。我为这样聪明的姑娘没能考上大学而感到遗憾。对她的家庭情况我没有多问,只知道她家在相邻县城,距离她家坐出租车大约需要二十分钟。

艾迪耶姐姐去年大学毕业,姨妈希望她回家乡就业。但她说是为了继续自己的学业,工作落实到了乌鲁木齐。

"女儿,你都已经从这么好的大学毕业了,还有什么可学的?"姨妈不怎么服气地说。

艾迪耶姐姐听了这话乐了。她将胳膊挂在姨妈的脖子上,开始解释道:"好妈妈,念书、学习是无止境的,今后我还有硕士、博士之类的学位等着读。"

姨妈禁不住流出了眼泪,但对艾迪耶姐姐为实现自己的愿望而做出的决定没有反对。自从被接到这个家以来，我与艾迪耶姐姐在一起的时间非常少，与迪力夏提哥哥也是如此。只不过，迪力夏提哥哥不如艾迪耶姐姐这么体贴和友善。姐姐参加工作后，经常给姨妈捎来钱和别的东西。我告诉艾迪耶姐姐，现在家里的经济条件好了，今后不要捎钱给家里，安心继续自己的学业。

"好弟弟，我们能有今天这样的日子，其中有你很大的付出和贡献。"她高兴地说，"如果你们的生活有难处，我的心终归不会安稳的。"

"姐姐，不要那样。"为了使她放心，我说道，"你不要忘记，我们家经营着一个大商店。从前那种贫穷的日子一去不复返了。你就放心把自己想做的事情做好吧。"

"谢谢你，我的好弟弟。"

艾迪耶姐姐工作和学业取得了双丰收，我们所有人都为她感到自豪。忽而我回过头来想了想自己。现在我勉强会读书报和杂志。因为从小就开始做生意，账项对我来讲也不太难。但是终归没有正儿八经地上过学，与其他人在一起的时候总感到自己相形失色。致富的同时如果精神需求得不到满足，那就不是真正意义上的富有。小的时候遭遇的不幸使自己失去了很多东西，如今不仅长大成人，而且条件好了，忽然脑子里出现了很多想法。只不过与别人比起来，总感到自己在某些地方似乎存在着先天不足。

很快我就与赛菲耶相处得很好了，在外人的眼里我们就像一家人似的。随着时间的推移，她察觉到了我的心思。

"逝去的时光如流去的水，无论说什么也回不来了。"有一天她给我说了一句让我醍醐灌顶的话，"但是你可以紧紧抓住眼前的时间。"

"这……这话是什么意思？"我对赛菲耶的话有些不解。

"现在市里开设了许多培训班,可以学习各种语言和别的专业,你去报名参加一样可以学习呀。"

她的话使我茅塞顿开。很久以来我总是为自己没有上过学而感到焦躁不安,为此找不到破解之法。曾经在收音机里听到过"路就在自己的脚下"这样一句话,她现在说的不正与我在收音机里听到的是一个意思吗?

在赛菲耶的鼓励下,我当天就报了夜间培训班。每天商店一打烊我就往那里赶。学了两个月后,我感到自己眼界开阔了好多,尝到甜头后对学习的兴趣更浓了。打下一定的读写基础后,我又报名参加了汉语普通话培训班。

"今后不会普通话不行。"赛菲耶说道。

白天在商店里稍有空闲时间,赛菲耶就帮助我复习和巩固前一天所学的课程。我进步很大,就连培训班的老师也为我的学习速度和效率感到惊讶。如今世界对于我来说是别样的感觉,好像自己生活在不平凡的环境里似的。赛菲耶在我的心里开始处于不可取代的位置。

这些日子里迪力夏提哥哥发布了准备结婚的喜讯,只不过其中一件事把全家人搅扰得吃不下睡不安。

准备与他结婚的当真是一位领导的女儿,我们大家都为此高兴。艾迪耶姐姐也从乌鲁木齐打来电话,首先向迪力夏提哥哥表示祝贺,并说她一定回来参加婚礼。我们乐呵呵地按照习俗开始为婚礼做各种准备。但料想不到的是,迪力夏提哥哥提出了一个全新的方案。按照他的方案,为了给亲家留下一种豪富之家的印象,我们需要住进他临时租来的楼房。而且他还临时租来许多家电和家具。如不这样做,好像会丢迪力夏提哥哥的面子,而且婚礼也不尽兴似的。

虽然我对这样的安排想不通,但看到连姨妈也不说话,便无可奈何地咬紧牙关照办。婚姻是两个人一辈子的事情,本应建立在双方相互信任的基础之上。像现在这样临时租房，看上去像个富豪，结婚之后终究还得回到我们以前的房子居住。到那时，新媳妇将作何感想？而且我们现在住的房子并不怎么老旧，三年前才装修过，看上去也相当不错。

就这样如同在舞台上演戏似的，我们搬进了临时租来的房子，看似阔佬家一样。承租的屋子装饰和家具的确非常豪华。刚入住时，感到就像走进皇宫似的拘束。又一想到这只是短暂的逢场作戏，情绪才调整了过来。

婚礼举办了几天。这场婚礼的欢乐气氛和豪华程度无可挑剔。艾迪耶姐姐从乌鲁木齐赶来参加了婚礼。她对迪力夏提哥哥做出如此虚荣之事也不满意，但不愿扫姨妈的兴致就没有吱声。这次迪力夏提哥哥的婚礼花钱真不少。因为我尚未成家，对某些事情或许揣摩不透。

婚礼总算圆满结束，新媳妇如愿引进了家门。万万没有想到，新媳妇并不是直接引进我们住的家，而是去了迪力夏提哥哥在"黄金海岸小区"所购的私人住宅。临时租的房子只是摆样子做给亲家们看的，按照迪力夏提哥哥的话说，这样做就是为给亲家留下"我们有好几处住房，是富翁之家"的印象。

婚礼结束的第二天，我们就从租住房搬了出来，重新回到原来的带院子的老屋。当时一下子就感觉到住自己的屋子与租住房简直就是天壤之别。一天，新嫂子突然走进我们院子。姨妈当时就慌了神，好像作弊被发现似的难堪至极。

"这屋子多么宽敞啊，"令我们惊讶的是新嫂子竟发出这样的赞叹，"迪力夏提怎么没有给我说过还有这么一套好屋子？"

姨妈还没有从尴尬中回过神来。姨妈或许在想，儿媳妇看到我们住这老旧的屋子后，是不是觉得迪力夏提很丢人？但是新嫂子好像并没有一点别的想法。她接着开始欣赏姨妈在院子里培育的各种花卉，然后走进屋子里看了一遍，脸上除了欢喜之外别无其他。随后又蹲在门前的水渠边用手捧起一捧水洒开。水滴像下雨般落在她的身上，她兴奋地笑了。我们像看表演似的傻呆呆地紧跟其后。

然后她高兴地搂住了姨妈的脖子，满含真诚地说："亲爱的妈妈，这几天因为工作实在太忙，没及时来看望你，请不要见怪。"

姨妈听了这话更慌神了，一时不知道如何说才好。我们走进屋里，新嫂子不顾姨妈"孩子，请你上座，我这就给你铺褥子"的劝说，直接朝厨房走去。

"妈妈，今天的饭菜由我来做，全家人尝尝我的厨艺。"她笑着说。

她连身上的衣服也不换，麻利地系上围裙开始做饭，连姨妈过去帮忙也不应允。我发现姨妈的眼眶湿了，嫂子一点也没有我们所想象中的领导、官员家千金的样子。实际上他们也是与我们一样的人。也许他们也有自己相应的快乐和痛苦，也有对普通的东西感兴趣的时候。天空飞翔的鸟儿为了栖息也会降落到地上。通过与她近距离相处，才知道新嫂子并非自己所想的那样。看着她在厨房里聚精会神做饭的样子，我不禁感到她是那样和善可亲。一种与她成为一家人的自豪感油然而生。

从那时起，新嫂子只要有空就回家来陪伴姨妈，姨妈也没有了新嫂子初次回家时的那种尴尬。后来迪力夏提哥哥也跟着一起回来，全家人得以无拘无束团聚一堂。刚开始迪力夏提哥哥与我们之间交流不多，但他的态度在渐渐变化着。对我也开始像自己的弟弟一样看待。为此，我也为自己当初没有给迪力夏提哥哥提供更多的资金，导致在天蓝色花瓶一事上造成隔阂而感到自责。人这一辈子应该生活在相互关爱中，浓浓的亲情是金钱换不来的。

我坚持不懈地上培训班学习。越学越感到需要学习、应该学习的东西太多，这些东西之多让我惊讶不已。现在我才真正理解了艾迪耶姐姐当时说的那些话。我和赛菲耶依旧保持着平常的关系。但一看到她我就心跳加速，连话也说不利索。如若她哪天休息不来商店上班，我会像正在服药的病人一样无精打采，从早到晚憋闷得难受。我终于理解自己这是爱上了她。

既然喜欢上了赛菲耶，那就对她吐露心迹，可我又不知如何向她表白，并且担心表白后她会负气而别。

这些天苏巴提辞掉原来的厨师工作，正筹备开设一家酒楼。随着城市的发展，各种产业如雨后春笋般蓬勃发展。城市生活也更加丰富多彩，同时预示着今后餐饮业会上一个新的台阶。

为了不使我为难，关于资金的事情苏巴提闭口不谈。我熟知，他不但性格内向，而且讨厌做出置别人于窘境的事情。于是我主动找到他。

"大老板，酒楼进展到什么程度了？"我对正在为酒楼装潢的事忙碌的苏巴提开着玩笑说。

"能不能别嘲笑人？"

"我怎么会嘲笑你呢？我这是真心为朋友开始做一番大事业高兴。"

"谢谢，那你自己呢？"

"照旧。"

聊了片刻后，我把话渐渐转到来此的目的上。

"你酒楼的资金情况如何？"

他长叹了一口气回答道："我正在想办法。"

"我们是不是朋友？"我赌气似的说。

苏巴提有些不好意思地笑着："当然是朋友了，这还用问吗？"

"不需要我的帮助吗？"

"朋友，我本来不想麻烦你。"

"你应该知道，麻烦也是一种关爱的方式。"

他望着我的眼睛愣住了，脸上露出一种不好意思的神情。

"这个你先用着。"我从手提包里拿出五沓人民币递给他说。

苏巴提因激动唰的一下红了脸。

"谢谢你，朋友。"他紧握着我的手说，然后呼唤远处的一个人去拿纸和笔过来。

"你这是干什么？"我诧异地问道。

"凡事都按规矩办才好，"他说着把一张写好的凭据向我递过来，"钱我一定按时还给你。"

这时，我感到自己做了一件该做的事。

"如果再有资金紧张之类的事情，请及时给我打招呼。"我在告别前郑重地向他提醒道。

"好的。"他说，然后依旧像孩童时代那样，友好地在我的肩膀上轻轻拍了拍。

12

看到苏巴提正在忙着开办酒楼，受此启发，我也产生了新的想法。这绝不是想与朋友竞争或者嫉妒的心态作祟，而是从当前发展的需要考虑。在我孩童时代，这座城市楼房还很稀少，简易棚户和砖混平房随处可见，城市的规模有限。但是如今城市的发展可谓日新月异，高楼林立，街道宽阔，市场繁荣。无论走到哪里,招牌如火树银花般醒目的自选市场星罗棋布。只不过,我所积累的资金还达不到像别人那样可以开设一家超市的程度。

我把自己的想法讲给了赛菲耶。

"你的想法很好,"她边往货架上摆放商品边说,"但是开超市至少需要具备几百平方米的建筑面积。我们这个商店位置不错,若加以改造,换上超市的牌子也能将就。"

我也是这样想的。赛菲耶还围绕我的想法提了一些建议,我用佩服的目光笑望着她。

"你笑什么?"她尴尬地说。

"我们俩的想法竟然如此投合。"

她也笑了。她现在不仅是我商店的员工,而且还成了我生意上的同伴,我无论做什么事情都愿意向她咨询。我们俩的情感与日俱增。我们花费几天时间将商店的原有手续重新做了变更,并通过内部布局改造和货架更换,把商店改造成了超市。在此基础上,我们挂上了"早安超市"的醒目招牌,从此它以崭新的姿容展现在市民面前。在这个过程中,赛菲耶出了大力。为了答谢她的付出,有一天我特意请她出去吃晚餐。

我把晚餐预订在胡玛尔酒楼的一个充满罗曼蒂克色彩的包间。

"还邀请其他人了吗?"赛菲耶走进包间后问道。

"没有,你想说什么?"我对她这样的问话感到有些不解。

"就咱们两个人,有必要专门要一个包间吗?"

"当然,"我笑着说,"你给予了我很多帮助,所以今天我要特意表达对你的感谢。"

她也笑了。

"这样大的动作似乎没必要。"

"比这更隆重也是值得的。"

"谢谢。"

我们无拘无束地坐着吃饭,聊的也主要是进货流程、货物的种类更新和优化,以及我继续参加培训班,学到更多知识之类的话题。我每次盯着她看的时候,心都兴奋得怦怦直跳。就像漂浮在大海里的小船似的,多么想撞上她心里的那座塔,然后将自己沉没在她爱情的海洋中。我甚至愿意自己变成一片树叶,在她爱情的湖面上荡漾。只不过我笨嘴拙舌,实在拿不出勇气向她倾吐自己的衷肠。

吃完饭,她正准备回家。

"我们俩在街上溜达一会儿如何?"

"回家晚了母亲会为我担心的。"她犹豫不决地说。

"别担心,我送你回家。"我说。

她没有拒绝我,欣然接受了我的提议。我们肩并肩地走着,穿过喧嚷的大街向位于城北的人工瀑布走去。这里的夜景非常美,一些白天工作劳累的人常常会来此处消解疲乏。瀑布的尽头是宽阔的河流,河流从城中横贯而过。

很幸运,今天的月亮特别圆。圆月像位成熟的姑娘似的,在夜空中放射出皎洁的光芒,其倒影在河面微微荡漾。

"多与大自然亲近有许多好处,"赛菲耶说,"观察大自然可以启迪人的思维,诗人对此的见解尤其深刻。"

"你说得对,老师。"我与她开着玩笑说。

"能不能别讥讽人?"赛菲耶在我的肩上轻轻推了一下说,"连大学也没有上过的人怎么配得上'老师'这个神圣的称呼?"

"因为你是我的老师,"我真诚地说,"你教给我不少知识。如果有可能的话,我想永远做你的学生。"

她不好意思地朝一边看去。我的心里产生了强烈的不安,如同住在水的源头仍感到焦渴的人似的,对她充满强烈的期待。

"你看那孤单地倒映在河面上的月亮，"我稍鼓起勇气说，"如果它有个伴的话，这里会像白昼一样明亮。"

"那不见得，"赛菲耶接着我的话说，"它们不会有一起放光的机会。因为它们一个在云霄，一个在河里，有着天壤之别。"

刚开始我没能理解她的话，过了一会儿才似乎明白了一点，爱情之火重新燃烧了起来。我靠近她耳语道："月亮和月亮没有差别，它们两个心里都有阴影。"

赛菲耶长长地叹了一口气。

我双唇颤抖，笨嘴拙舌，肢体也不听自己指挥了。即使如此，我也不想错过今天这个良机。于是我鼓足勇气，伸手抓住她灼热的手。赛菲耶被我这突然的举动吓了一跳，但没有抽回她自己的手，而是把头歪向一边。

"我的好赛菲耶，我渴望这个机会已经很久了，只是不知道如何把心里的话向你表白，也……害怕你会生我的气。"

赛菲耶缓缓转向我，她的气息扑打在我的脸上。这让我陶醉，让我感到特别甜蜜。我浑身颤抖了起来。

"赛菲耶……赛菲耶……"我仿佛真的醉了似的。

"我是一个没有了父亲的孤女，"赛菲耶说，"而且家里也穷。"

"我也是失去双亲的孤儿，"我把她拉到我胸前说，"我孩童时代经历了什么，你有所不知，就连上学的机会也没有，只有好兄弟们陪伴在我的身边，才有了今天的日子。"

赛菲耶用疑惑的眼神盯着我，好像不知道我说的是真是假似的，她无力地颤抖着。我在她的额头爱怜地亲吻了一下。

"赛菲耶，美好的日子在等着我们。"

"我不太相信。"她小声嘀咕道。

"我也与你一样，但这是现实。我们结婚吧。"

"我母亲……我不给母亲说不行。"

"能生养出你这么好的姑娘的母亲，无疑是位优秀的母亲，她必定会祝愿女儿幸福的。"

"即使如此，我也得先征询母亲的意见，然后才能给你答复。"

"行，我尊重你的决定，赛菲耶。但是我们一定要结婚。我的心除你之外不会交给任何人。"

"这我知道。"

今夜是个非常吉祥之夜。圆月在蓝天上向情侣们祝福，将自己柔媚的银白色光芒慷慨地洒向大地。我感到自己的心里也有一个月亮在照耀着。她照射着我的灵魂，我生命中一个新的天际正在出现。

"我们现在回家吧，"赛菲耶说，"母亲已经着急了。"

我们坐上出租车出发了。因为舍不得与赛菲耶分开，二十分钟的路程感到眨眼间就到了。随着她一声"到了"，我的心不由得一惊。

"那明天见。"我伤感地说。

"好的。"她说着赏赐给我一个甜甜的笑容朝屋内走去。

以前虽说喜欢她，但在晚上下班回家时心里从来不像现在这样怏怏不乐。今天向她倾吐心声并拥抱了她之后，分别的瞬间心里是如此难受。返回时，我如同有一件重要的东西被丢在了哪里似的不安。

与往常一样，我清早起床来到超市。超市里充斥着各种工业物资的气味，可我却能闻到赛菲耶遗留在超市中的独属于她的气味。我在渴望中等待着她的到来。顾客们陆续进来，我也忙碌了起来。在忙忙碌碌中没有感觉就到中午了。但是赛菲耶还没来上班。我情绪低落。我在想，是不是她母亲不同意？午饭也吃得味同嚼蜡。

赛菲耶这天直到晚上也未来上班。我的心被无望的情绪萦绕着，精神完全不在状态。为此我好几次把账算错，不得不向顾客道歉。甚至对她明天能不能过来我也未抱任何希望。但是没想到第二天她早早地出现在了超市。我控制不住自己，走到她面前，两手抓住她的肩膀："出什么事了？赛菲耶，你快告诉我，你母亲她……"

赛菲耶略微有些紧张，但是眼睛里满含着妩媚的笑意。看到她这样，我悬着的心开始复位，但是依旧在犯疑。

"我母亲她……"

"你快说呀，她是怎么说的？"

"她说由我自己做决定。"

我长长地出了一口气。因为过于紧张，我手牢牢地抓在赛菲耶的肩膀上，看到她疼得秀眉紧蹙，这才赶快把手拿下来。

"对不起，赛菲耶，我……"

"不要紧。"她笑着说。

我趁她整理衬衣的机会，冷不防在她脸上轻轻地吻了一下。她的脸唰的一下红了，赶紧走到另一边。

"真不知羞。"她笑着说。有几位顾客进了超市，我赶快调整了一下自己。

每天虽然非常繁忙，但是我与赛菲耶过得非常开心。现在，每天下班后我都送她回家。她待我像以前那样体贴，对我工作上的事情费心费神，并就更进一步发展提出良策。有一天，她提出让我去见她的母亲，我怕自己单独去发窘，便带着苏巴提与我同往。当我们带着好多礼品走进她家时，一个如油画女郎般美丽、五官精致、身材比例完美的女人把我们迎进屋子。这正是赛菲耶的母亲古丽菲耶。她看着让人说不出的赏心悦目，我猜想她年轻时的容颜用桃羞杏让来形容也不算夸张。母亲如此漂亮，赛菲耶的美丽动人就不足为奇了。

她们家虽然只是一套六十平方米左右的普通住房，但是因为她母亲的巧妙布置，看上去给人以舒畅和温馨之感。餐桌上摆满了珍馐佳肴，足以说明她们为接待我们做了精心准备。古丽菲耶阿姨还是位非常通达的女人，虽然第一次见面，但感觉就像早先就晤谈过似的，我们很快就不感到拘束了。这让我心情格外愉悦，对更加美好的未来信心大增。

临回家前，苏巴提看到紧靠客厅拐角处墙上挂着的一张照片后突然间愣住了。刚才进门时我们没有注意到，在那张照片上，古丽菲耶阿姨和一位留着漂亮胡子的男人并排坐着，他们二人前面站着的是十几岁的赛菲耶。

看见苏巴提正在盯着照片看的古丽菲耶阿姨，走到他身边解释道："这个人是我女儿赛菲耶的爸爸，几年前因心脏病去世了。"

她这样说的时候，因为伤心而眼里含着眼泪。苏巴提依然面无表情地凝视着那张照片。

"喂，我们走吧。"我拉着他说。

苏巴提身子转过来的时候，他变得十分难看的脸色令人感到惊讶。我想知道为什么，又觉得当着她们的面问有些不妥。我们道别之后，赛菲耶送我们下了楼。

"你父亲叫什么名字？"苏巴提心情不佳地问赛菲耶。

"穆拉提。"

苏巴提没有再言语。我们与赛菲耶道别后，便乘车返回。苏巴提表情的变化让我十分惊奇。

途中我向他问道："朋友，你这是怎么了？看到那张照片后为何马上变了个人似的？"

他深长地叹了一口气，没有吱声。我突然感到心情沉闷，在烦躁不安中继续行路。直至下车他都心事重重，沉默不语。我们就这样在不愉快中分别了。过了几天他来找我，我们出了门，来到一家咖啡馆坐下，苏巴提依旧怏怏不乐。

"你到底怎么了？"看到他冷着脸的样子，我着急地问道。

苏巴提长吁短叹道："还记得我曾经给你说过我父亲丢下我们一走了之的事吗？"

"是的，你跟我说过。"

"哼，我连他的名字都忘记了，但他的模样我却刻骨铭心。母亲从来没有给我讲过他的名字，因为母亲这辈子都活在对他的愤怒之中。到赛菲耶家的时候，我站在那张照片前看了好久，这你也看到了。当时连我自己也不太相信，回到家问过我母亲后，一切都清楚了。照片上的那个男人就是我父亲。"

"什么？这……这……怎么可能？"

"有什么不可能的？我父亲正是因为赛菲耶的母亲才抛弃我们出走的。起初只是在外面过夜，赛菲耶出生后回来也行呀，可他却一走再也没回过头。这样的父亲怎能不让我愤怒？"

"这么说，赛菲耶是你同父异母的妹妹？"

"是这样的。"

"那你现在想怎么办？"

"我把那母女二人视为妖魔鬼怪。"

"她们有什么罪吗？"

"那个女人勾引走了我父亲。"

"那也不一定，或许……"

"不要假设，我不想听到有关她们的任何话题。"

"苏巴提，我的好朋友，你还是再冷静地想一想。"

他端起剩下的半杯咖啡，一口气喝光后，将杯子咔嗒一声重重地放在桌子上，站起来说："关于你爱情的事情我不搅和，但是你如果与她结婚，我们就再也不用见面了。"

"这说的是什么话？你……"

"你如果认为我们是真正的朋友，下一步该怎么做，你应该知道。"

苏巴提撂下这句重话扭头走了。我的心突然像针刺般疼痛。事情怎么会是这样呢？这个世界怎么这样复杂？难道大人们犯的错，非得由我们承担代价吗？

我的脑子乱糟糟的，神志也好像不太清楚了，感到天地一下子黑了下来似的，我真想扯开嗓子大声喊叫。在难以忍受的痛苦的驱使下，我的脑子开始强烈震颤。

现在我该如何向赛菲耶说？为了苏巴提我要放弃你，这样的话怎么可能从我的口中说出？不，不，这绝对办不到。我对赛菲耶的爱慕是真正发自肺腑的。今后的生活里如果没有她，那将比死还痛苦。

但是我也不愿意与自己多年的朋友分道扬镳。啊，这无情的生活，为什么要把我置于如此两难的境地？为何非要我在不可能的选择中做出选择呢？

我无精打采地返回超市。但是，我不敢正眼去看赛菲耶，我耷拉着头惆怅地呆坐着。

"发生什么事了？"赛菲耶突然发现我萎靡不振的样子，关切地问。

"啥事也没有，"我无奈地编造假话说，"就是头有点疼。"

"那要不要叫人送药过来？"

"赛菲耶，药对这个病不起作用。"

我用充满痛苦的眼神注视着她，或许这是一种用来试探自己或者向她求助的眼神。只不过，我无法将自己内心的痛苦向她倾吐。

"如果发生了什么事就给我讲，"赛菲耶摩挲着我的头发说，"只要我们一起寻求办法，就没有过不去的火焰山。"

可怜的赛菲耶还被蒙在鼓里。万一知道了实情，那她该多痛苦啊！想到这里我心里就发毛。

我对赛菲耶什么也没有说。她看到我心情不佳,也没有再问什么。超市早早地关了门,我送她出了门。平日里每天都是由我送她回家的,但是今天没有,赛菲耶也在愁眉苦脸中与我告了别,独自回家了。

"你关照好自己,"她临走时叮嘱道,"什么事情都会过去的。在我心中,你是一个有气量的男子汉。"

我点了点头,没有说话。

13

两天来,我像一个与这个世界没有任何关联的人似的,不停地在大街上转悠。我也不知道走到了哪里,要到哪里去,就连肚子是饥是饱也毫无感觉。以母亲的角色养育我长大成人的姨妈,升入大学正在为实现自己的宏图大志努力读书的两个弟弟,好虚荣、爱摆阔气的迪力夏提哥哥,在乌鲁木齐工作并且马上就要读研究生的艾迪耶姐姐,以及货架上摆有价值几十万元商品的超市,现在我全然不顾了。我完全被眼前的不可能的选择摧垮了,所能依赖和给我以关爱的人一个也没有。

我聆听过许多关于如何从苦难中摆脱出来的说教,曾相信人只要能自我克制,一切事情都会过去。但是事情真正发生在自己的身上,那些全都无济于事。我的精神世界实在太脆弱了。

眼看又到了晚上。生活了十几年的这座城市,现在对我来说整个都很陌生。我连自己现在处于哪条街也不清楚,脑子就像装满货物的货车似的沉重。

"啊,爱情……爱情,搞得我茫然失措的爱情……"

正从身边酒吧经过时,一个刚从里面走出来的醉汉的声音传进了我的耳里。他这是在笑还是在哭,我无心对其进行辨别。他从我身边经过时,几乎要倒在我身上。我没有心思与这种成心找事者理论。从他的醉话便知,他此时正承受着爱情的折磨。难道说人生在世想随心所愿就这么难吗?难道说要想得到幸福就非得付出痛苦的煎熬吗?

我径直向这个酒吧走去。这里或许正是与我同病相怜者共聚的好地方。在城市里生活这么多年,我还未曾在这样的酒吧消费过。我心里一直认为,这种地方只有那些离经叛道者才会来。今天就让自己也在这里体验一下。如果这是生活对我的恩赐,那我不妨也"离经叛道"一次如何?

怀着这样的想法,我走进了闪烁着五颜六色灯光的忽明忽暗的大厅。大厅的装潢非常排场,侧翼的舞台上一对男女正使出全身的力气唱歌,强劲的音乐声如同暴风般猛烈撞击着我的耳膜。一群男男女女在大厅中间胡乱地踏着舞步。猛一看这里的人就像被施了魔法似的癫狂。另一边有几间小屋子,服务员忙着出出进进。

我站在外围不知该干什么,因为以前从未来过这种场所,我对此是陌生的。其间换了几首歌,但我怎么也区分不出哪里是歌手,哪里是跳舞者。我也不知道自己来这里想做什么,所以就像个傻子似的来回扫视着所有的人。过了不长时间,一位服务员出现在我的面前。

"哥哥,你是在等谁吗?你是坐在包间,还是在这大厅边上给你找个位置坐下?"

我一时不知道怎么回答,仿佛自己怀着邪念来这里似的惊慌失措,迅速将眼睛从她身上躲闪开。但是非常有礼貌的服务员交叉双手站在我面前。

"我……我刚进来。"

"你是一个人，还是……"

"就我一个人。"

"给你找个座位坐下？"

"就……就按你说的。"

"那就跟我走。"

因为不知道她要把我领到哪里，这让我忐忑不安。我想，反正自己也没有别的地方可以去，于是就无声地跟在了她的后面。

穿过狭窄的走道，来到最里面的一张桌子前她停了下来。

"你觉得这个地方怎么样？"

我没有说话，只是点了点头。因为这时的我对做选择这件事非常反感。

"需要什么菜？现在开始点？"

她这样说着，就将一本硬封皮的本子向我递过来。但我没有伸手接。我脑子是如此昏沉，心里非常烦乱。又要我选择，这让我很恼火。啊，原来我们生活的这个世界，每时每刻都需要做出选择。

聪敏的服务员似乎看出我是第一次来这里，马上微笑着替我把本子打开。

"这个是单人套餐，套餐里吃的喝的全都有。如果你愿意，就品尝一下。"

"随便。"我含糊其词地说，除此之外什么话也没有说。她快速在纸上写了些什么交给我。

"哥哥，一共是二百四十三元，请你先把钱付了。"

她接过我手里的钱走了。我颓坐在有扶手和靠背的软椅上。虽然震耳欲聋的音乐声稍微有些减弱，但是周围的嘈杂声依旧强劲，像快要把包间里的天花板掀翻似的呐喊声不绝于耳。这里孤零零地只坐着我一个人。互相挽着臂的男男女女们一拨一拨从我身边经过。

不一会儿，我点的东西就摆到了桌子上。其中还有一瓶白酒，我从来没有喝过酒，我历来对酗酒的人相当厌恶。有些人醉酒后说话颠三倒四，非要与别人争个你高我低，甚至做出一些失去理智的事情。但是，今天看到面前的酒，我倒想亲身体验一下人们常说的"醉酒解百愁"那句话的可信度，看看这酒能否帮我从生命的选择中解脱出来。

我长时间地凝视着这瓶酒。在我看来它就是装在瓶子里的普通的水。古今中外有许多关于酒的故事，或许只是人们在它的外面贴上了一个玄妙的标签，故意将它神秘化罢了。今天我就把它喝了，看它到底能不能像文人墨客所描写的那样，把我变成另外一个人。

这样想着，我把瓶盖打开，从中冒出来的呛人的气味比过道的空气还难闻。我斟了满满一玻璃杯酒，自己对自己说了声"干"，便一饮而尽。我肚子里瞬间就像一团烈火开始熊熊燃烧，眼睛里彩虹闪闪，鼻翼一张一合，像铁匠铺的风箱活门般往外呼呼地喷开了热气。哎呀，酒这个家伙怎么真的就像个魔术师似的，接下来还会发生什么变化？

在我这样的遐想中，我的食欲大开，开始享受面前的饭菜。为尽快看到更神奇的一幕出现，我又接连喝了好几杯。我感觉自己真的像变了个人似的，眼前渐渐暗淡了下来，头重脚轻，整个世界都在旋转。我的眼前浮现出苏巴提和赛菲耶的身影……

我时而感到自己似乎处于清醒状态，然后在挣扎中心里开始剧烈疼痛。在这短暂的清醒中，隐约感到身边好似有谁在跟我说话，还有谁正在哭泣，接着就什么都感觉不到了。

当我完全清醒过来时，感到浑身上下都处于酸痛中，头如同被门夹了似的跳痛，胸口像服了毒药似的灼热。我艰难地睁开眼睛,用游移的目光望着四周,这是我自己的卧室。想想发生了什么,那个酒吧几乎要把耳膜炸裂的歌声,五花八门的彩灯,喝下去肚子像着火似的白酒等,似乎还可模糊地记起来。但怎么也想不起自己是如何回到家的。这时,姨妈走到我的跟前。

"啊,好孩子,你让人多担心啊!"她眼含泪水抚摸着我的头说。

看着她在不住地落泪,我估摸自己犯了一个不可饶恕的错误。但这期间究竟做了什么蠢事,我自己并不清楚。

"姨妈,我……我做什么了?"我用无力的声音说。

"整整两天都没有你任何音讯,我们找了很多地方,你嫂子还在广播里登了寻人启事。昨天晚上,苏巴提才从一个叫库木巴里克的地方把你找到,后半夜才把你接回家。"

听了这话我闭上了眼睛,我心里特别难过。我以为自己是个无人关心、无所依靠的可怜人,但我失踪之后他们为我担心,四处寻找我。我还有什么可埋怨的?

这时,苏巴提把门打开,轻步进屋来到我跟前坐下。

"朋友,你现在感觉怎么样了?"他用忧伤的声音说。

我握住了他的手。

"感觉已经好了。谢谢你把我从那个地方接回来。"我含着泪水说。

"请你原谅,"苏巴提抽泣着说,"是我给你造成了痛苦。我当时真不该那样行事。但我……是我的自私自利让你陷入困境,非逼你在不可能的选择中做出选择。"

"不要这样说,如果换作是我,或许也会那样做。毕竟你父亲让你们母子俩吃了许多苦。"

"好了,"苏巴提僵硬地笑着说,"那件事情我们撇开不说了。你失踪两天来发生了许多事情,你现在还不知道,连我母亲都说我做错事了。我父亲是好也罢，不好也罢，现在终归不在人世了，再怎么怨恨有什么必要？这样的命运赛菲耶何罪之有？我以为我是孤独的，如今有了个妹妹，如果这样想的话，不仅不该发火，还应该高兴才对。遇到事情往好的方面想，从好的方面来理解，受的折磨就会减少许多，相反还会更加幸福。我这样理解得有点晚了。"

我更用力地握紧苏巴提的手，未曾想到事情来了个一百八十度的大转弯，我沉浸在说不出的喜悦中。两天的痛苦如同噩梦一样从我的记忆中渐渐烟消云散了。

"我把你和赛菲耶的事情给阿米娜妈妈讲了，"苏巴提笑着说，"阿米娜妈妈也很看中她。这两天来超市就由赛菲耶支撑着，但她这两天一直都在流泪。"

我长长地叹了一口气，自己真不该自暴自弃，原来周围有这么多疼爱自己的人。还是苏巴提说得对，一件事情如果从好的方面去想，从好的方面去理解，所带来的痛苦就会减少好多。我当时怎么没有想到去找美合日古丽阿姨说说呢？

"谢谢你，"我把手搭在苏巴提的肩膀上说，"你是我永远的朋友。"

"那我就把妹妹交给你了，"苏巴提笑着说，"对她来说，我既是哥哥，又是未来孩子的舅舅，你们一定要好好过日子。"

"请你放心。"

他朝外间屋子呼喊赛菲耶。赛菲耶进来的时候，我感到自己就像获得了新的生命似的，激动得心都快要跳出来，高兴得眼泪浸湿了枕头。站在跟前看着我的赛菲耶也簌簌地流着泪水。我清楚，如果没有姨妈和她的哥哥苏巴提的认可，她此时不可能站在这里向我倾诉她的肺腑之言。

宛如街道拐弯处红灯之后绿灯亮起来，车辆可以通行并朝自己的目标行驶，幸福向我敞开了温暖的怀抱。望着四周，我深切感受到人间的亲情依旧很浓很浓。

在五谷丰登、瓜果飘香的秋季我和赛菲耶结婚了。我们的结婚庆典虽然没有迪力夏提哥哥那样隆重、豪华和阔绰，但是场面欢天喜地，气氛非常热烈。没有想到的是迪力夏提哥哥也出现在了婚礼现场。跟着他来的还有打扮得像花儿似的美丽、气度像公主般端庄的嫂子。迪力夏提哥哥还送给我两万元礼金。

"哥哥，这……你这是干什么？"我惊讶地问道。

"什么也别说，"他笑着说，"这是送给你的礼金，我们是手足同胞嘛。"

"我还说应该送给你三万元，"嫂子撒娇地用手指在迪力夏提哥哥头上轻轻点了一下说，"可你这个倔强的哥哥……"

"啊呀……啊呀……"迪力夏提哥哥也笑着说，"我的好媳妇，怎么能当着这么多人的面揭丈夫的短？"

"哼，你就像个倔驴似的。"

"弟弟紧接着不是还要买小车嘛，我准备到那时给。"

"行，我可监督着，到那时你如果说话不算数，在我手里可过不去。"

"没问题。"

听了迪力夏提哥哥夫妻二人的玩笑话，所有的人都笑了。姨妈的脸上闪烁着为自己的孩子们骄傲和喜悦的神采。

苏巴提给我送上一个红包之后，还把一个系着彩带的纸箱放到我的面前。

"这是什么？"我诧异地问道。

"你把它打开就知道了。"

我用颤抖的手把纸箱打开。里面放着的是阿西木爷爷赠送给我们的另一只天蓝色花瓶。

"你和我可都承诺过，谁都不能把爷爷送给我们的花瓶丢失的呀，你……"

"我这不是丢失，"苏巴提笑着说，"这花瓶本来就是一对。后来才分为我们俩每人一只。我们把它们放在一起不是更好吗？从今天开始，我们就让象征着团结、和谐和关爱的这对花瓶，结束分离状态。"

我在感动中与苏巴提紧紧拥抱在一起。精美的天蓝色花瓶在阳光下闪烁着夺目的光彩，四周不断响起欢快的掌声和恭喜我们新婚幸福的祝贺声。

雅丹三朵花

1

  三个姑娘叽叽喳喳聊着天，从靠近崖边密林间的一座宅院里出来，惊得树枝上正在栖息的一群家雀儿扑棱一下子全飞光了。三个姑娘的脸上洋溢着欢喜的神色。姑娘中最大的一位郑重地看了看用"依里木"（沙枣树胶）抹过的飘逸的头发，确信发型保持得光亮整齐后，心里像吃了蜜似的甜津津的，而后嫣然一笑，向两个妹妹示意朝雅丹地貌区域走去。姑娘们径直来到崖边朝下方望去，红衬衫的下摆被微风掀起又吹落，这时，四下里呈现出的色彩恰如落日红霞般美丽。

  "怎么没有人呀？"二姑娘伸长脖子望着雅丹地貌区域里的大车道说。

  "刚才还听到有赶大车的嘎吱嘎吱声，"年龄最大的姑娘一个劲儿地望着大车道说，"还……还好像听到有人唱着歌儿似的。"

"路是用来走人的地方，难道会有人在路上等候我们？"最小的一位姑娘漫不经心地说。

大姐用恐吓的眼神瞪向她。

"喂，短命鬼，不吉利的嘴，经常干这样的事……全都怪你这个倒霉鬼！"

"我怎么了？"妹妹生气地说。

"还不是因为你的连累，才拖延了时间。"

"哎哟，天哪，你……"

小妹很委屈且焦躁不安地望着两个姐姐，她们正全神贯注地盯着雅丹地貌区域深处的那条蜿蜒的大车道。当她看到姐姐如花的脸上时而浮现出苦涩的神情，便不作声了。位于雅丹地貌区域对面的从小丘腰部切削出的大车道，看上去像缝在衣服上的口袋似的。这是一条村民们下地干活和从田地返家必须经过的路，平日里在早晚时分路上的行人稍微多一些。正午时分，在路上看不到行人并不是什么稀奇的事情。远处是大面积的灌木林，还有波涛汹涌的河流。有时姑娘们晚上不想睡觉的时候，听一听从灌木林方向传来的波涛声，便会沉浸在甜蜜的遐想中，因为在这条河畔流传着许多爱情故事。姑娘们到了成婚的年龄会出现狂躁情绪和敏感情感，激情正是来源于情思。只不过，情思是一个抽象的概念，因为你不知道如何来描述，有时会把它当作浑浑噩噩的笑话，甚至在你的眼里变成了人们口中的土疙瘩而已。

这三个姑娘是这个村艾力亚尔巴依的三个女儿，大姑娘叫赛迪罕，二姑娘叫艾妮罕，排行第三的姑娘叫再妮罕。赛迪罕今年二十八岁，艾妮罕二十五岁。再妮罕出生稍晚些，今年十六岁。艾力亚尔巴依虽然为有三个如花的姑娘而高兴，但是同时也为两个姑娘待嫁闺阁如坐针毡。因为姑娘到了结婚的年龄对于父母亲来说是头等的难事，对她你得像自己的眼珠一样倍加保护,同时还得对一些白眼和闲言碎语能够忍耐得住。女孩子长大后有福气嫁得一个好小伙后,你才能松上一口气。老话说,"女孩子就像马肉"。男孩子到了结婚的年龄,家里可以托人去任意人家上门求亲,但是女孩子这样做就不怎么合适了。

艾力亚尔巴依时而有一种像谁勒住他的脖子般喘不上气似的烦躁不安的感觉。他对自己的三个姑娘的性格了如指掌。赛迪罕脾气有点不好,爱使性子,说起来确实不太考虑别人的情绪,心里有什么就原模原样照实往外倒什么。在探亲访友或与街坊邻居打交道时,经常会随自己所想来称呼对方,如同张冠李戴地将艾麦提叫成赛麦提,将托合提叫成亚森。至于别人的名字她是真的那么容易忘记还是压根儿称呼不准,对此谁也不知道。别人也只好姑且听之,这便招致她不受好多人喜欢。二姑娘艾妮罕则是对任何事情都不慌不忙,即使是山崩地裂也不会影响她走路的速度,凡事缺乏紧迫感,有些方面与她的姐姐相像。她想做某件事情的时候,别人怎么说也没有用处。有时艾力亚尔巴依会觉着这两个姑娘的神经会不会有点问题,但是做父亲的有哪个会把自己的心肝宝贝往不好处想呢?

姑娘们长时间地朝雅丹地貌区域深处的大车道上张望着,但是始终等不到合适的人经过。此时她们欢喜的神情渐渐消失,脸上浮现出不悦的神情,进而完全被别扭所占据,心里像被猫爪撕抓般难受。

"我们怎么会如此背运?"赛迪罕发火道。

她这么说着,便再次朝妹妹再妮罕怒目而视。所有人的脸上都浮现出萎靡不振的神情。

"我们还是再等上一阵子吧。"艾妮罕目不转睛地盯着大车道说。

"再等也毫无用处。"再妮罕噘着嘴用奚落的口气说,"我从一开始就不情愿,这件事或许就是一种蠢行,这样做会把我们变下贱的。"

"你为何要这么说话?"艾妮罕听了她的话后生气地问。

"凡是从这条路上经过的,大都是我们村子里的人,哪个人是什么样的情况难道我们不心知肚明吗?哪个人有什么样的福分?哪个迂拙到什么地步不是全都在我们脑子里装着吗?"

"唉,疯子!"赛迪罕对她生气地说,"你觉着村子里的男人们全都很迂拙吗?艾散·伊纳耶提、夏克尔·库尔班那样出色的男子汉不是也有吗?"

"他们都是已经结了婚的人了,难不成你愿意给他们当偏房?"

"你给我滚开!来这里碰运气的不是你,是我们俩。"

"我的天哪,我还不想在这里守株待兔哩。吁,那我回去了。"

"这样太好了,免得在这里碍手碍脚。"

再妮罕摇了摇头转身向后走了。从雅丹地貌区域里刮来的令人惬意的微风依然忽忽悠悠地掀着她衬衣的下摆,她感受着吹拂着的微风给她带来的快感。赛迪罕再次用愤怒的目光望着她,她像掠地飞舞的蝴蝶似的婀娜多姿地走进了院子。赛迪罕和艾妮罕每人手里拿着一块从戴胜鸟巢里取出来的土块,站在原地朝路上望着。每个土块上还扎着从戴胜鸟幼鸟肉冠上拔下的两根羽毛。

"姐姐,你快看,"艾妮罕用手指着雅丹地貌内的道路说,"有一辆大车朝我们这边赶过来了,我们现在该如何是好?"

"那些人是谁?"赛迪罕说着,自己也开始仔细打量嘎吱作响的两轮马车。

"怎么好像是阿伍提·赫来提家的人呢?是的……啊,里面还有那个说话像二百五似的他的儿子托合提。"

"就是，阿伍太克和他的儿子萨伍太克……"

"不，姐姐，是托合提。"

"托合太克吗？"

"我们投土块吗？"

赛迪罕处于进退两难的境地。她心里想着刚才小妹所说的话。哎呀，真是不吉利的嘴，她心里埋怨着小妹。

托合提时而正常，时而犯傻，虽说年龄已过了三十，却因为这个奇怪的脾性到现在为止还没有结婚。面对眼前这样一个半疯子，你会那么死心眼儿冒险将自己一生的幸福托付给他吗？

"姐姐……"

两轮马车的巨大轱辘在雅丹地貌区域里发出嘎吱嘎吱的回声，距离她们越来越近并开始从她们面前经过。这时，给雏雀们寻食的麻雀们正好从河流那边往这边飞了过来。

"姐姐……"

在艾妮罕的再次招呼下，赛迪罕望着手里扎着羽毛的土块叹了一口气。

"行了，我们回去。难道真让那个鬼精灵给说着了？"

她们俩无精打采地从雅丹地貌区域边沿往后退。在正午阳光下发了蔫的树叶发出脆弱的沙沙声，柔和的微风夹带着痛苦的晦气和带着响声的苦豆子淡色红花散发出来的气味，吹打着她们心里的闷气。

2

艾力亚尔巴依已经记不起是从什么时候开始，别人称呼自己时在名字后面加上了"巴依"。"巴依"这般美称让人猛地一听似乎感到他非常富有，像他这样比上不足比下有余的家境被冠上"巴依"的名头，在他看来更多的是含有一定的歧视的意味。尽管感到自己的家境披着"巴依"的外衣并不般配，但没有办法，只好接受了。久而久之，他对这样的称谓也就习以为常了。

生活中所有人都有着自己的美好愿望。艾力亚尔巴依成家之后，也被儿女之情这种朴素的心思所缠绕，开始沉浸在人生、经济和未来这些崭新的美好的憧憬中。在他的记忆里，父亲和母亲在世时，他们家是一个相当富裕的小康之家。艾力亚尔巴依是个独生子，如果当初能够将父母亲的遗产全部继承下来，他这阵子或许就与"巴依"这个名头相匹配了。但是父母亲是在他还不太懂事的时候去世的，父母亲的遗产基本上被叔叔和姑姑给分割光了，仅给他留下个空荡荡的房子。等他长大后对有些事情也曾追问过，但毕竟时过境迁了。他虽然非常努力，但财富从来不会永远恩赐给哪一个人。在这个世界上所有的人只顾着自己，为自己开拓生活的道路，为自己的当下和未来绞尽脑汁。同时，生活也是非常慷慨的，它对艾力亚尔巴依也给予了关照。人生的旅程就像河水一样奔腾不息，根本不会倒流。对以往的事情再怎么自怨自艾，也不会重新回到过去，一切都得向前看，未来还得靠自己去创造。他就是这样做的，从现实生活中得到属于自己的那一份。世间会发生各种事情，但是人们应该学会适应这样的道路，驾好这辆生活的大车。在集体经济年代，所有的人都是干活挣工分，到了年底以工分为依据来结算各家各户的收入。这时因为艾力亚尔巴依正值青春年少精力旺盛的花样年华，年底落到手里的钱物相当不错。经过几年辛勤劳动，最后他也成家立业了。虽然妻子说不上十分美貌，但对于他这颗烈日烤炙的心来说，犹如春雨滋润旱田般焕发出盎然的生机。生活的脚步按照自身的规律一步步地向前迈进，他有了妻子，有了家，这时生儿育女被提到了首位。在他盼望着自己的第一个子女降临到这个世界的日子里，他做梦都想着生出的是儿子，为此他非常愉快。他眼前经常闪现出自己背着儿子到田间干活的画面，沉浸在不可言状的欢喜中。最后妻子分娩了，但是生下的不是儿子而是女孩。他的心里虽说有一点儿伤感，但随后他便安慰自己去迎接新的希望。女孩也是孩子，天良和信义比什么都重要。老话说，女孩子喜欢父亲。如果这话是真的，第一个子女是姑娘也是他的福气，或许姑娘之后接着就该生儿子了。

之后，在这种期待和奢望中就很快过去了几年。艾力亚尔巴依的妻子生了第三个姑娘后便停下了。有什么法子？世界上的事情是不会尽遂人意愿的。尽管是同样的选择，其结果相异的事情在这个世界屡屡发生。虽然他没有实现生儿子的愿望，但是对女儿们的疼爱却非常深切。他对她们看得比自己的生命还重要，随时准备为她们付出自己的一切，全身心地忧她们所忧、乐她们所乐。他渐渐感受到了当父亲是一件非常不易的事情。养女孩子就更加不易了。老话说，"男人是外面的人"，但是艾力亚尔巴依除了承担一个男人在外面应做的所有事情之外，同样还得为在家里的姑娘们的许多事情忙碌。于是，就这样在不知不觉中家里的事务也落到了他的肩上。最后妻子一切都指望着他，习惯于听他发话。这既有好处，也会造成不好的结果。好处是全家以艾力亚尔巴依为中心，一切由他主事，易形成合力。不好的方面是妻子相对来说没有了决断能力，就连一日三餐吃什么饭，妻子都不会主动做出决定，要等着艾力亚尔巴依发话。

后来农村实行了家庭联产承包责任制，在党的好政策的激励下，农民们的生活也开始发生明显的变化。人们除了农作之外，还为增加收入探索新的道路。艾力亚尔巴依在从事集体经济时期学过制作两轮马车的工艺，这手艺让他挣了更多的工分。然而这种农用车渐渐落后于时代了，因为现在人们开始使用一种叫"自行车"的橡皮轱辘的新型"马车"。这样的"马车"轻便了不少，人推起来用不了多大的力就嘎吱一声走了。那种累死马、驴的沉甸甸的两轮马车也因此逐渐被淘汰。只有少数人在沿河岸边的沼泽地干活时才用两轮马车，主要是因为两轮马车的轱辘巨大，轻易不会陷入泥潭中。

虽然艾力亚尔巴依没有办法再施展制作马车的手艺了，但是十几年来精耕细作的种地经验还能发挥作用，他以此努力改善着家里的经济状况。这时两个女儿也到了结婚的年龄，对他来说要发愁的事情也成倍地增加。因为妻子妮萨罕养成了啥事都等他发话的习惯，关于女儿们的事情只要艾力亚尔巴依没有做出决定她就不吭声。因为女儿们的年龄大了，村子里的闲言碎语也多了起来，这就给艾力亚尔巴依带来了压力。人非圣贤，孰能无过？难道姑娘们真的做出了什么不体面的事情了？这个世界上有谁没有迷失过？

艾力亚尔巴依虽然一方面这么想，但在另一方面又坚决予以否认。实情是两个姑娘虽然脾性有点古怪，但是她们的任何细枝末节都逃脱不了艾力亚尔巴依的眼睛。他对她们盯得很紧，最简单的就是，每天全家人吃过晚饭，即使妮萨罕悠闲地去睡觉了，艾力亚尔巴依也要留下来陪着女儿们。半大的孩子睡觉少，她们吃过晚饭后先不忙着睡觉，而是坐在一起天一句地一句漫无边际地聊天。这时艾力亚尔巴依就热情地陪着她们，从来不催促她们赶快睡觉。他对女儿们早就采取这种方式来监管和教育了。女儿们看到艾力亚尔巴依打起了瞌睡,这才收拾准备睡觉。就是这样他还放不下心,直至望着姑娘们走进她们自己的卧室。

姑娘们进了卧室以后,他还要在门外站一会儿,这样问道:"女儿,把门关严实了吗?"

"爸爸,关严实了。"

"那你们不要再聊了,快点睡吧。"

"爸爸,我们睡了,你也睡吧。"

就这样他还是放不下心来,并要加上这么几句:"外面乱,晚上你们不要出去啊!"

"爸爸,我们不出去。"

艾力亚尔巴依这才轻轻地向后退去,但是他每天躺下后都要长时间地辗转反侧。这还是在为她们的婚事发愁的缘故。姑娘们并不是找不到对象,第一次是邻村的库尔班上门来为其儿子与赛迪罕提亲,艾力亚尔巴依想都未想就一口回绝了。因为库尔班在担任队长期间重重地伤害过艾力亚尔巴依的心。时至今日,让自己与曾经伤害过自己的人结为亲家,这让他的脸往哪里搁呢?

后来的事情就有些奇怪了。或许是库尔班因为自己拒绝了与其结为亲家,他气不过在背地里做了一些不好的事,反正村子里有关他女儿们的议论就传开了。难道你能把别人的嘴给缝住吗?不管旁人怎么七说八说,在艾力亚尔巴依的眼里,女儿们是天下最聪明和最漂亮的,或者可以说是完美无缺的。但是这些日子以来,他的内心又充满了烦躁、别扭、无望的矛盾想法。

3

赛迪罕和艾妮罕握着扎有戴胜鸟羽毛的土块朝院子里返回。她们的面色看上去有些不在状态和憔悴。这时正午的骄阳似火一般,村子里闷热得让人快要窒息。但是艾力亚尔巴依的家位于紧靠丛林的高地上,沿河刮来的清风经过林间,使这个院子相当凉快。赛迪罕一进到院子就将手里的土块安放在墙壁拐角的壁柜里。艾妮罕也照着姐姐那样做了,她发现姐姐正在用怪异的目光看着自己,赶快把目光转到了别处。廊檐下巨大的水缸里盛有清凉的井水,情绪激动和心里烦躁不安的赛迪罕拿起水瓢舀了满当当的一瓢水,咕嘟咕嘟地喝了起来,然后把水瓢交到艾妮罕的手里。

"唉……"压住渴的赛迪罕深深地叹了一口气说,"我们怎会这么背运?"

艾妮罕也深深地叹了一口气,但是她没有说话的意愿。这时,正在院子一旁厨房里做饭的再妮罕把头从茎秆窗格子伸出来笑望着姐姐们。

"哎,你们的事情还顺利吧?"

"呸,短命鬼!"赛迪罕带有怨气地说。

"姐姐,你为什么像吃了炸药一样对我发火?"再妮罕哑然失笑道,"路上没有人经过,你骂我干什么?"

"事情都是因为你胡言乱语才被搞砸的。"

"哎哟,姐姐,没有的事情你可不能乱说,还是把你的土块修整一下,以后再投……"

"你这个小妖精还敢来取笑我们……"

"我取笑你们了吗?是你硬要那样认为的,你说我们一起去崖边,我就跟着去了。后来是你生气了要赶我走,我才走的呀。"

"行了,不要那么多的闲言碎语了,快点儿做你的饭,我肚子已经很饿了。"

"那你们也来帮着做呀!"

"就让你一个人做。"

正在擀面的再妮罕闹起了别扭,她把手里的擀面杖"哐啷"一声丢在了面案子上。

这家人已经把裸荒地的苞谷根部的培土疏松了,也把棉苗的培育管护等主要农活基本完成了。这阵子正是麦穗儿开始黄熟的时候,再过一星期到十天左右农民们就要开镰收割了。在这难得的空闲时间里,大部分人家都在休息。但是一闲下来就烦恼的艾力亚尔巴依一大早就领着妮萨罕上地里去了。本来女儿们也嚷嚷着要去,但艾力亚尔巴依不让她们下地干活儿,说:"地里没有你们干的活儿,留在家里赶我们回来前把饭做熟。"女儿们在宽敞的院子里干了一些零零碎碎的活儿后,心里开始闷闷不乐了。就在这时,院子的土墙上出现了一只前来栖身的长冠戴胜鸟,把头扭来扭去发出嘶哑的啼叫声。听到它啼叫的赛迪罕一下子怔住了,像是猛然间想起某件事似的惊觉地朝两侧张望着。

发现姐姐这一变化的艾妮罕急忙向姐姐问道:"姐姐,有什么事吗?"

"没有,但是……"

"你的脸怎么开始红了?"

"是吗?"

"羞红的样子好像因为想起谁似的,可是这里只有戴胜鸟呀。"

"有……有一句话……"赛迪罕结结巴巴地说,"我说给你,你会信吗?"

艾妮罕目不转睛地望着姐姐急切的样子,也不知道如何回答是好了。在远一点儿的地方像小孩子似的木呆呆地坐着的再妮罕听到她们的对话后插嘴道:"姐姐,究竟是什么事情问我们相信不相信?"

"你,哎呀,你个短命鬼……"

再妮罕生气地噘着个嘴。赛迪罕虽说脾气有些不好,说话时在态度上很少考虑妹妹的感受,但是这并不等于说她不喜欢自己的妹妹。其实她心里很爱妹妹,只是不善于表达,说话不注意方式而已。

"小妹,那你也过来。"赛迪罕看到她生气的样子,自己也感到有些不好意思地说,"但是你可不能笑话我们。"

"姐姐,我不会那样做的。"

再妮罕高兴了,把手里拿着的靴筒子丢在一边,凑到了姐姐们的跟前。因为艾妮罕也不知道姐姐究竟要说什么,闪动着好奇和热情的眼睛注视着姐姐。赛迪罕好像害怕别人听到似的,三个人头挨着头,她用极低的声音开始讲了。

原来去年冬天,本村一位名字叫海丽齐罕的老太太给赛迪罕讲了一件奇怪的事情。据老太太讲,她年轻的时候,不只是一个,而是同时被好几个小伙子追求着,这是因为其中有个奥秘。她说自己的这个奥秘从来不直接告诉其他人,只告诉到了结婚年龄的大姑娘,并且用起来特别管用。赛迪罕听到这里后,脸一下子羞得像戴胜鸟的肉冠似的红彤彤的。也不敢问老太太到底是什么奥秘,但是老太太自己愿意把奥秘讲给她听。

"首先在你自己家附近找一个安家落户的戴胜鸟巢,然后从鸟巢的底部撬出一块土疙瘩,再从戴胜鸟幼鸟的头冠上拔出两根茸毛。将拔下的两根茸毛插在土疙瘩上,接着你就将这个土疙瘩悄悄地投到你喜欢的小伙子身上,只要他突然扭过头朝你一瞥，从这天起他就会对你如醉如痴，甚至差不多每天都会到你家门前，向你倾吐自己的爱慕之情，即便是你赶，他也不走。"

"同时……"赛迪罕红着脸还想讲什么又不敢讲似的。

最后她还是说出了自己的想法："凡事都是有原因的。海丽齐罕老太太是位长寿的女人，见多识广，万一老太太说的话有根据，我们为何不去试一试，碰碰运气？只不过老太太说这话的时候是冬天，我就把这件事给放下了。我本想着到了夏天就试，但前段时间事情太多就给忘记了。这不，现在听到了戴胜鸟的啼叫声，才想起了这件事。"

再妮罕觉得这件事简直太荒谬可笑了。

"姐姐，你说有这种可能吗？"她阴阳怪气地说。

赛迪罕一下子不知道如何回答了，但是这时她心里急得一下子激动了起来。追求幸福是每个人自己的事情，如何去追求是她个人的自由。只要是对别人没有害处，不做不道德的事情，任何人都不应该阻拦。她觉着有些事情或许看上去是那样荒谬，但如果不试一试怎么会知道是真是假？

"姐姐，海丽齐罕老太太真是这么说的？"早就对这件事感兴趣的艾妮罕情不自禁地问。

"是她说的呀，这种事情我哪里知道？"赛迪罕显得有点生气地说。

"那我们不妨也试一试？"

赛迪罕的眼睛里霍然出现了一束火光，紧接着面部就红了起来。这究竟是怎么回事？这分明是小伙子不追逐姑娘，而是姑娘在追逐小伙子呀。这样做分明是将未来命运的轱辘倒着转动的呀！

"我了解雅丹地貌区域里戴胜鸟的鸟巢。"再妮罕说，对于姐姐们想要做的事情，也激发了她稚朴的情趣，"姐姐，咱们现在就去，从鸟巢里取土块和从戴胜鸟幼鸟头冠上拔羽毛的事，全都包在小妹的身上了。"

赛迪罕听了小妹的这些话纳闷了，也不知该气还是该笑。但是事情是自己提出来的，最后也应该由自己去做。说实在的，这件事对于她自己来说也觉着荒唐可笑。可万一福气来了，像海丽齐罕老太太所说的那样，小伙子们纠缠在她们的家门前不走，姐妹俩便可抛掉"嫁不出去"的难听的名声，这样因为自己不愉快、养育自己长大的父亲和母亲的脸上也有光彩了。赛迪罕虽然说话做事有点莽撞，但父亲和母亲心里的苦楚她并不是感觉不到。女儿到了婚嫁的年龄嫁不出去，比任何人心里压力都大的仍然是父母，他们会因为没有履行责任而自怨自艾，好像一切责任全都在自己身上似的。艾力亚尔巴依是一个自尊心强的人，他绝不会像其他人一样遇到大大小小的事情都向别人叫苦，淤积在他心里的痛苦实在太多了。

姑娘们最后做出了决定。再妮罕跑在最前面，带着两个姐姐去雅丹地貌区域，找到了自己曾经见过的戴胜鸟的鸟巢。她对两个姐姐所说的"好了，你别上，把你摔伤后我们没有办法给父亲和母亲交代"的话不予理睬，转眼之间就攀附着树身悬吊着接近悬崖半腰的戴胜鸟巢。

"哎呀，"再妮罕皱着鼻子说，"怎么这么臭呀！"

怀着激动和紧张的心情望着她的两个姐姐听了这话后同时笑了起来。

"妹妹，你的手摸到鸟巢了吗？"赛迪罕眼巴巴地盯着她问。

"摸到了，要从这么大的泥土块上掰出小一点泥土块来，似乎不太容易！"再妮罕上气不接下气地说。

赛迪罕从地上找到一块木片递到再妮罕手上。再妮罕把自己像绳子似的结实地悬吊在树身上之后，开始用手中的木片扩大鸟巢口,可以听到从鸟巢里传出的戴胜鸟幼鸟咝咝的蠕动声,接着又是一股臭味从巢内扑了出来。当再妮罕的手可以在扩大后的鸟巢里轻松自如地回转时,经过片刻摆弄,她撬出一块土块,取出来让姐姐看。

"姐姐,是这个吗?"

从戴胜鸟的巢里取出来的土块在赛迪罕的眼里就像魔法师手里的宝石般玄乎。她兴奋得连话都顾不上说,赶快点了点头。一会儿,雏鸟的妈妈出现了,它看到有人正在损坏自己的巢穴,在再妮罕的头顶上愤怒地叽叽喳喳着、盘旋着。然而再妮罕却对它视若无睹,她把手伸进鸟巢里掏出一只出壳不久的幼鸟,开始拔幼鸟头冠上的茸毛,她好像在做一个有趣的游戏。

"妹妹,千万不能把它头冠上的毛全拔下来呀!"艾妮罕对戴胜鸟幼鸟十分心疼。

"是。"再妮罕边回答边把拔下来的茸毛掖好,并把幼鸟轻轻地送回巢内。

"把那土块再撬出一块来。"赛迪罕说。

听到这话,艾妮罕用又高兴又气恼的眼神看着姐姐。当这种幸福游戏的试验也包括自己的时候,她的心里又兴奋又不安。再妮罕带着两块土块和几根羽毛滑了下来。现在姑娘们是一种又激动、又渴望的状态。但她们开始踌躇不前了,手里的土块在她们眼里就像鲜活的生命正在摇来晃去似的。

她们回到院子,给每块土块插上两根羽毛后包好。但是,现在她们却没有跑到大路上把土块投向某个人的勇气,最后她们决定站在崖边,想要试着将土块投向下面大车道上经过的人。

"姐姐,要不要换件衣服?"临行前艾妮罕向赛迪罕问道。

俗话说,"母亲没有化妆不要让你们看"。鲜花的美丽在于它的色泽和香味。准备向小伙子们投土块的姑娘们哪能有不把自己打扮得娇媚一些的道理?

她们争先恐后地开始打扮了起来。先用"依里木"抹了头发，然后打开珍藏着的粉盒轻轻地在面部扑上一层淡淡的粉，又用干柴烧黑的一端描了眉毛，最后穿上粉红色的衬衣，宛如刚出水的芙蓉仙女一般。这些工作完全是在一种异常的热情和激动中进行的，她们想象中即将发生的事情必定是充满诱惑的、激动人心的。

遗憾的是，事情完全以不愉快的结局收尾。在这人烟稀少的雅丹地貌区域内的小小村落里，她们想要投给土块的某个小伙子，并没有在雅丹地貌区域的大车道上出现。

4

收割后，天气给人的室闷感有增无减。与此同时，人们心里欢喜的程度也达到了极点。面对这么好的收成，农民们哪会不喜形于色，又有谁能不为鼓起来的腰包而欢颜？艾力亚尔巴依也从繁忙收割的劳累劲儿中缓过神并享受着收获的喜悦，他坐在门前的沟渠边上纳着凉。从河流方向传来的波涛声就像某个人所唱的情歌，以一种特有的节奏飘向远方。

艾力亚尔巴依甜蜜的遐想渐渐集中到了女儿们的身上。作为一个父亲，除了为子女们忧愁之外，还能有什么使他更忧愁的？如果她们的脸上绽放出幸福的笑容，父亲的心里也会乐得像开放的花朵一样。如果她们的脸上隐约浮现出愁苦的面容，父亲的心里就会像刀绞般难受。他不知不觉地开始认真地思量着自己是否做过对不起他人的恶事，当地老人们有这样一句至理名言，"父亲做恶事，儿女遭报应"。万一他做了类似的错事，故而影响了女儿们的幸福呢？但是他苦思冥想也想不出有一件那类的事情。艾力亚尔巴依虽然是个没有上过学的人，但是一向很注意遵守民间的规矩和礼仪，那种揩别人家油之类的有损名节的事他从来不干，只要可能会给别人造成伤害的事他都退避三舍。久而久之，他靠自己这种真诚赢得了乡亲们的尊重，一个人能受到大家如此的尊重和信任绝不是从天上掉下来的，完全是自己长期努力不懈的结果。

时光如水，不知不觉中女儿们长大了，而且两个女儿已到了结婚的年龄。艾力亚尔巴依是多么焦急、多么期待，这是一种什么样的滋味就连他自己也说不清楚。只要是村子里举办婚事，他的内心深处就火辣辣的，会有一种怕见人的感觉。什么时候他的院子里也能响起婚礼序歌？自己的女儿们何时才能喜结良缘、过上美满幸福的生活？

起初两个女儿先后出生，艾力亚尔巴依期盼着第三个孩子能是个男孩。但事与愿违，第三个孩子还是个女儿，这让艾力亚尔巴依心里酸溜溜的。有哪个当父亲的不想有个男孩？从这时起艾力亚尔巴依再也不做那样的美梦了。在他心里快快不乐的那些日子里，村子里与他关系很要好、名字叫托合提·提力拉的朋友与他深聊过一次。

"艾力亚尔巴依，好久不见了，我看你似乎有什么难言的苦衷？"托合提·提力拉说着，一副洗耳恭听的样子望着他。

"哪有呢？"艾力亚尔巴依自己躲避着这个话题。

"哎呀，我和你是莫逆之交，有必要对我藏藏掖掖吗？你和我既然是挚友，又都生活在同一片天地里，你就不要让我瞎猜了，好吗？"

"我有什么理由向你这位哥哥一样的朋友说谎？这……你也是知道的，我真的任何苦衷都没有。"

托合提·提力拉瞪着像面相师似的眼睛目不转睛地盯着艾力亚尔巴依，扑哧一下笑了起来。

"你嘴虽然是这么说的,但是你那诚实的眼睛却是什么都藏不住的。"

"我……我们俩……"

"是啊,我们俩是挚友,我们之间没有,也不应该藏有隐私。其实我知道,你心里的苦衷就是想有个儿子。"

"这……我……"

"唉,有话就说,在我这样亲近的朋友面前还吞吞吐吐什么。"

艾力亚尔巴依承认了。这是把他的心撕抓得不得安生而又是他一直以来不愿意承认的事情。今天这个伤口终于被托合提·提力拉撕开了,艾力亚尔巴依也像卸下了一个大包袱似的轻松了许多。

"说心里话……正像你所想的那样,我稍微有一点点……"艾力亚尔巴依闪烁其词地说。

"不是一点点,而是相当强烈。"托合提·提力拉对他的话补充道。

艾力亚尔巴依终于把心里话给托合提·提力拉倒了出来。他虽然对三个孩子全都是姑娘非常着急,但对她们的感情却很深,只是为自己连一个儿子也没有而郁郁寡欢,感到压力很大。

"不要紧。"托合提·提力拉为了解除艾力亚尔巴依心里的压力,有意用轻描淡写的语气说。

"这……这……"

"是这样的,"托合提·提力拉长长地叹了一口气说,"世界上的许多事情并不是以你和我的意愿来转移的,但是我们完全可以适应它,有些事情甚至是朝着我们理解不了的方向、按照其内在的规律发展的。"

"你这话的意思我怎么听不明白呢。"

"如果连一个孩子都没有,那就是另外一回事了。然而你现在有三个如花似玉的女儿，三个女儿出嫁后又会给你带来三个儿子的。如果你有三个儿子的命，同样也会给你再带来三个女儿。"

"但是这毕竟是不同的呀。"

"有什么不同？女婿一样是孩子，与你不知不觉就成了一家人了，随后这种关系就会发展到骨肉至亲的程度。你们之间就会相互为对方着想、吃苦、受过，有福同享、有难同当。"

没有想到艾力亚尔巴依听了这番话后，一下子感到所有的事情只要换个角度想就简单了许多。仔细一琢磨，托合提·提力拉说得很有道理。为改变不了的事情整天懊恼有何用处？如果天天生活在这样的愁苦和懊恼中，一个人即便是有十条命也不够用。人的一生看起来很漫长，仔细一想又很短暂，有时眨眼之间就有许许多多的事情发生。

"你……你真是一个了不起的人啊！"艾力亚尔巴依激动地说。

"哪里的话，"托合提·提力拉谦虚地说，"我刚才还怕你不爱听，但是我们是亲兄弟般的挚友，看到你整天闷闷不乐，我心里着急才硬要扯到这个话题上的。"

"不，在你身上还有许多我不知道的优良品格，我怎么就不会像你一样思考问题呢？"

"这并不难，任何事情你都得往好的方向想，向好的方面看。"

"但是我这个脑子……"

"你是一个善良、实在的人，但似乎缺一样东西。"

"托合提·提力拉哥哥，那……那是什么呢？"

"据我所知，你没有念过书，是这样吗？"

"你说得很对，我一个字都不认识。"

"没有文化是人类的大敌。"

"当时……父亲没有让我上学读书。"

艾力亚尔巴依将自己没有念书的错误归咎于父亲便完事了。但你的选择并不是别人而是由自己决定的，然后在大家的支持和帮助下获得成功。我们遇到伤脑筋的事情后常常把责任推给别人，从自己身上查找责任的时候少之又少。

他的思绪又转回到女儿们的身上。三个女儿真的长大了，但是偏偏她们也都是一上完小学就停学了。对孩子们的教育就如此艰难吗？为什么自己当初就没有考虑她们的未来呢？自己是生下来就天资不足，还是我压根儿就是一个抱着葫芦不开瓢的冥顽之人？唉……

渠沟里的流水哗啦啦地响着，艾力亚尔巴依掬起水开始洗脸，从指缝里漏出来的水滴将他的心口浸湿。他如火一般焚烧的心得到了些许平静。这时，他听到了从密林间传来杜鹃悦耳的鸣叫声，随后从茬子地里觅食填饱肚子的一群麻雀，躲藏在树枝间叽叽喳喳地叫着。或许它们也在互相倾诉衷肠？这个世界争闹之类的事情多的是，大家都在不断追求着自己所渴望的东西，当你没有能力得到所追求的东西时，除了感叹之外还能有什么办法？我们渴望的东西往往很多，得到的却很少，也许这就需要在生活中努力调和，好多事情都不是我们所想象的那样。

5

女儿们把从戴胜鸟的巢里撬出来的土块用土掩盖了起来。那天的事情之后，女儿们似乎再也没有去投掷土块的勇气了。后来对这件事情疑心越来越重，于是心里便凉了下来。虽然她们看上去傻乎乎的，但是她们也觉得把从戴胜鸟巢里取出来的一块臭烘烘的土块投出去未必会有什么效果，或许只是那个海丽齐罕老太太的一个玩笑，或者是对姑娘们的一种嘲谑罢了。类似的把大龄姑娘作为嘲谑对象的事情又何止这些？

就像所有人都在生活的道路上不断前行一样，大自然也按照自己的法则运行着。充满绿色的夏天结束，秋天慢慢来了，又一步步走远，晚秋开始了，树木打起了赤膊，树林里落叶遍布。猛一看，大自然呈现一副愁眉苦脸的样子。因为无事可做而心里空寂的女儿们围坐在生铁火炉周围，家长里短地闲扯着。妮萨罕不肯参与女儿们的闲聊，趁这空儿坐在一边赶制夏天抽不出时间做的针线活。

一会儿园子里脖颈套着链子的看家狗狂叫了起来。艾力亚尔巴依的家因为位于村子的外围，平日里专门来寻访的人也不多。或许是雅丹地貌区域中的狐狸来偷鸡被狗发现了，也可能是有野兔子钻进了园子。所以家里所有人起初对狗的狂叫声都没有在乎，后来狗的叫声开始尖厉了起来，与此同时又传来不知哪些人的嘈杂声，还听到了"嗯昂嗯昂"的驴叫声。

"像是有什么人来了，"妮萨罕停下手里的针线活说，"再妮罕，你给我出去看一看。"

再妮罕懒洋洋地噘着嘴："妈妈，你为啥不吩咐两个姐姐中的哪一位去？"

听到这话的赛迪罕和艾妮罕一下子生气了。刚刚还像神话故事中的公主们似的一块儿热聊着的姑娘们，现在却像好斗的小公鸡似的开始瞪起了眼睛。

"喂，短命鬼，"赛迪罕嘟哝道，"就这么点小事，你捣什么蛋呢？是不是想挨揍？可别想让我们像妈妈那样娇惯着你。"

"你承认我们是你姐姐就行，"艾妮罕也发脾气说道，"就连到外面看一下这点事你竟然也推三阻四的。"

"出去交桃花运的又不是我而是你们。"再妮罕也不甘示弱,与两个姐姐打着嘴仗。

"哎呀,你这个丑妖精还不把嘴给我闭上,想没事找抽……"

"你如果再敢多说一句,我马上往你背上给捣一拳。"

"我根本不怕你们俩,我告诉父亲让他来教训你们。"

因女儿们的争斗而愁闷的妮萨罕放下手头的活儿站了起来。

"好,你们连这么点事情都推搡,算了,我自己出去,养再多的孩子大了也不晓得会这么没有用,天哪!"

"妈妈,我去。"再妮罕拦住母亲并调皮地向姐姐们挤了挤眼睛向外走去。

屋子里冷飕飕的,妮萨罕再次起身。刚才女儿们只顾着说话,没有照看好火炉,炉膛里的燃料烧尽了。她想起方才自己吩咐事情,女儿们一个个推搡的情景,便没有吭气径直出了房门,要抱柴自己把炉子重新生着。

妮萨罕来到院子时,再妮罕正站在那里与几个人说着话。其中一个人正在将毛驴车往大门跟前的老桑树上系。妮萨罕一看到这阵势,马上感到今天的情况有些异常,难道……

就在她漫无边际地想着的时候,那几个人也看到了妮萨罕,并开始朝这边走过来。

"艾力亚尔巴依似乎不在家。"他们简单地嘘寒问暖后其中一位年长者说道。

"他……他有事到邻村去了。"妮萨罕有点结巴地说,她的心里早已因为一件事情激动不已。

"哎呀,"刚才那位问话的长者感到有些遗憾似的长叹了一口气说,"如果等他回来的话,需要等多长时间?"

"如果没有别的事的话,估计很快就会回来的。"

"那我们就等他回来吧。"

老老少少五六个人走进了屋。炉子里的火已灭了好长时间，屋子里越来越冷了。妮萨罕向二女儿艾妮罕做了暗示，艾妮罕从院子抱回了木柴。不一会儿火炉就呼呼地着了起来，屋子里也热了，客人们脱掉外套就随便坐了下来。火炉上茶壶里的水也开了，妮萨罕把泡好的茶水给客人们倒上并放到餐布上。不习惯与众人打交道的姑娘们坐在下首位置，不好意思地低头看着地面。

　　喝着泡好的放有冰糖的浓茶、身上热乎起来的客人们相互窃窃细语了起来。他们时不时地朝姑娘们看过来，不知在说些什么。看到客人们这古怪的行为预感到有喜事到来的妮萨罕心情愉快但尽量不动声色，她的样子让人觉得她什么也不清楚，只是坐在那里精心地照顾着客人们。过了一会儿，妮萨罕给大女儿赛迪罕做了个手势，示意她跟着自己到外面去。

　　"女儿，马上把你父亲给叫回来。"

　　"哎哟，妈妈，这么冷的天要我去哪里把我父亲找回来？"赛迪罕使着牛脾气说。

　　"你父亲到邻村的热西提屠夫家去了。"

　　"妈妈，那个人的家我不知道呀。"

　　"你鼻子下面长着嘴，可以去问别人呀，或许你在半道上就能碰见你父亲的。"

　　"在家里等我父亲回来不行吗？就让那些人和我们一起等着我父亲吧。"

　　"女儿……但是……今天的事情有些不同，这些人是来说媒的。"

　　"说媒来的？给谁？"

　　"当然是给你们呀，还能给谁呢？"

　　赛迪罕突然娇羞地望着母亲："妈妈，这个……你是怎么知道的？"

"反正我感觉就是这样的。别在这里啰唆了，赶快把你父亲给我找回来。"

听说来家里的这些人是说媒来的，赛迪罕对此虽然不太相信，但是她也顾不得多想母亲的话真假与否就往外走了，走到大门跟前时还回过头来望了一下母亲。

"妈妈，如果不是你说的那样呢？"

妮萨罕没有说话，只是用手比画着示意她赶快走。赛迪罕出了门。

来的人果然是媒人。对于农村的人来说，冬季也是社交活动热火朝天的季节。这时节，媒人们便开始这条巷、那条巷，这个村、那个村地奔走开了。一些眼宽人熟的甚至会跨乡、跨县地把自己心里感到合适的人互相介绍出去，为他们牵线搭桥、撮对成双。今天的事也不知道能否顺利撮合成功。赛迪罕出去没有多长时间就把父亲找回来了。父女俩是在半路上相遇的。

艾力亚尔巴依进来后，客人们赶快起身重新排列了次序。他们施礼表达敬意，以娴熟的技巧、委婉的话语说明了是为说媒而来的。喝了新沏的一两碗浓茶后，来人中的那位年长者开始说话了："我们是特意为上托曼村的艾尔西丁洪的儿子做媒而来的，我们想知道，你自己有什么样的想法？"

听了这话，艾力亚尔巴依一时不知道如何回答才好了。这些日子他在等着什么？因为女儿没有合适的对象，自己好像犯了什么错似的，在村子里连头都抬不起来。谢天谢地，美丽的花儿开放之时，蝴蝶不是就自然而然地飞来了吗？没有想到幸福鸟儿今天终于降落到自己头上来栖息了。他与来人所说的艾尔西丁洪这个人以前就是知己，只是后来他们没有太多的接触，再加上这些年来所有的人都各自忙着各自的事，远亲近邻之间来往得也少了许多。这件事真是一件大好事。但因为这件事情来得太突然，艾力亚尔巴依激动得不能自已，一下子找不到要说的话。他这样不说话的样子，被艾尔西丁洪理解成别的意思了。艾尔西丁洪站起来施礼道："你和我都已认识好些年了，并且互相之间也没有不了解的地方。常言道，'买马要看走路，娶女儿要看父亲'。这话说得很对。我知道你是一个真诚、品德高尚的人，所以上你家为我儿子提亲来了。"

"谢谢，谢谢！"艾力亚尔巴依也向艾尔西丁洪躬身行礼表示尊重。

"我儿子有制鞋手艺，如果孩子们愿意的话，他们结婚后会过上好日子的。"

"好，这是好事。"

艾力亚尔巴依在不尽的喜悦中听他们讲着。这时有一点让他着实感到纳闷。媒人说是为他女儿说媒的，但是他有三个女儿，虽然最小的一个年龄还小，但达到适婚年龄的还有两个。媒人也没有讲清楚是来为自己哪一个女儿说媒的，这当然让艾力亚尔巴依疑惑不解了。但他又不好直接来问，于是听他们东一句、西一句地说，想从中了解其详。

"是的，艾力亚尔巴依，你女儿绝对不会落到不好的境地。"

"有人问你有亲家了没有，你就用满意的口气说，'有了'。"

"说亲家是一户家境很好的人家。"

"说你们是相互知根知底的亲家。"

"怎么样，你就痛痛快快地给个话吧。"

"确实有必要的话，你去跟孩子的母亲商量一下也行。"

被逼问得实在招架不住的艾力亚尔巴依真有点失态了，最后他只好诚笃地向他们问道："你们所说的与你儿子投合的是我的哪个女儿？"

听他这样问，所有的媒人一下子全都怔住了。是啊，艾力亚尔巴依有三个女儿，说来说去都没有给他讲清楚是来向他哪个女儿提亲呀！艾尔西丁洪不好意思地又一次站了起来。

"哎呀，艾力亚尔巴依，实在对不起，是我们疏忽大意，没有把话说清楚，我们说的是你大女儿赛迪罕……"

艾力亚尔巴依这才轻松自然了起来。困扰他的那种情况总算没有出现。个别情况下媒人把大女儿放下而先给小女儿提亲的事情也是会有的，这种伤脑筋的事情简直是要女方家长的命的，不答应不行，答应也不好，如果出现大女儿留在家中、小女儿先嫁的情况，会置女方父母亲于十分窘迫的境地。

"如果你选择我女儿做你的儿媳妇，我是很乐意的。"艾力亚尔巴依用坚定的语气说。

媒人们为了表示感谢，又一次站起身施礼。这时，原本冷飕飕的这间屋子逐渐变得像春天般温暖了起来，在另一间屋子里竖着耳朵偷听的三个女儿，这时也全都兴奋了起来。

"姐姐，"再妮罕又扮着鬼脸说，"你那个土块还打算向谁投吗？"

"你给我闭嘴！"赛迪罕羞涩地说。

"我当时就说了……那种办法是错……"

"鬼精灵，还不给我闭嘴！"

"啊，这下终于可以参加姐姐的婚礼了。"

赛迪罕一下子羞红着脸笑了起来。

6

阳光普照大地的一天，艾力亚尔巴依家的院子里敲起了婚庆的纳格拉鼓。沉浸在冬天里冷寂的林地和这个村庄特有的雅丹地貌的上空回荡起纳格拉鼓声，以至于艾力亚尔巴依的心被这样的回声激荡得久久不能平静。婚礼这样的大喜日子，使两家人结为亲戚，两位年轻人得到结合，就这一点来说，如同春天露出幼芽的树木似的在自己的本木上又新生出了枝条。两个人结成了命运共同体，在相互扶持中度过一生，这真是大自然赐给人类的一个不可思议的奇迹。

艾尔西丁洪的村子距这里不远。多年前的一个冬天，他们一起参加兴修水库工程的劳动。当时有百十号人同在一口大锅里吃饭。因为劳动强度大，天气严寒，吃过早饭后等熬到吃中午饭的时候，农民们早已饥肠辘辘了。好不容易到了午饭时间，所有的人都不顾一切地跑到饭锅前排队等候打饭。到锅快要见底时，甚至还常常发生抢饭的情况。有一次艾尔西丁洪有事来得晚了点，锅里已经没有饭了，然而，为这种事情与炊事员吵闹也毫无用处。人实在太多，时不时出现这样的情况也是不可避免的。

这时，让艾尔西丁洪没有想到的是，艾力亚尔巴依向他打着手势，招呼他到自己身边来，要与他两个人同吃自己手里的那碗饭。没有经过那种日子的人或许根本感受不到当时那半碗饭的宝贵。这件事对艾尔西丁洪产生了很大的影响，从那时起他就开始观察艾力亚尔巴依的为人了。这个人的确与众不同，干活从不偷懒耍滑，虽然对自己精打细算，但对周围的人却慷慨大方，尽可能给予帮助。

在这之后过了很长一段时间，世间万物也发生了很多变化。由于他们不住在一个村子，艾尔西丁洪看望艾力亚尔巴依的次数也渐渐少了，但是对当年的那半碗饭，对艾力亚尔巴依的优秀品格，他是难以忘怀的。有时还在向孩子进行不能忘记过去的苦日子，要珍惜今天的幸福生活，生活中不能摆阔浪费这些方面的教育的时候，不由得就回想起当年那件事，夸赞当年艾力亚尔巴依所做的好事。他的大儿子尼亚孜是一个非常内向的孩子，从小就得本村赛依达洪鞋匠的真传，对学习手艺也非常认真、用心，现在也成了远近闻名的鞋匠之一。只不过制鞋是一种在家里就可以做的行当，这让本来就沉默寡言的尼亚孜更加沉默、更不爱与别人交流了。尽管艾尔西丁洪多次向他提醒作为工匠，能说会道非常重要，但是已经养成的性格却不是那么容易改变的。什么时候看到他，都是一个人安安静静地在埋头干活。这种性格并不是不好，可是给人一种呆呆的、没有见过世面的印象。就这样，他做的鞋子在做工上虽然博得了大家的好评，但因为他从不知道推销自己，导致一些客户想着法子挑刺儿欺负他，该付的钱也赖着不付或少付。这时，艾尔西丁洪不由得就想起了一个人。这个人便是艾力亚尔巴依。在那么艰苦的岁月里不仅能做到不占别人便宜，而且还尽力去帮助周围的人，这样的品格实在难能可贵。而自己的儿子尼亚孜的性格在某种程度上也与这个人有些相似。

他几次张罗着要给儿子尼亚孜完婚，但尼亚孜却像个姑娘家似的坐在那里低头不语。儿子没有意愿的事情最好不要草率去办，过于强迫让他成家也并非就是好事。如果碰上个好姑娘倒还可以，若是把一个差劲的媳妇娶回家，就会断送他的整个人生。因为儿子的脾性就是这个样子，艾尔西丁洪在这件事情上总是踌躇不前。

一次，他坐下来与其他人闲聊的时候，当场有人提起了艾力亚尔巴依。众人话题一来二去就转到了他的三个女儿头上。他们横说竖说，七嘴八舌就说开了他女儿们的闲话。

"哎呀，众乡亲，"艾尔西丁洪生气地说，"你们怎么能够像女人家似的突然在背地里说起别人的坏话来了？耻辱啊耻辱！"

听了这话，正兴致勃勃地谈论着的人们马上停止了说话。

"这并非坏话，"其中的一个人很不服气地说，"这……这是我从亚曼牙村子听来的，大家轻松自在的时候聊聊又何妨？"

"我们这不是一犬吠影、百犬吠声吗？是男人就该做与男人相宜的事情才对。"

"真是太奇怪了，好端端的怎么就生气了？难道你与他有亲戚关系？"那个人刨根问底地说。

"你不要管我们是什么关系，反正在背地里说别人坏话总是不好。"

那个人沉默了，大家也都不说话了。艾尔西丁洪回到家里后，刚才的情景在他的脑海里像荧光屏似的一幕又一幕地闪现着。眼看着尼亚孜已过了三十岁还没有结婚，假如尼亚孜是个姑娘的话，关于我艾尔西丁洪的流言蜚语不也会满天飞吗？村里的许多人就像是非婆似的，从来不管事情的真实与否，只顾加盐调醋地乱传一气。唉，养一个女儿多么艰难啊！

突然，艾尔西丁洪的脑子里出现了一个想法。如果能与艾力亚尔巴依联姻……他越想越觉得这事靠谱，并且是一件两全其美的好事。他便去试探儿子的口风，好长时间低头不语坐着的小伙子扑哧一下子笑出了声。其实这就是他性格内向的儿子给予的肯定回答。就这样，急着要履行为儿子成家责任的艾尔西丁洪，就赶快从远亲近邻中挑选了几位作为媒人，一道向艾力亚尔巴依所住的村子奔去。

7

婚礼办得称心如意。艾力亚尔巴依是一位不喜欢烦琐礼俗和铺张浪费讲排场的人，所以也没有给艾尔西丁洪家产生太多的花销。婚礼在"您，您"的敬称中开始，在互相尊敬中结束。赛迪罕在家中就连小小的事情也会与妹妹们争执，被娶进这个家里后相当长的时间里也不习惯,陌生的人进来也不知道迎送,要成为这个家庭的一个成员还真没有那么容易。艾尔西丁洪夫妻想起艾力亚尔巴依的高尚品格,对这个儿媳妇也格外迁就。随着时间的推移,赛迪罕也逐渐摸着了头绪,同时也变得温顺了许多。

　　向来沉默寡言的尼亚孜婚后变得活泼了许多。刚开始,赛迪罕不习惯他身上到处是皮革碎片和他身上的皮革气味,尼亚孜在给皮革染色过程中手上也难免会沾染上一些黑颜料,所以什么时候看他手上都戴着手套。第一次尼亚孜抓她手的时候,赛迪罕好像害怕自己的手被污染似的显得很不自然。尼亚孜觉察到这点后,每次下班就往手上打很多肥皂搓洗好半天。过了一段时间后赛迪罕对他的上上下下也就适应了。他们的这宗婚事主要是长辈给谈妥的,艾尔西丁洪也对他们俩尽快磨合颇为关心,让赛迪罕有时间就进入儿子的工作间。看到这些,赫妮排罕有意见了。

　　"你这是干什么?"赫妮排罕对艾尔西丁洪生气地说,"你这明摆着是让儿媳妇什么活都不干,跑到儿子的工作间享清闲,那我们为什么要花那么多的钱把她娶进门呢?"

　　"我又怎么了?"艾尔西丁洪笑着说,"你怎么会表功说我们花了很多钱,事实是我们没有像别人家那样花很多钱呀。"

　　"照你这么说,我们这个儿媳妇是没花钱白得到的了?"

　　"钱是花了,但花得不多,艾力亚尔巴依是一个品德高尚的人,并没有向我们要太多的彩礼。我说,老婆,在一些事情上你得包容一些。要明白不是我们,而是他俩支撑着这个家,所以现在我们要做的事情是,想办法让他们把感情培养起来。这有什么不好吗?"

　　听了男人的话,赫妮排罕一句多余的话也没再说。如果感觉不到情分,那两个陌生人怎么能在一个屋子里生活?就连动物有了新伴侣，最初的生活也还有个排斥期，不怎么亲近哩。幸亏人类自我造就了伟大、慈祥的特性。命运结合在一起，结合在一起的命运便互为膀臂、相濡以沫地生活。这是多么伟大的结合啊！

尼亚孜的工作间位于宅门旁的先前的暗间里。从小小的窗户可以看到外面路上经过的行人的影子。一面墙壁上是用旧木板制作的壁龛，排列着大大小小的成双成对的木制鞋模子。另一边是块大案板，上面摆放着新做成的明光锃亮、能照出人影子的皮鞋。尼亚孜的正面是一个好大的工作木墩，上面摆放着各种制鞋用具，糊鞋底的鞋胶（传统的面糊）以及鞋钉之类的东西。赛迪罕坐在那里看了好大一会儿他制作鞋子后，就开始瞌睡了。她坐着打瞌睡的样子也特别好笑。尼亚孜停下手里的活儿盯着妻子那布满浅色痘痕的娇美的脸蛋。哎呀，女人是如此的娇媚，像冰凉的泉水一样解渴。他直到三十岁也都未能逼近这泓泉水，他感到结婚真是一件美好的事情，而自己享受得太晚了。在佝偻着身子工作劳累的时候，看一看面前坐着的这样的像花儿般美丽的妻子是多么幸福啊。他屏住呼吸欣赏着赛迪罕。

尼亚孜越想越激动，他丢下手里的活，轻轻地朝赛迪罕身边挪移着，赛迪罕背靠着旧柜橱打着盹。尼亚孜突然想给她画一副鬼脸。他先把手指尖浸入旁边的颜料碗蘸上颜料，然后轻轻地涂在赛迪罕的鼻子上。赛迪罕感觉到一种清凉的东西，吓得睁开了眼睛，发现尼亚孜坐在对面望着自己。

"出……出什么事情了？"赛迪罕用恐惧的眼睛朝四周望了望问道。

"啥事也没有呀！"尼亚孜仍然笑望着她。

"那你为什么盯着我坏笑？怎么连活也不干了？"

"就……就是想多看你一会儿。"

赛迪罕也笑了。

"好了，做你的鞋子去。"

"我不做，我累了。"

"那就……"

"我要你给我按摩一下嘴唇。"

"如果爸爸进来看到了，那该多难堪？"

"有什么难堪的？我们是夫妻呀，我又不是与外面的野女人偷情鬼混的。"

"喂，你以前是不是经常与别的女人偷情鬼混呀？我可是常听人家说有手艺的人放荡得多。"

"这是从哪里听来的，除了你之外，我连任何一个女人的手都没有摸过，到哪里去偷情鬼混？"

"那你怎么会说出与外面的人偷情鬼混那样的话？"

"这……这不是话赶到这里了嘛。"

他们沉默了一会儿。尼亚孜轻轻地抓住妻子的手，他的手指乌黑，然而赛迪罕并没有嫌弃。现在，他的手指在赛迪罕的目光里宛如黑色的花骨朵儿似的。黑花实际上是蜀葵的一种，色黑，花开的时候非常别致，越看就越感到纯净透亮，袅袅婷婷，引人入胜，气味清香。如果说世界上有哪种花刚好是黑花的话，那就非蜀葵莫属了。

"我也不知道自己为什么如此喜欢你。"尼亚孜抚摸着她的手说。

"我丑吗？"

"不，你怎么会丑呢？即便是丑我也一样会被你迷得神魂颠倒。"

"狡猾的鞋匠。"

"我说的都是心里话。其实，我们俩的命运早就结合在一起了，父亲向我说起你的时候，不知怎么的我的心里当时就感到非常亲切。以前我听到这类话的时候心里总是充满了怨气。"

"你的意思是,你一直在等着我了?"

"也可以这么说,我们结婚后,我总有一种似曾相识的感觉,好像我先前就在哪里早就认识你了。"

"哎呀,你哪里会见到我呢?莫非是在梦里见过?我们俩离得那么远。"

"我听别人讲夫妻俩的缘分那可是前世就注定的,不管什么原因都会在一起的。"

"我看你是童话故事听得太多了。"

"你没有听说过吗?"

"我是在学校上学的时候从课本里的几篇童话故事中知道的,后来就把它们忘掉了。"

"是因为不好吗?"

"那有什么不好的?"

"那你为什么会把那看到的东西忘掉呢?"

"记住又有什么用处?"

"也许没有用处的,但是我觉得没有忘掉是一件好事,不管怎么说你不是还念过五年书吗?"

"那都是过去的事了。"

"你是不是在学校的时候过得不太愉快?"

"你这是什么话?"

"一个人通常不愿意回顾曾经过得不愉快的那段时光。"

"也不是那样的,但是当时……我在上课时不太专心,或许我的脑子不太好使。"

"你别那样说,念书少的人并不见得都是因为脑子笨拙,我也没有念太多的书。但是我在学习制鞋时就特别用心,手艺也学得很精湛。"

赛迪罕坐在那里,对他说的每句话都仔细倾听着。突然,她的情绪一下子转变了似的,脸上出现痛苦的表情,龇牙咧嘴并弯着腰嗷嗷叫了起来。

"你怎么了?"尼亚孜紧张地问道。

"我怎么一下子岔气了?"赛迪罕痛得腰弯成了九十度。

"是岔气了还是肚子里的胎儿在踢蹬呢?"

"我也不知道。"

"那你试着慢慢站起来。"

尼亚孜扶着妻子站起来,然后开始轻轻地抚摸着她的肚子。不一会儿,赛迪罕感觉好了许多,脸上现出了微笑。

"真的,是孩子在肚子里踢蹬。"

"你可得注意,像你那样把身子弯成九十度的样子,我们的儿子在肚子里该是多么拘束啊。"

"哎哟,谁给你说是儿子了?还没有出生你凭什么说是儿子呢?"

"我觉得肯定是儿子,我是从他在你肚子里踢蹬的那股子劲做出的判断。"

赛迪罕虽然对爱人有些赌气似的,但其内心深处却有一种甜蜜的感觉在回荡。如若第一个孩子是男孩子的话,这对她来说是一件很幸福的事情,父亲因为一生中没有男孩而把忧伤埋在心里,如果有个外孙,无论如何也可以让父亲内心的煎熬减轻一点。若能如此,对父亲也是很好的安慰,自己心里也会轻松许多。

赛迪罕坐在那里这么想着,猛的充满了对母亲的思念。以前她像着了魔一样想结婚,为此还被一个老太太不高明的花招所欺骗,把自己的婚姻大事寄托到一块从戴胜鸟巢里撬出的土块上。现在想起这件事,着实为自己的傻头傻脑而感到好笑。现在自己结婚了,离开了父母亲温暖的怀抱,来到一个陌生人的家中,开始与陌生人在一个卧室里结伴生活。见不上与自己朝夕相处二十多年的父母亲,她的心里感到尤其失落。因为相距较远,并不是说回去就可以回去的。生活是多么有意思啊!当得到一个人的时候偏偏付出与另一些人分离的代价,任何一个东西都不能永远守住或者牢牢地抓在自己手中。艾力亚尔巴依也因为害怕别人的流言蜚语,急匆匆地将女儿嫁了。如今从外面回来后如花儿似的盛开着的、像小鸟儿叽叽喳喳着跑到自己跟前的他宠爱的女儿们一个个都见不着了,他只能倚靠着房门哀愁地站在那里。

赛迪罕眼眶里充满着泪水。

"你怎么了?"尼亚孜忐忑不安地问道。

"没……没有……我只是想父母亲了。"

尼亚孜沉默了,然后望了一阵子多愁善感的妻子,安慰道:"这样吧,你心里别难受了,我先把手里的活计赶一下,这个周末我们就一块儿回去看望他们……"

"好吧。"

赛迪罕从丈夫的话里得到很大安慰,可是她又开始产生了其他的哀愁,开始为在回娘家的路上会不会对腹中的孩子有负面影响担心起来,于是她刚刚好起来的情绪又低落了,脸上的笑容消失了。

"我出去帮母亲干活去。"她站起身说。

尽管尼亚孜为妻子从自己身边离开有些闹心,但是又担心妻子如果不去母亲那里会惹母亲生气。因为大多数婆婆都希望儿媳妇能在自己支使下多做一些事儿,像尼亚孜这样的三十多岁的人对此很清楚,所以也就没有阻止赛迪罕。赛迪罕去了院子里以后,尼亚孜突然想起某件事情,急忙向院子跑去,但是这时坐在廊檐下的艾尔西丁洪和赫妮排罕正笑望着儿媳妇,而不知道他们究竟为什么而笑的赛迪罕,只是发窘地站在院子中间。尼亚孜看着自己刚才与妻子开玩笑在她鼻尖上涂抹的黑颜料，也禁不住扑哧一下子笑了起来。可怜的赛迪罕则因为不理解他们为何而笑有些生气，但强压着火气也附和着大家笑起来。后来她走进自己的房间，对着镜子看到鼻尖上的颜料后一切都明白了。她不仅没有生气，反而对爱人的所作所为流露出欣喜的表情。生活中每天这样一块儿大笑、一块儿欢快有什么不好的！

8

艾力亚尔巴依在大女儿赛迪罕出嫁后，好长一段时间都感到家里像丢失了什么宝贝似的心里空落落的。一个人渴望着某件事情并得以实现的时候，却又高兴不起来，这到底是怎么回事呢？他现在决定不着急让身边的两个女儿出嫁，但是这种心里的苦闷不能给任何人讲。生活的规律就是这样的，又有什么办法呢？人的一生从来就是这样继续着的，人也得习惯于这样的得与失。

大女儿出嫁还不到一年，二女儿艾妮罕也找到了合适的对象。这一次艾力亚尔巴依没有那样利索地给予答复。赛迪罕出嫁后他有了一个新的见解，把女儿养大不是一件容易的事情，作为女儿，新的生活就更难了。因为她在父母亲的培育、呵护下生活了二十多年，在花儿一样盛开的日子随人去了另一个人的家，而且还要一辈子为那个人忧心，一辈子为那个人的生活操劳，这种伟大的情意究竟来自哪里？他在妮萨罕不满十八岁的时候就娶她为妻。这个女人温顺，在所有事情上都听命于艾力亚尔巴依。结婚后生活再苦再难，她从来没有叫过一次苦，就连对艾力亚尔巴依生气也未曾有过。她给他生了三个如花似玉的女儿，然而艾力亚尔巴依那时还为妮萨罕没有给他生下一个儿子而苦恼不已,甚至还曾产生过放弃她另娶别的女人的想法。只是害怕别人的讽刺挖苦才没有付诸行动,也未曾将他的这种想法说给别人。从这一点来看,做一个完美无缺的人似乎是非常难的事情。

大女儿出嫁后,艾力亚尔巴依对妻子这些年来所承受的困苦有了新的认识,对妻子的态度也一下子改变了许多。可怜的妮萨罕这些年来为这个家庭默默无闻地付出了汗水。艾力亚尔巴依每当想到她做出如此多的奉献的时候,就从内心感觉自己亏欠她太多太多。

"在艾妮罕的事情上就由你做主。"他和妮萨罕商议的时候说。

所有的事情都看男人脸色行事,感到自己在这个家里没有任何决定权的妮萨罕,被这突然出现的变化搞得糊里糊涂,不知所措。

"这……这……你……我怎么能做主呢?"

"不,"艾力亚尔巴依用温暖的目光看着妻子说,从他现在的面部表情可以看到对妻子有一种愧疚的神色,"你是女儿的母亲,母亲不认可的婚姻当然不行。"

"孩子她父亲,我……怎么也……还是仍由你一个人做主好吧?"

"我的话你没有听明白吗?关于二女儿的婚事,决定权全都交给你了。"

妮萨罕感到"权"这个字的分量很重,同时也很光彩。她在所有事情上何曾有过这样的待遇?天哪,今天艾力亚尔巴依唱的这是哪出戏?我妮萨罕真的会在女儿婚姻这件大事上有决定权?

让妮萨罕没有想到的是,这让她为难得不知是该笑还是该哭,她纳闷了,一时也不知道该怎么说,该怎么做了。啊,原来做决定竟是如此之难。但是，她开始慢慢地沉浸在一种自豪感中。能够获得一个人的认可，给予自己应有的体面，她感到生活别有一番意义。

"艾妮罕是怎么说的？"妮萨罕用将自己置身于决定权之外的口气说。

"她自己也说要听命于我们。"

"我觉得亲家那边是挺好的一家人……我们女儿嫁过去后我看不会受窝囊气……"

"是啊，孩子她妈，你说我们当父母的除此之外还企望什么？我看还是让他们先互相了解一下，然后你们再做决定也行。"

"孩子她爸，那……我们就这样吧。"

妮萨罕一下子从窘境中解脱了出来。可怜的妮萨罕以前未曾有过这样的最后拿主意的机会，所以才这样胆怯、吞吞吐吐。她这么多年来就是这样过来的。艾力亚尔巴依现在想起来心里酸酸的，他感到很对不住她。在这样一件事情上就可以补偿对她的亏欠？在艾力亚尔巴依看来未必。他们已经走完了人生的三分之二，好像人生已经到夕阳西下暮色将临的时光，要实现所有的心愿已经不允许了。最后他只好在心里劝说自己，只能尽自己的力量弥补对妻子的亏欠了。

大约过了个把星期，妮萨罕做出了一个决定。

"孩子她爸，我……同意这门亲事。"她刚一坐下来就仍然像几天前一样吞吞吐吐地说。

"好吧，"艾力亚尔巴依激动得眼圈儿已经浸出了泪水，"那就按你的心愿做准备吧。"

赛迪罕结婚之后的又一个冬天，艾力亚尔巴依的院子里为二女儿敲起了结婚的纳格拉鼓。所不同的是，这次婚礼的所有事情都由妮萨罕拍板定夺。一向什么事情都由自己做主的艾力亚尔巴依，这次大大小小的事情都不得不问妮萨罕。

这次婚礼也办得愉快而圆满。他们二女儿的亲家是塔孕尔其村名字叫库瓦巴依的人。女婿伊斯玛伊力不像尼亚孜那样有手艺，他整天闲来无事却喜欢与鸽子打交道。这也不能认为艾妮罕与他结婚就不会幸福，因为每个人都有与别人不一样的福气。

这就像一棵开着三枝花的树已经有两枝被折去了似的，艾力亚尔巴依感到家里开始孤寂了。再妮罕虽然以前经常与姐姐们斗嘴、吵架，但仍然觉得还是两个姐姐在的时候日子过得快活，生活有意思。遗憾的是，如今那样的时光回不来了。

再妮罕找到了两个姐姐曾经藏起来的那个扎着羽毛的土块。对两个姐姐打算向小伙子投土块，想以此来让小伙子着迷这件事，当时她就感到非常好笑、荒诞，本来想趁姐姐们不注意的时候把土块丢掉，但是害怕会惹大姐赛迪罕发火，就没有那样做。如今两个姐姐先后出嫁了，把曾经让姐妹三人激动得荡气回肠的这个秘密也给遗忘了。虽然土块并没有起到海丽齐罕老太太所说的那种作用，然而此时再妮罕看到它们就激起了自己对两个姐姐的深切的思念。眼前的土块上扎着的两根羽毛就如同在空中飞翔的鸟儿的翅膀一样轻轻地摆动着。再妮罕现在更舍不得把这两个土块扔掉了。如果说这个世界上真有超凡的东西存在的话，那它就应该是生活中留下来的难忘的让你产生联想的纪念品了。是这样的，当时没有任何意义的两个土块，如今在再妮罕眼里被奉为与两个姐姐生活紧密联系的、记忆中难以忘却的传家宝了。姐姐们来家里的时候也坚决避讳关于土块的话题，姐姐们也压根儿想不到那两个土块竟被妹妹用绸手帕包裹着珍藏在一个小箱子里。

有一天，艾力亚尔巴依看到再妮罕独自坐在崖边流泪。视女儿比自己的生命还重的艾力亚尔巴依，看到女儿这样的状态，他怎能忍受得住。

"女儿，发生什么事了？你被谁欺负了？"他急切地问道。

再妮罕看到父亲来到身边，赶紧去擦眼泪，急忙想将手里的手帕藏起来。

"爸爸，什么事也没有。"她强装着微笑说。

"那你怎么哭了？"

再妮罕长长地叹了一口气，站了起来。

"我想姐姐她们。"

她说着这话，就又撇开了嘴。听了这话，更加刺激起艾力亚尔巴依对嫁出去的两个女儿的思念之情，但是在小女儿面前他不愿意流泪。

"你手里拿的是什么，女儿？"艾力亚尔巴依问道，他有心把话题转到别处。

再妮罕一下子不知道如何回答了，但是如果不回答又怕父亲会向别处理解。

"这……这是我姐姐的手帕。"她最后找到了一个半真半假的理由。

"噢……"艾力亚尔巴依转身离去并向女儿叮嘱道，"女儿，在崖边不要坐得太久，不要让风吹出毛病。"

"我知道了，爸爸。"

艾力亚尔巴依留下女儿自己先走了，但是因为再妮罕对姐姐们的思念，他也开始焦灼不安了，泪珠在他的眼里滴溜溜地转着。现在再妮罕也已是妙龄少女了，再过两三年这个女儿也会像羽毛丰满的鸟儿似的不知会向哪里飞去。当时名字叫托合提·提力拉的好友对艾力亚尔巴依用"你现在有三个如花似玉的女儿，三个女儿出嫁后又会给你带来三个儿子"的话来宽慰他，艾力亚尔巴依也在这种安慰中受到很大的鼓舞。但是，两个女儿出嫁后，他从这种观点中再也找不到安慰了。虽然自己对两个女婿也唤作"儿子",但是却似乎根本找不到真儿子的感觉。尤其是女儿离开家里以后,做父亲的哪能那么快就从焦灼不安中解脱出来?

随着时光的流逝,艾力亚尔巴依也开始适应在忍耐中生活了。人活在世上有什么习惯不了的?艾力亚尔巴依不是还可以至少一个月或两三个月与女儿们见上一面吗?

该发生的终归是要发生的。这不,艾力亚尔巴依的三女儿再妮罕也出嫁了。宛如神话般造型奇特的雅丹地貌、被广阔茂密的树林笼罩着的这个大宅院,如今真正沉浸在寂静之中了。在雅丹地貌区域上筑巢的鸟儿们照常在树林里举行娱乐性聚会,树叶仍旧欢快地发出哗啦啦的响声,波涛汹涌的河水像以前一样日夜不息地以一种独有的节奏哗哗地流淌着。是的,生活仍然继续着。

这时,赛迪罕已经是一个女儿、一个儿子的母亲了。继艾妮罕有了一个女儿之后,再妮罕也即将做母亲了。她们每次来看望父母亲的时候,便会给这个位于僻静处的寂静的家庭带来一两天的欢乐气氛。看到孙辈们活泼可爱的样子,艾力亚尔巴依就满面春风,心里的沉闷一下子就被抛到了九霄云外,就像得到了一切似的感到扬眉吐气。这种日子就连树林里的家雀的叽叽喳喳的鸣叫声,在他听来也是格外动听。他所期望的幸福生活就应该是这样的,由此也促使他想让这样的时光慢点流逝,好让他尽情地享受这样的生活。

炎炎夏日,在一个阳光明媚的日子里,艾力亚尔巴依干完地里的活儿闲了下来,坐在院子前面那个一夏天都没有断过水的斗渠边上乘凉。妮萨罕则不顾倦怠正在院子里做饭。每当老桑树上留宿的乌鸦不安地呱呱叫的时候,妮萨罕的心里就会有一种莫名的不安。每次听到乌鸦的叫声,都有一种会发生不幸的事情的担心,但是从来没有发生不好的事情。之后过了好多年，妮萨罕的这种担心却从未丢掉，尽管她没有办法解释乌鸦的不安的呱呱叫声与将会发生不幸的事情有什么关系。

她开始想女儿们，接着想孙辈们，最后想到坐在斗渠边上的艾力亚尔巴依。人一旦上了岁数，这样那样的疾病就会突然发生，疾病对于老人来说就如同一只底部破漏的水桶似的，即使每天用棉花去塞裂缝处也挡不住水的渗漏。刚才，妮萨罕朝锅台前走了几步后，就感到眼前一片漆黑，差点跌倒在地。但是她还是努力走到锅台前，勉勉强强地把饭做熟了。

妮萨罕放下手里的事情赶快朝外边走去，她往渠边上扫视了一眼，并未看到艾力亚尔巴依的身影。她准备回屋子的时候，想着还是再朝老伴儿平日里坐着的地方仔细看看。突然她发现了斗渠边上的那把自家的靠背椅，而艾力亚尔巴依已经跌落在地上了。"哎呀，不好！"她心里咯噔一下并差点喊出声来，赶快跑过去扶艾力亚尔巴依，老伴儿已经气若游丝。妮萨罕虽然知道他时不时会出现这种状况，但是她这次非常害怕，心口堵得慌，出不来气，眼前漆黑一团。尽管这样，她还是使出全身的力气把老伴儿扶了起来。

"哎呀，孩子她爸，你这是怎么了？"

艾力亚尔巴依似乎发不出声来。她想喊人过来帮忙，但附近连人也没有，住房位于边缘地区的人家遇到紧急事情的时候不就是这种情况吗？

妮萨罕费了九牛二虎之力背着他回家，等背进院子里早已精疲力竭了。她想办法挪动着艾力亚尔巴依，让他躺到褥子上，给嘴里喂了些水后，他的呼吸似乎比刚才好了一点，但是眼睛却没有睁开。妮萨罕感觉这次好像不同于以往。她在爱人身旁坐了个把小时后，朝村子的拐角处走去，找人去通知女儿们。等她返回到家里的时候，艾力亚尔巴依仍然像她出门时那样躺着。

第二天，女儿们先后回来了。这期间艾力亚尔巴依似乎微微睁开过眼睛，然后就神志不清地说起了胡话："赛迪罕，我亲爱的女儿，你快把绑在我脚上的绳子给解开呀。艾妮罕，你在哪里？再妮罕，你在哪里？我的女儿啊，你们怎么把我放到雅丹地貌连片的地方就走了呢？"

听了这些话，妮萨罕的心里又咯噔了一下，但是她没有把心里的话说给女儿们。

"爸爸，你看，我就是赛迪罕，你认不出我了吗？这……这是你可爱的外孙……"

"爸爸……"

"爸爸……亲爱的……爸爸……"

看到爸爸的状况，女儿们哭喊着。屋子里的哭喊声响成了一片。随后尼亚孜和三女婿如斯太木也赶到了。

"不能这样干坐着，我们得赶快把爸爸送到医院才对。"如斯太木话刚说完就急忙跑到外面套车去了。就在这时，艾力亚尔巴依奇迹般地睁开了眼睛。他感觉到了女儿们的气息，在生命的最后一息仍然为女儿们而挣扎着。

"孩子他父亲，你不要吓唬孩子们了，"妮萨罕心里稍微平静了些说，"你看，她们全都在你身边站着，女婿们也都来了。"

艾力亚尔巴依睁开无神的眼睛蒙蒙眬眬地朝站在自己身前的女儿们扫视了一遍，脸上闪现出微弱的笑容。他似乎有什么事情要交代，可气力达不到。已经套好马车的如斯太木也回到了屋子里，把岳父的头稍微抬高了一些。

"爸爸，"他扶着岳父说，"你的情况好一点了吗？我们把你送到医院去，肯定能够好起来。"

艾力亚尔巴依微微地把头摇了摇，然后用衰弱的声音叽咕着开始说话了。

"谢……谢谢……我的孩子们，"他停了一会儿又继续说道,"赛迪罕……艾妮罕……再妮罕……"

"爸爸,我们都在。"

"你们……你们都让我很满意,我亲爱的孩子们……我什么事情也没有为你们做。"

"爸爸,你不要那么说,你就是我们的一切。"

"不……不……我是一个没用的父亲,我没能让我的孩子们成为有知识的人……"

艾力亚尔巴依停止了呼吸,他在生命的最后一刻所说的这句话到底是什么意思?他的灵魂去哪里游历了?与哪些人相遇了?难道他在临终前还为没有让女儿们好好念书而悔恨,而焦灼不安吗?可惜,这屋子里的人没有谁能替他做出回答。

最后,为送艾力亚尔巴依上医院套好的畜力车也没有用上。他还没来得及对那句令人费解的话做出解释就停止了呼吸。常言道,"活着就是一口热气"。是的,它既看不见也摸不着,活着与死亡就是如此接近,有的时候一个漂亮的人儿转眼之间就变成了一具尸体,这无情的现实你不相信也不行。

艾力亚尔巴依去世整整过了五十天的时候,妮萨罕也离开了人世。他们虽然没有同生共死的山盟海誓,但是好像把他送走后又怕他在九泉之下生活孤单似的,一个走了之后另一个也跟着走了。

9

赛迪罕分娩的时候,第一个孩子没有像她希望的那样是个男孩,但是,就对于孩子的感情来说,对自己亲生子女的钟爱是每一对父母的天性。他们也是这样的。孩子的出生为这一家人的生活带来了新的欢喜。尼亚孜有了自己的孩子,而赫妮排罕因为自己没有生养过女孩,这个孩子的出生也满足了她的心愿。为此,包括赫妮排罕在内的所有家人都非常高兴。有的时候赫妮排罕对孩子的体贴甚至胜过了赛迪罕。就连以前多数情况下不出工作室的尼亚孜也常常来到院子,每天都抽出时间陪女儿玩,父母亲稍微离得远一点的时候,他就贴在赛迪罕的耳朵上说一些甜言蜜语。

"你怎么不进我的工作室呢?"

"我得看一看孩子……"

"没有爱心。"

"你怎能这么说?"

"唯独把我丢下了。"

"我不是每天都陪伴着你吗?"

"距我这么近坐着,才算你陪着我。"

"那么孩子和家务活怎么办?"

"干完家务活后你就到我身边来。"

"我还得看一看母亲那里有没有事情要我做。"

"你就不怕我生气吗?"

"那还是你出来坐到我身边。"

"我如果不干活的话,我们一家人的生活拿什么来维持?"

"那你就忍耐到晚上再做你的事吧。"

尼亚孜赌气似的欲要进工作间。赛迪罕还以为他真的生气了,赶快安抚道:"别生气呀。"

"我当然生气。"

"第一个孩子没有按你所想的那样生出个男孩子来。"赛迪罕心里感到对不起自己的男人。

"不要紧,"尼亚孜逗着女儿玩并笑着说,"我倒是觉得女儿大了心疼爸爸。"

"那咱们再生个儿子。"

"我也想着这件事,如果有一个女儿、一个儿子,那该多好哇。"

就这样,他们又一下子甜蜜地黏在一起了。

日子像早上的太阳似的在温暖中继续着,时光在不知不觉中过得如此之快。女儿出生两年后,赛迪罕又怀孕了。这次真的生了个男孩。这真是心想事成,全家人再一次沉浸在无限的欢喜之中。

"这是对我们所做的差事的奖赏。"艾尔西丁洪庆幸地说。

"孩子他爸,我们应该为孙子的出生举办一次聚餐,请乡里乡亲前来做客。"赫妮排罕说。

"那我们就照你说的办吧。"

"那就全由我来操持。"

之后的很多年,他们一家都沉浸在这两个活泼可爱的孩子所带来的欢乐和喜悦中,他们家的大孩子也上学了。然而,这样的日子没过多久,就在这欢快的日子里,赛迪罕心中伟岸的大山倒掉了。妮萨罕派来的报信人到来的时候,赛迪罕从来都没有想过还会有这样一天。她带着孩子赶来看望父亲的第二天,艾力亚尔巴依就入土了。这对她来说简直就是一场噩梦。赛迪罕在敬爱的父亲艾力亚尔巴依离她而去的最初的日子里,根本就不相信这是真的。在她的眼里父亲是去地里干活去了,等饭做熟后他就回来了。但是随着时间的推移,对父亲的极度思念让她承受不住了。距此不到两个月母亲妮萨罕也离开她们去了另一个世界。从此以后赛迪罕就开始精神恍惚,耳朵听不到说话声,说起话来总是颠三倒四、语无伦次。

"媳妇,你不能那样,你得接受这个现实,"尼亚孜对她安慰道,"谁都会有这一天,不自我克制也没有办法。"

"父亲被压在了雅丹地貌连片的地方。"

"行了,你别想那事了,你还得照顾我们眼前的两个孩子。"

"父亲飘走了。"

"嗯,亲爱的媳妇,不幸降临我们也无能为力。"

"那就让我也随河水流走。"

"我们的日子可不能中了邪,好媳妇,祝你健康。"

艾力亚尔巴依夫妻的先后去世,打破了这个家庭的平静。艾尔西丁洪为具有优秀品格的亲家的去世而忧伤不已,为寿数的不公而自怨自艾,因为单就年龄来讲他比艾力亚尔巴依还大。死亡来临之时就像拔蔓菁似的,只消轻轻一下,瞬间就离开了它生长的土壤。最重要的是赛迪罕接受不了这个天命,从父母亲去世的痛楚中不能自拔。这一过程中,尼亚孜对赛迪罕却从原来的恩爱转变为反感,开始有些变心了。

一天,赛迪罕无意间来到丈夫的工作室前面。门是从里面插着的。难道尼亚孜把门关上去了某一个地方?把门倒关着这还是第一次遇到。赛迪罕没有多想就准备起身退去。就在她转身离去的瞬间,从房间里传出了女人娇滴滴的浪笑声。很长时间神志不清的赛迪罕猛的一下子站了起来,并且神志也突然恢复了正常。她开始用脚尖踹门,里面的声音听得更清楚了。里面有尼亚孜嘿嘿的笑声,还有女人不住地叨咕着什么。赛迪罕一切都明白了,也摸清了尼亚孜近来变化的缘由了。她想破门而入,把他所做的这一丑事暴露在众人面前,但是她的良心又不允许自己太冷酷无情,让自己长期以来遭受的折磨在他的身上重现。她心里的伤口又重新开始流血了,她在门跟前不知站了多长时间,突然儿子的声音使她清醒了过来。

"妈妈……妈妈……妈妈……"

室内的声音也突然停了下来。正在这时,从外面走进来的艾尔西丁洪看到儿媳妇脸色苍白地站在工作室的前面,便问道:

"女儿，出什么事了？"

赛迪罕没有吭声，就像这样的丑事反而是自己做的似的突然娇羞地倒退开了，与此同时控制不住地号啕大哭了起来。艾尔西丁洪更疑惑了，他来到工作室前开始推门，门是从里面闩着的，这让他更疑惑了。他一边喊尼亚孜的名字，一边用重拳使劲砸门。尽管他鼓捣了很长时间，里面也没有任何动静。猜疑和担心之下失魂落魄的艾尔西丁洪开始用脚狠狠踹门了。陈旧不堪的门哪能吃得消这样猛踹，最终门轴断裂倒在了地上。店铺里的尼亚孜和邻居家的则比尔妮萨像受到地震惊吓似的颤抖着茫然失措地站在那里，艾尔西丁洪一切都明白了。

"你这个畜生！"他咬牙切齿地骂道。

随后操起嵌靴筒的楦子向尼亚孜砸去，丢人现眼、令人作呕的则比尔妮萨趁此机会，像蹚污水沟的人似的跳蹦着溜掉了。赛迪罕当天就带着两个孩子回到了她娘家村子。父母亲留下来的房子几年无人居住，已经泛碱，墙皮也开始脱落了，屋顶也有几处漏过雨水的渍迹。看到房屋残破景况的赛迪罕又哭开了。她好像今天不哭今后再没有哭的机会似的，酣畅淋漓地大哭了一场。在她的眼里生活对她来说全都是悲哀。

"妈妈，我们还是回到爸爸的身边吧？这个屋子很让人害怕。"儿子尼加提用一种被恐怖笼罩着的神情说。不言而喻，周围的雅丹地貌和被阴森森的树林笼罩着的这座院子，即使是白昼也给人以望而生畏的感觉。

"不，我的孩子，从现在开始我们就把你外公、外婆屋子的灯点起来生活。"赛迪罕眼含泪水说。

"我……我害怕。"尼加提用焦虑不安的眼神望着母亲说。

赛迪罕无语地站在那里。

"妈妈，如果我们住在这里，那我怎么上学？"女儿麦丽开说。

赛迪罕不知如何解决这些令她头痛的事情，她纳闷了，生活怎么就如此艰难呢？如果让她自己选择生活的道路的话，那她宁愿就在父母亲留下的这个僻静的宅院里蛰居至老去。但是生活的波涛总会推着人们按照它的流向走，有时候我们再怎样努力也不得不随波逐流。

第二天，赛迪罕正在为孩子们的事情打算的时候，公公艾尔西丁洪和婆婆赫妮排罕坐着毛驴车赶到了。

"女儿，请原谅我，是我没有教育好自己的儿子。"艾尔西丁洪一走进屋子就说道。

"女儿，我们一起回去吧，我们替尼亚孜向你赔罪。"赫妮排罕说。

孙子和孙女自从爷爷、奶奶来了，就像几年没有见着似的把手悬吊在他们的脖子上扭来扭去。赛迪罕看到孩子这样，也想着现在就一起跟着回去。但是尼亚孜所做的事情就像一堆正在燃烧的柴草似的折磨着她的心。自家的院子、工房，还有赛迪罕经常坐的那个放着软垫子的凳子……她不管怎么做都忘不了。在她的心中现在对尼亚孜的感情就像一块冰似的凉透了。

"我现在一步也不想走进那个院子。"赛迪罕用伤感的声音说。

"我的女儿……"

"我对不住你们。"

"作为夫妻，诸事都得宽恕，"赫妮排罕打断她的话说，"这一次他是误入歧途，今后那样的事情绝对不会发生了，从昨天到现在你爸爸已经整治过他好多回了。"

"就是这样我也……不回去，妈妈。"

夫妻俩对赛迪罕哀求了好长时间，但是她似乎没有回心转意的意思。

"你们把两个孩子带走，"赛迪罕说，"别让他们把学业给耽搁了。"

"妈妈，你就跟我们一起回去，好吗？"尼加提说。

"妈妈，我们没有你不行。"麦丽开说。

"女儿，"艾尔西丁洪把两个孙子揽在怀里说，"你再好好想一想，孩子们没有你是不行的，没有爸爸更不行。"

赛迪罕没有吭声。

临近天黑的时候，艾尔西丁洪夫妻俩带着孙子回去了。单独留下来的赛迪罕又想了很多，但是那件事在她的脑子里留下了很大的影响，这个疙瘩她怎么也解不开。这天晚上对赛迪罕来说是在十分惊慌中度过的。雅丹地貌区域里的猫头鹰整夜不停地哀嚎着，不知哪棵杨树的主干马上就要断裂了发出噼噼啪啪声，还听到了不知是谁好像在发着怪声怪气的嘟哝声，房顶上好像有人在嗵嗵地走动。第二天清早尼亚孜就出现在这里。这两天他也像丢了魂儿似的焦虑不安。面容像患了一场大病的人似的蜡黄，眼睛也没有了光彩，嘴唇也干得裂开了口子。

"我给你赔罪，好妻子，"他走到赛迪罕跟前说，"我这次是吃屎了，今后我绝对……"

赛迪罕脑子晕晕乎乎地望着他，心里既没有怨气，也没有关爱。这样的心境就连她自己也感到惊异不已。难道说她对尼亚孜根本就无法原谅吗？

"都是那个女人自作多情，搔首弄姿……"尼亚孜推脱着责任说，"但是你要相信，我和她之间什么事情也没有。"

赛迪罕用憎恨的眼光盯着他。

"既然是那样，你早先怎么不把那个麦热姆妮萨娶回家呢？"

尼亚孜先是稍有点惊异，后想起妻子的脾气，便对她的话纠正道："老婆，不是麦热姆妮萨，是则比尔妮萨。"

"噢，原来你还忘不了她的名字，啊？"

尼亚孜自己抽着自己的嘴巴，开始解释了起来。

"好妻子，不是的，不是的，绝对的，今后我保证连看都不会看她一眼。"

"我一开始就说过，匠人多风流。"

"老婆，不是那样的。一次，只迷失过这一次，今后我会不为所动，我敢在你面前坚决赌咒。"

"你的脸皮比鞋底、鞋帮还厚，我是绝对不会再相信了。"

"亲爱的老婆，别那样，我再次请求你宽恕我，我们的孩子还等着我们。"

话题再次触及孩子们，赛迪罕站在那里不作声了。他们的生活一直以来多么的乐陶陶呀，后来父亲和母亲先后离开了人世，尼亚孜误入了歧途。人的一生为什么常常会这样一个快乐之后接着又来一个懊恼，这对人是多大的折磨呀！突然，从树林那边传来了杜鹃呼叫伴侣的啼鸣声。赛迪罕的心里不由得"唰"的一下被杜鹃的啼鸣声打动了。她把眼睛用力地闭了片刻，瞬间将自己从孩提时代起到现在的生活历程在脑子里过了一遍。在她的生活中尼亚孜依旧占有很重要的位置。她与尼亚孜是命运共同体，是终其一生的夫妻。

"老婆，请吧，拿上你的包袱，就与我一起回家吧。"

尼亚孜用乞求的目光期盼着她回家，赛迪罕深深地叹了一口气。

"我是铁定了心的，但是……"

"什么？"

"与你一刀两断。"

"好老婆，你就别那么坚持了。再说了这件事我也是偶然的，全都怪那个女人，是她有意煽惑……"

"苹果是自己先烂然后才掉落到地上的。"

"我还没有变成烂苹果，如果真成了烂苹果那你就把我抛开，我一定不会烂掉的。"

"乏货。"

"你要是不走我也不走,你在哪里我就在哪里。"

"赖皮!"

赛迪罕说这话时笑了,尼亚孜乐不可支地牵着她的手重返家中。不管怎么说,这次看在两个孩子的分上,看在十几年来夫妻的情分上,他们之间的坚冰被融化了,濒临危机的婚姻得以挽救。再经过一段时日后,他们的生活又恢复到先前那样。尼亚孜还像从前那样在工作室里不出来,赛迪罕不定时地进入工作室监视着他。这时,尼亚孜就会死皮赖脸地向她开着玩笑。

"哎,老婆,你来了,是不是忍耐不住?"

"就你这样的人,谁还会忍受不了?"

"常言道,'顽童更让人疼爱'呀。"

"哎呀,真让人受不了,那种爱早就没有了,已经被你那把火烧成死灰了。"

"哪里的话,心终究是热的。"

他这样说着,就用黑色的粘有鞋胶的手指把赛迪罕的手抓住,紧紧地按在自己的胸前。

"喂,厚脸皮,你给我放开,都这个岁数了还这么不知羞,让爸爸、妈妈看见多丢人现眼。"

"他们不会看到的。"

"人虽然老了但眼睛还是很锐利的。"

就这样,赛迪罕的日常生活在这种酸涩和甜蜜中继续着。这时,两位老人都已年近八十了,自己有需要的时候才会出来。唯恐对两位老人有照顾不周的赛迪罕,对公公和婆婆无微不至地侍奉着。所以两位老人不论到哪儿都对自己的儿媳妇赞不绝口。孩子们也长大了。麦丽开这一年上了大学。赛迪罕常常想着父亲艾力亚尔巴依临终前所嘱咐的那句话,最后明白了父亲是要女儿们明白教育子女们好好读书的重要性。街坊邻居们看到这个呆头呆脑的女人说她的女儿考上了大学的时候，大伙儿都感到自己太不称职了。因为这个村子到目前为止还不曾有一个孩子考上大学。随着社会的发展，人们开始懂得读书的重要性了，早上阻止孩子们去学校而逼迫孩子去放羊、放学后甩掉做作业的孩子们的书本的现象渐渐消失了。几乎所有人都开始关心孩子们的学习情况。

这时，工厂制作的鞋子差不多占领了整个市场，尼亚孜的家庭式制鞋技术吃不开了。如今靠什么来维持家里的生计？两个孩子的学习费用从哪里来？在这个紧要关头他们为钱开始犯愁了。没有想到的是，平时连别人的名字都称呼不正确的赛迪罕的脑子却开窍了，她建议尼亚孜去从事买卖鞋子的生意。做买卖鞋子的生意不也与自己的制鞋技术相关吗？听了这话的尼亚孜做起了鞋子生意，不到一年时间就赢利了。生意这样好，一家人也就不犯愁了。如今他们最大的心愿就是让两个孩子都能上大学。麦丽开进入大学两年后，尼加提也如愿以偿考上了大学，从这时起这一家人在人们的眼里有了不一样的地位。

10

二女儿艾妮罕结婚三年后公公库瓦巴依就去世了。婆婆约尔罕是位办事比较细心的妇道人家。最初几年，约尔罕花费了很多心血教艾妮罕做这做那。无奈艾妮罕天生的慢性子，再加上对许多事情都漫不经心，对她的话并未入耳。聪明的约尔罕就任由艾妮罕的性子来了。伊斯玛伊力是个懒散中长大的小伙子，父亲去世后的一段时间里我行我素，一天到晚就知道与鸽子打交道，只要一听说"某个地方、某个人有如此这般的鸽子"

之类的话，就帽子掉了也顾不得捡起地往那里奔去。即便是倾家荡产也要想着法子非把那个鸽子弄到手不可。这个世界上所有的东西都有它相应的根源和应有的价值。鸽子是一种象征和平、和谐和惹人喜爱的生灵，许多人一旦与它结缘就会一往情深、如醉如痴。突然间，有一天鸽子在市场上畅销了起来，专业养鸽也成了一个行业，还建立了"养鸽协会"之类的组织。与此同时，伊斯玛伊力也因为喜爱养鸽子，现在给他带来了滚滚的财源。他第一次以一万元的价格卖出一对鸽子的时候，就连他自己也不敢相信这笔买卖是真的。后来鸽子迷们为了买到他的名鸽子，还没等雏鸽从鸽蛋里出壳就有人前来预付款抢购一空了。

父亲去世后，伊斯玛伊力过了一段时间粗茶淡饭的日子，现在他正好靠养鸽子致富了。由于他对鸽子格外痴迷，有时他连自己是一位父亲和一家之主都给忘记了。幸亏艾妮罕是个娴静、遇事不着急的女人，在一些事情上不与他计较。不然的话，两个人之间的争来斗去哪里还能避免得了？平日里，上下房顶的鸽子迷们从早到晚络绎不绝，受房顶上噔噔噔声的搅扰，家里的人白天根本无法安宁。可怜的约尔罕叫苦连天，嘴唇都磨去了一层皮，但是伊斯玛伊力只是充耳不闻。到了夏天，屋子里到处是湿淋淋的，这些也全都是养鸽子造成的负面影响。

"我的好儿子，就请发发慈悲吧！"约尔罕最后只好拽住正在上房顶的伊斯玛伊力的脚说，"我并不是说不让你养鸽子，而是让你在离住房远一点的地方专门建上一座鸽棚。"

"妈妈，我的鸽子们究竟妨碍你们什么了？"伊斯玛伊力生气地说，"这一家子人的花销还不都是从这些鸽子身上来的吗？"

"孩子，你说得没错，但……"

"要不就是你们与鸽子肉有仇？要是那样的话，你们以后就别再喝煮鸽汤了。"

"儿子，不是的，我说的意思是，你们整天一群人在房顶上不停地跑来跑去的，那咚咚咚的脚步声搞得我们根本无法休息。别的你也都看到了，从屋顶漏下的水把室内弄得湿淋淋的。"

"这个我知道。"

"那么……"

"如果把鸽棚建到外面，我担心鸽子被贼偷走。妈妈，你有所不知，这鸽子先前一对我都卖到两万元了。这么贵重的鸽子，我把它们放到别的地方养怎么会放心呢？"

儿子的一大堆说辞让约尔罕哑口无言了。可怜的母亲只能把苦痛咽回到肚子里，站在下面眼巴巴地看着伊斯玛伊力爬着梯子上了房顶。天空中飞翔着一群鸽子，不知从哪只鸽子的爪子上悬挂的嗡葫芦上发出的颤音在蓝天中回荡着。之后过了几个月，约尔罕也与这个世界告别了。

时间的流逝就像鸽子飞翔一样快，把日夜更替、斗转星移，把时间的概念简单定义为日间吃喝、晚间睡觉，便没有任何意义了。伊斯玛伊力在这种昏昏沉沉中过着日子，他把头上出现的白发误认为鸽子飞翔中飘落在头上的羽毛。他现在已经是年过五十的人了。如今他已经有了三个孩子。大女儿热依罕在小姨再妮罕的极力主张下考上了大学，大学毕业后留在了乌鲁木齐市。剩下的一个儿子和一个女儿初中毕业后就停学了。伊斯玛伊力的儿子也对养鸽子很着迷，经常往房顶上爬。经常能看到父子俩在房顶上望着天空飞翔的鸽子嘿嘿笑着。

热依罕工作后的第三年为婚姻的事情回到父母亲跟前。伊斯玛伊力想让女儿在乌鲁木齐工作几年后就在家乡留下来，但是女儿回来后还要返回到那里，而且还要在乌鲁木齐结婚，这让他们的脑子根本就想不通。

"女孩子本来就不该让她读书的,"伊斯玛伊力悲观地说,"花了几万元读书当了干部,现在回来却说要嫁给别的地方的一个人,这不是有负于我们吗?"

"爸爸,你为什么这么固执呢?"热依罕说,"怎么会把女儿结婚说成是对父母亲的负心呢?"

"那你就回来。"

"我的工作呢?"

"什么工作不工作的,在家里陪着你妈妈才算是孝顺。"

"爸爸……"

"你认我是你父亲,就该听我的话。"

热依罕对父亲的话吃不消,最后跑到母亲跟前。

"妈妈,你倒是说一句话呀,父亲他……"

"你呀你……"艾妮罕对女儿使着性子说,"好像在家乡找不到男人似的,为什么非得嫁到乌鲁木齐不可?你爸爸说的有他的道理。"

"你们俩怎么这么死脑筋呢?现在都什么年代了,哪里能发挥自己的作用就在哪里生活,找对象不只是找男人,而是必须找一个自己喜欢的小伙子结婚。"

"唉,那你还是去给你父亲说吧。"

艾妮罕拍了拍脑门出去了。热依罕对没有人能听得进她的话而感到非常懊恼。天哪,这到底是怎么回事?人们常说,父母是儿女们的福气,是儿女们的一切。但是他们却不支持自己的幸福,这到底是我自己的过错还是父母亲的原因呢?

热依罕就这样在父母亲身边周旋了一个星期。弟弟和妹妹与她根本就不同,所想的事情也非常简单,他们的生活平淡而散漫。虽然这里是自己的家,是生养自己的家乡,但是与弟弟妹妹之间的生活观念却像相隔万重山般遥远。五年的大学生涯和三年的工作过程中,她生活的节奏明显加快,已经与城市生活浑然一体了。她的心里乱糟糟的，好像有一种如果在这里再多住上几天，就会被这里的土尘所掩没，甚至觉得像陷入沼泽永远也走不出去似的。

热依罕最后决定，还是继续找母亲深谈一次，从母亲这里打开突破口。于是，她纠缠着母亲。"妈妈……"热依罕撒娇道，"你是一个了不起的女人，以前你就不同凡响，只要你拍板定了的事情，父亲就会钳口结舌。"

"你这话是什么意思？"

"爸爸怕你呀。"

"喂，傻子，你说这话是什么用意？"

"妈妈，真是这样的，这个我还是知道的。"

"嗯……还是你爸爸说得对，女孩子就不应该念那么多的书。这些全都是再妮罕那个鬼精灵惹的事，拿'你们如果不让热依罕上学，我们的亲戚关系就到此为止'的话来吓唬我们……"

热依罕微微一笑。

"我再妮罕小姨很了不起。"

"哎呀，诡诈的东西，你刚才不是说我很了不起吗？"

"就是，妈妈，你也了不起。"

"反复无常的家伙。"

别看艾妮罕表面上对女儿态度不好，实际上只是对她舍不得才这样的。她为了读书自小就离开了家，在艾妮罕看来这些年来她在外面吃了许多与其年龄不相符的苦头。算了，她爱在哪里就在哪里吧，只要她幸福、平顺，艾妮罕就高兴。父母亲并不能永远守护在子女的身边。你看，艾力亚尔巴依和妮萨罕夫妇二人对几个女儿是那样爱不释手，为了她们即便是付出自己的命都在所不惜。但是按照生活的法则，女儿们先后结婚了，嫁到了别人的家，与另外一个人生活去了。人的一生从来就是这样的，这是任何人都无法改变的。老话说，"女孩子没有家乡"，因为她们全然不知自己的福分会落到何处。就像鸟儿一样，不知道突然哪一天落在连自己也想不到的树枝上歇脚，这个地方就成了她的家乡。

一想起父母亲，艾妮罕就因伤感而开始流泪了。人处于天真的年龄时这种感受并不强烈，当一个人有了家小、品尝过生活的冷暖之后，才能更加懂得父母的养育之恩。但是到了这个时候，有些人已经没有表达这种感受的机会了。也许多年后的某一天热依罕会为今天的所作所为而感到愧疚的。

"妈妈，你怎么了？"热依罕看到母亲突然眼泪汪汪的，急忙问道。

"我心里难受。"艾妮罕擦着眼泪说。

"妈妈，我……是因为我吗？"

"不是，我是想起了你外公和外婆。"

"好了，妈妈，你就不要伤心了，唉，真的，"热依罕看到艾妮罕愁容满面的样子胆怯地说，"你们在还是姑娘的时候，是不是曾经在戴胜鸟窝里撬出过土块，插上羽毛想投向小伙子啊？"

艾妮罕一下子吓得直望着女儿，三个穿着红色衬衫、下摆掀起又落下的姑娘站在崖边朝着远方眺望的画面像电影一样在眼前闪现。

"这……这个你是从哪里听说的？"她突然脸色通红地问道。

"如此看来真的有这样的事情了？"

"唉，傻子，"艾妮罕生气地说，"没有的事情。"

"哼，你还对我保密？"

"这件事你究竟是从哪里听来的？"

"再妮罕姨妈……"

"哼，原来又是那个鬼精灵在胡说八道啊！"

"那就是真的了？"

艾妮罕因不好意思不作声了。

"如果，"热依罕究根问底地说，"如果你们把那个土块投到某个从远方来的人的头上，你们会不会嫁给那个人呢？"

艾妮罕顿时哑口无言了，她对热依罕提出的这个问题感到莫名其妙，同时回想起这件往事让她尴尬不已。

"喂，真是不可理喻，"她生气地说，"有这样问妈妈的吗？你这个孩子真是不懂礼貌。"

"妈妈，你别生气，"热依罕小心翼翼地开口说，"外公临终前告诉你们要让孩子们好好读书。如果女儿们当初好好读书了，那外公也绝对不会有那样的临终嘱咐，我说得对不对？"

艾妮罕陷入了深思。亡父在弥留之际不停地呼唤着三个女儿的名字，并且流露出为没有让她们好好地念书的悔恨之情。尽管他没来得及说更多的话，但是他留给女儿们最后的遗言，是他对自己一生深度思考的表述。让热依罕上学也不只是再妮罕一个人的主张，而是艾妮罕为给伊斯玛伊力施加压力而请再妮罕前来助阵的。虽说再妮罕年纪较轻，但伊斯玛伊力对她有一种敬畏。难道热依罕现在说的不是真的吗？她自己也有自己选择的权利啊。

"向小伙子投掷土块是荒诞的，也是一种封建迷信。"热依罕低声嘀咕道，"但是，妈妈，女孩子的命运就像那投出去的土块一样，她们的土块落到谁的身上，她的家乡就是哪里了，这不是预先所能知道的。"

艾妮罕经过深思后长叹了一口气。正在这时，儿子拜科日赶着牛羊从田间回来了，院子里满是牛的哞哞声和羊的咩咩声。

"我……试着给你父亲说去。"艾妮罕起身说。

也不知伊斯玛伊力是出于对艾妮罕的害怕，还是愿意女儿在城市里生活，最后同意了她的婚事。他们挑选八月里农村牛羊肥壮的一个吉祥日子送女儿热依罕成亲。亲家虽然在城市里生活，但不是那种眼睛向上、以强欺弱之人。在尘土飞扬的农村举行的婚庆仪式上，他们好像本乡本土的人似的给予亲家全力配合，结婚仪式自始至终是在相亲相爱、互相尊重中进行的。结婚后受亲家之邀，伊斯玛伊力和艾妮罕为参加女儿的揭面纱礼（译者注：维吾尔族婚俗，结婚次日新郎通过一定仪式给新娘揭面纱），带着一部分亲戚去了乌鲁木齐。一生中眼睛盯着自己鼓捣的鸽子飞翔，生活的空间只局限于自己家房顶上那片狭窄的蓝天的伊斯玛伊力，一到乌鲁木齐就对世界有了新的认识。尤其是首府城市的发展、人民群众的生活在他的心里留下了非常深刻的印记。直到现在，他才知道自己让女儿读书是一件非常正确的事情。遗憾的是剩下的两个孩子初中毕业后就停学了，现在这让伊斯玛伊力懊悔不已，后悔得肝肠寸断。

生活就像花花绿绿的霓虹灯一样以它自己的色彩顺从着人心，不停歇地前进着。但是生活中泪水和快乐又总是交织在一起的。一天，就在伊斯玛伊力坐在屋顶上观赏鸽子飞翔时，意想不到的一个噩耗让他感觉就像把他从房顶抛到地上似的，不，就像是从天空中被扔到地上似的。伊斯玛伊力先是操心着廊檐下刚出壳的一窝雏鸽。这雏鸽在未孵化出来前就被别人出五万元预订了。万一雏鸽在雨中有个三长两短，那到手的订金就得归还给人家。下午雨停了，伊斯玛伊力看到鸽子窝里的雏鸽好好儿的，放下心的他为了安顿其他的鸽子又上了房顶。一会儿突然听到不知是谁乱腾腾的呼喊声。他从房顶往下看，原来是邻居亚库普十万火急地喊叫着自己。

"喂，亚库普，有什么事情吗？"他满不在乎地问道，"不是你家的房子被雨水淋塌了吧？"

"拜……拜科日……"亚库普吞吞吐吐地说。

"你是说我们的拜科日吗？他怎么了？"

"被压在崖下了。"

伊斯玛伊力的耳朵像刚刚才被打开似的卡了好长时间后惊慌地问道："哎呀，这是哪里的话？我们的拜科日他……"

也不知道伊斯玛伊力是从屋顶上飞下来的，还是跳下来的，一点疼的感觉也没有。他像失去知觉的人似的大喊大叫着跑到畜力车跟前，眼前是一幅悲惨的画面。可怜的拜科日浑身粘着泥巴躺在车子上已经死去。对于一位父亲来说，自己还在人世却要先送走子女这种悲剧是难以承受的。如果人心是石头的话或许瞬间也会在咔嚓作响中裂开，幸好人比任何东西都坚强，九死一生也罢，七死八活也罢，不管什么样的痛苦降临到头上，最终通通都得承受。

伊斯玛伊力连打听悲剧发生原委的力气都没有，就长叹一声摔倒在了儿子的尸体前，艾妮罕的情况也与她丈夫一样糟糕。儿子去世之后他们二人就像失去知觉一样。赛迪罕和再妮罕以及别的亲戚们每个星期都会不定时地前来劝慰他们。日月的车轮什么时候都不会停下来，你是哭也罢，是笑也好，生活的节奏照常按照自己的规律继续着。尽管伊斯玛伊力和艾妮罕因为儿子的去世痛苦得肝肠寸断，但是仍要在这光明的世界里呼吸，还得在这艰难困苦中过自己的日子。转眼之间过去了一年多的时间，伊斯玛伊力通过全神贯注地观察鸽子的飞翔，再加上多少关注一些世界上的其他事情，这样他心里的痛苦似乎稍微减轻了一些。但是艾妮罕与他相反，一天一天地濒于崩溃。

那天，一群放牧的孩子为了避雨躲入了雅丹地貌区域的肋弓状地带，突然不知是谁大声喊道："哎呀，快跑，崖土崩塌了！"

因为这样的事情以前也发生过，孩子们还以为是谁在故意恐吓大家，就没有相信。过了一会儿悬崖上面真的发出了咚咚声并有崖土落下来，他们开始狂喊乱叫着往外逃跑。但是拜科日在最里面，两个小孩来不及跑就被塌落下来的崖土埋住了，等孩子们喊来大人把他们挖出来的时候，两个孩子早就断气了，拜科日就是其中的一个。

11

再妮罕婚后不久，爱人如斯太木就想把她的名字改为再乃甫（译者注：再乃甫，传说中与杜鹃相恋的一种鸟）。

"这么做可以吗？"再妮罕稍有些犹豫地说。

"有什么不可以的？我们这是与时代相契合。"

"只要名字改了就跟上时代了？"

如斯太木一下子被她的话问得答不上来了。过了一会儿他开始认真地说话了。

"你说得也很有道理，名字叫什么与时代没有关系，我们应该真真正正地与时代相适应，在许多方面我们还得不断学习。"

"如果你喜欢，那名字改就改了吧。"

"谢谢你对我的理解，实际上这也不是为改名字而改的，只是单纯地为了让名字听起来更美一些。"

两个人相互望着对方甜蜜地笑了起来。

如斯太木从小时候起，母亲就教育他长大后要做父亲那样的人。他从孩童时期起就渴望成为一名军人，如果有人问他："你长大后想做什么？"

"成为军人!"他会毫不犹豫地回答。

他母亲艾丽麦罕失去丈夫守寡时还不到三十岁,但是她为了儿子不至于受到继父的虐待,坚决不愿意再嫁。她把一切心血都奉献到了儿子的身上。如斯太木高中毕业后考入了大学,但就在他大学第三学年的时候,在未告知母亲的情况下应征入伍了。虽然他放弃了大学生涯,但却实现了从小就有的美好愿望。艾丽麦罕是在儿子入伍以后才获知这个消息的。刚开始时还有些怨气,但想到入伍是孩子从小就有的理想,觉着这样的选择也没有过错。这样一位为了儿子年纪轻轻就守寡的慈祥的母亲,在这件事情上怎么会不理解自己的儿子呢?

如斯太木三年的军旅生涯结束后,回到了家乡,他在部队期间得到了很好的历练。按照国家有关退伍军人安置政策,他被安置到棉花加工厂工作。

一次,他与几位朋友为了抓鱼,来到距离村子十几公里远的河边,这里丛林遍布。他们在返回的时候走在一条修建在雅丹地貌区域侧部的狭窄的道路上。这时,如斯太木看到崖边上站着一位姑娘。尽管看不清楚姑娘的面容,但他感觉姑娘非常漂亮。姑娘红色衬衣的下摆在风中像蝴蝶的翅膀似的被风掀得起起落落。他一边走一边不停地注视着姑娘,但是姑娘似是眺望着远方,并没有看到他。如斯太木从来没有这样满怀兴致地关注过一个姑娘。他曾经有过许多女同学,对她们中的某一位也曾有过难忘的瞬间心动,只不过现在如斯太木想起她们的样子已经相当模糊了。不知怎么的,他对雅丹地貌区域崖边上站着的这位姑娘越看越想看,为什么自己对以前最熟悉的姑娘都不想,却只对途中偶遇的这个姑娘念念不忘呢?最后他把自己心里的这个秘密告诉给了把一切都奉献给自己慈爱的、知心的母亲。

"我的好儿子,"艾丽麦罕笑着说,"你似乎真的爱上了那位姑娘。"

"但是,妈妈,我根本就不认识那位姑娘呀。"

"孩子,这就是缘分。"

"那……"

"我试着找一下那个姑娘的家。"

"算了,妈妈,不要太着急了,我先私下里察访一下,然后……"

"孩子,如果是好姑娘的话,就不能让她跑掉……"

艾丽麦罕说到做到。艾力亚尔巴依得知小伙子知情达理,上过大学,后来又参过军,没有过多推托就表示同意了。婚礼办得简朴而又欢快。再妮罕听说这个小伙子在雅丹地貌区域崖边上见到过自己,对命运朝自己开了这样一个奇妙的玩笑感到惊讶不已。

"你真的看到过在崖上站着的我?"婚后再妮罕与如斯太木坐下来单独聊天的时候问道。

"是的,你上身穿着红色衬衣,我看到你眼睛里闪耀着一蓬欲望之火,在我的心里也投进了一蓬感情之火。"

"真有这种可能吗?"

"怎么不可能呢?"

"我根本就不相信。"

"亲爱的,这就叫缘分。"

"是的,我也想尝试着去投掷一块土块,但是奇怪的是……"

"什么土块?"

"什……什么也……我说土块了吗?对,小的时候,我经常朝在我们家院子里桑树上栖息的麻雀投掷土块。"

再妮罕把话引到别的方面了,如斯太木也没有坚持着问那个关于土块的有趣的故事。后来他们的日子慢慢地朝好的方向发展着,再妮罕生育了三个孩子,其中两个男孩、一个女孩。就在大儿子升入高中上学的时候,原来很让人羡慕的棉花加工厂成了人们街头巷尾热议的话题,主要是厂里几乎所有的人都失业了,这其中也包括如斯太木。

"再乃甫,我想要干一件非常大的事情。"如斯太木有一天对再妮罕说。

"什么事?"再妮罕诧异地问道。

"你还记得我第一次见到你的那个雅丹地貌连片的地方吗?"

"怎么会不记得?那是我孩提时代生活的地方,在我的记忆中,那里永远都是不会被忘记的地方呀。"

"嗯,那个地方真是一块吉祥之福地啊,我的爱情也是从那里开始的。"

"如斯太木,你到底想说什么?"

"再乃甫,我准备在那个雅丹地貌连片的地方兴建一座砖厂。"

"什么?在那儿……"

"是的,亲爱的,许多世纪沉睡的雅丹地貌,我要把那些黄土变成黄金。如果我们在那里把砖厂建起来,岳父的那座破败了的杨树林院子也会恢复生机,变成富丽堂皇的家园。"

"如斯太木,那得花好多钱,我们的经济能力……"

"这请你放心,我已经找到投资的人了。"

"那你就随意吧。"

"就仅此而已?再乃甫,我等待的可不是这个呀。"

"那样的话……"

"你就没有别的话要给我说吗?"

"你……我支持你,如斯太木。"

"太好了！亲爱的，我要的就是你这句鼓励我的话。"

对于有能耐的男人来说，经过努力终归会收获到丰硕的成果。如斯太木最终在岳父艾力亚尔巴依房屋附近那个雅丹地貌连片的地方建成了一座砖厂。这时，恰逢新疆实施"富民安居工程"，政府为农民们投资建设新居工程如火如荼地进行着。砖厂竣工投产的当天，如斯太木邀请所有亲朋好友来参加由他举办的盛大庆典仪式。活动结束后再妮罕和两个姐姐一起领着外甥们先来到父母亲的坟前祭拜，然后满怀深情地顺着老屋院子的土墙转悠，最后走到小的时候经常去的雅丹地貌连片的地方游目骋怀。这中间经历了好多年，发生了许多事。那时这个拐角处的三个姑娘像三朵花儿似的含苞待放，如今已成了身后跟着一群孩子的三个精明强干的女人，宛如雌性雕鹰般昂首挺胸地站立在那里。在这激动人心的时刻，突然从树林里传来了杜鹃美妙动听的鸣叫声，然后便见它们从头顶振翅飞翔而过。三个人同时回头朝老屋子的方向望去，她们好像看到了父亲艾力亚尔巴依和母亲妮萨罕脸上绽放着幸福的微笑，正从远处向这边走来。

水影儿

1

只要一看见敦敦实实的阿迪力卷曲的金黄色头发，我就会有一种入骨的欢喜。他脸上的皮肤也是如此润泽细嫩，衣服袖口上竟没有一丁点污斑。就连眼睛的瞳孔也宛如晶莹剔透的宝石般别致。我们俩常常在一起玩耍。他不单是我的朋友，还是我最喜欢的玩伴，或者说他就像我珍藏的非常漂亮的玩具似的。他那双独特的眼睛使他在许多小孩子中分外显眼。

我们主要玩的是用碎土打造"屋子"的游戏。我们把碎土垒成像鱼脊背似的尖尖的形状，曲里拐弯的土棱差不多占据了土路的一半。在这些实际上就是普普通通的蜿蜒的土坎中，包括几间屋子、客厅和围墙等，在我们的眼里，这些算作雄伟壮丽的"建筑群"了。当我们观赏自己营造的"建筑群"时，对于自己的劳动成果感到无比自豪，为我们自己创造的非凡杰作而沉浸在甜蜜的遐想中。兴奋的时候，满脸沾着泥土也毫不在意。阿迪力漂亮的金发已经被汗水浸湿，粘在脑门上。他正在吸溜着鼻涕，时不时还用手臂将粘在脑门上的头发推开。他的这个招牌动作在我看来相当有趣。望着他的样子我扑哧一下子笑出声来。

"我怎么了？"

"什么都没有。"

"那你为何这样笑？"

"看见你这模样就……"

"还是看一看你的模样吧，就像个掉进泥潭里的猴子似的。"

听了他的话，我自己也感到是该看看我现在可笑的样子，但是我怎么会看到自己的脸呢？

这下轮到阿迪力笑话我了。

"不准笑！"

"你刚才不是也笑我吗？"

"但是……"

"把你的脸擦一擦。"

我撩起衣襟开始擦脸。

"你也把自己的脸擦一擦。"

我们相互笑望着对方。在我们面前曲里拐弯地耸立着用碎土精心垒起的宏大"建筑群"。

"现在我们该干什么了？"我望着他问道。

"应该召唤一些人来我们屋子里做客。"

"客人？那我们请谁过来？"

"请谁都行。"

我们又站着欣赏了一阵子自己的"建筑"。春天的暖阳热辣辣地照着我们娇嫩的皮肤，阳光刺激着我们的眼睛，但是我们依然玩兴十足。微风吹得树叶哗啦哗啦作响，这些让我们感到就像听着优美的歌曲或者获得哪个人的赞美的掌声似的。从碎土中升起的热量刺激着我们的脚底,我们沉浸在无比激动的情绪之中。越高兴玩劲越足,就连回家都不记得了。白昼似乎正在加长,我们感到自己在这种不受限制中跟着太阳一起正在缓缓地透射到大地中。

"那好,我们到那边去,从那些孩子中唤一两个过来。"

我带着阿迪力,朝着村子尽头正在起劲玩耍的一群孩子跟前走去。这个地方有七八个孩子正拉着一辆废弃的木制独轮手推车玩。坐在手推车上的马赫木提看上去好像家乡的大人物似的趾高气扬。

"喂,你们也想来跟我们一起玩吗?那你们就赶紧接过绳子拖手推车吧。"马赫木提挥动着手对我们说。

我们互相看着对方。

"我们……我们……到这里不是来玩的。"阿迪力结结巴巴地说。

马赫木提立刻生气地皱起眉头。

"那你们到我们这里干啥?"

"想叫你们……去我们那儿做客……"

"做客?"

拉手推车的孩子们一下子站住了。他们都累得汗水直流,急促地喘着气。马赫木提懒洋洋地把一只脚放到地上。

"怎么样的客人?"

阿迪力看了我一下开始做说明:"我们在那边建造了许多房子,请你们上那边去做客。"

马赫木提嘿嘿笑了。因为上面一层脱落的牙齿还未完全长齐,他的嘴看上去就像开着的门似的,说起话来有些不清楚。

"你们的游戏有趣吗?"他盯着阿迪力的眼睛问道。

"有……有趣。"

马赫木提扫视了一遍好不容易获得休息机会的伙伴们："你们有愿意去的吗？"

"有！"

孩子们听说要从拖手推车这种辛苦的任务中解脱出来，都显得非常高兴。可以看出他们拉马赫木提似乎已经好长时间了。马赫木提虽然在年龄上比我们大不了多少，但是在玩游戏时经常充当孩子王，孩子们也已习以为常了。不仅马赫木提自己喜欢管理他们，孩子们也愿意接受他的管理。因为他说什么，玩耍的孩子们就跟着他做什么，所以孩子们常常不用思考，只听从他的安排。只不过，我和阿迪力所具有的秉性稍特殊点，不习惯于马赫木提动不动支使我们给他一会儿做这一会儿做那，所以我们俩常常不入他们的伙儿，喜欢单独玩我们自己的游戏。但是今天我们需要他们演客人的角色，迫不得已才来到他们跟前。

"那我们就一起去吧，"马赫木提站了起来，"你们先把手推车送到那里，过会儿我们再玩。"

两个小孩把废弃的木制手推车送到远一点的院子里后，我们走在前面，以十分自豪的姿态把他们带向我们的"建筑群"。

"屋子在哪儿？"马赫木提气呼呼地看着我们问道。

"你看。"

我指着地上曲里拐弯的土埂给他看。

"这是什么？"

"房屋。"

马赫木提瞪大眼睛看了好半天。

"把我们带过来就看这个吗？"

"这……这……那个是客厅，那些是卧室，那……"

我如同跳线绳似的跨越土埂开始向马赫木提做着介绍，但是他的脸上根本没有一丝笑容。

"哎呀，疯子。"马赫木提突然生气地喊叫道。孩子们噌的一下子用吃惊的目光看着我俩，"把我们一个好端端的游戏给搅了……哼……说什么叫我们到这里来做客，怎么连吃的东西都没有？你们就拿这些泥土来捉弄我们吗？"

顿时我们被他的怒气吓得乱了方寸，不知道该做什么、说什么才好。本来只是请人来做客而已，哪晓得会给自己惹来这么多的麻烦。

"不要生气，"阿迪力稍稍鼓起勇气说，"你在这里稍等一下，我现在就回家去给你拿些吃的东西过来。"

"拉倒。"马赫木提噘着嘴，摇晃着头。他的火气仍然难以消退似的，"还是我们那个手推车的游戏好玩。你们跟我走！"

他领着孩子们回去。虽然我们这种"做客"的游戏不能好好儿地继续下去，但在不痛快中依然可以继续做我们自己的大事。我们才刚松了一口气，马赫木提突然停住了。从他的表情上可以看出他似乎想做某件事。

"你们把他们垒的东西给我毁了。"他给身边的孩子们下达命令道。

"不要！"阿迪力和我一齐叫喊，但是我们没有来得及阻止。已经习惯于依照马赫木提号令行事的这些孩子就像饥饿的羊群拥进庄稼地似的，回过头就一齐对我们建造的"建筑群"开始狂踩乱踏。

"你们不能这样，我们好不容易才建成的！"

阿迪力和我阻止着，央求着他们，使尽全力把他们往外推。但因为他们人多，最终没能拦住他们。只一会儿，我们辛辛苦苦建造的"建筑群"就被他们夷为平地。这时，我看到马赫木提的脸上出现了一副得意忘形的表情。

"你们干得好。"

他夸赞孩子们后扬长而去，所有的孩子也都满怀着胜利的喜悦，给我们摆出一副似乎自己相当了不起的狡诈的笑容。这事弄得我们非常痛苦，眼瞅着劳动成果被践踏，却无力阻止，而且本来是请人来做客却招来一顿气受。想到这里，我们便为自己的过于善良而自责。但是，没有办法，我们俩抽抽搭搭地哭了好一阵子才缓和了下来。

"我们现在怎么办？"

阿迪力用哭红了的眼睛瞅着我。他金色的头发在尘土中变得稍有些暗淡，但是他的眼睛依然那样闪闪发亮，那样招人喜欢。

"我肚子饿了。"他撇着嘴说。

"那我们回家吧。"

"行。"

"咱们去我家吧。"

"不。"

"为什么？"

他抬起头看了看头顶上发散着光芒的太阳。

"我母亲今天中午给我准备了肉馕吃。你知道的，现在我很想吃那个肉馕。"

"噢……那……"

我无语了。一提到肉馕，我的肚子也开始咕咕地叫开了，我嘴里的哈喇子也快要流出来了。这个时候，我指望着阿迪力说一声"走，我们一起去我家，畅快地吃一顿我母亲做的肉馕"。可他并没有那样说。他家里有好吃的的时候，竟把我这个好朋友给忘掉了，我的心里忽然感到酸酸的，再加上刚才马赫木提的不良行为，我感到实在懊恼。

我一声不响地来到水渠边，开始洗被弄脏的手。冰凉的渠水给我带来舒适感，我觉着自己就像与这渠水一起潺潺流淌着似的，只不过，想起阿迪力的做法就觉着实在可气。我为了与他保持距离，洗手的时候有意蹲了许久。过了好一会儿，抬头再看时，早已没有了阿迪力的踪影。确定他早已走远后，我才带着怨气站起来，回过头来开始把刚才马赫木提一伙儿毁得不怎么彻底的那些"屋子"踩平。就这还压不住我心里的怒气，我面向阿迪力离去的方向扯着嗓门大声喊叫："受不了，小心眼儿，我以后不跟你做朋友了！喂，好你个黄发猴子，蓝眼鱼，顺着墙根溜的耗子……"

我明知这些话阿迪力是听不到的，但还是仿照平时听到的大人们骂人的口气一股脑儿全都喊叫了出来。自己的心里也感到稍微舒坦了点。好，你可以吃肉馕，难道我就吃不到吗？我现在马上回家，让我母亲也给我做肉馕吃，哼！

我好像要报复谁似的，眼睛发红，带着满脸怒气回到了家。父亲夏天在家里住的日子比较少，在我的记忆中父亲未曾在家陪伴我，也未曾在离家时对我说句关爱的告别之类的话。他在家里的时候总是保持着一种沉默寡言、闷闷不乐的状态。他在想什么、为何事苦闷，我不得而知。母亲与他在一些事情上也很少交谈。有他在的时候，我们家的气氛会冷漠许多，给我一种如同冬天里寒冷的空气从打开的门窗扑进室内的感觉。父亲喜欢独处，我不愿意与别的小孩玩，只喜欢与阿迪力玩，也与我们家这种情况有一定的关系。可惜，阿迪力今天不给我留一点面子。一想到他把我丢下不声不响地走掉，心里就对他来气。

"以后坚决不跟他玩了。"我对自己发誓道。

母亲正坐在院子的葡萄架下梳头。

"孩子，你去哪里了？"

她经常用这种习惯用语问我。

"我玩去了。"

"看你这浑身都是泥，从哪里沾的这么多泥？"

"我没有沾泥，和阿迪力一块儿玩造房子游戏了。"

"噢，是与赛迪洪家那个金发儿子一起吗？"

"是的。"

"你们打架了吗？"

"没有。"

"你的脸色怎么不对劲？是别的孩子欺负你了吗？"

"没有。"

"肚子饿了吧？"

听了这句话，我的脸上唰的一下露出了笑容。我来到母亲跟前，摇着她的腿撒娇，母亲湿润的头发正散发出好闻的芳香。这时，我感到自己好像唰啦一下站在盛开的杏树园中似的。

"妈妈，我肚子现在很饿。"

"那就赶快把锅盖打开，有给你留的饭，自己去盛着吃吧。"

"妈妈……"

"噢。"

"给我做顿肉馕吃行吗？"

"哎呀，好孩子，家里没有肉，拿什么做出肉馕来？"

听了这话我一下子泄气了，阿迪力高傲的样子闪现在我的眼前，我感到自己好可怜。如果爸爸在家，好好儿地对待我们，像阿迪力家一样不缺肉，母亲也许就会给我做肉馕。这时酸楚再加上火气，我的心里又开始对好多人产生了怨气。

母亲抚摸着我的头安静地往地上望着，用梳子把垂落到肩膀上的头发卷起插到头上，开始抚慰我的心："得了，孩子，别使性子了。男子汉应该和颜悦色才对。我星期天出去买肉，给你做肉馕，好孩子。"

我哭了。

"啊，好孩子，你怎么了？"

"我爸爸……"

"你是不是想他了？"

"不是，但是……他很少来看我。"

母亲笑了起来。

"孩子，你爸爸很快就回来。"

我朝厨房走去，我的肚子真的很饿了。

2

我常常为自己的孤独而感到懊丧。为什么我不能像其他孩子那样有哥哥、姐姐呢？对此不只是我，就连我母亲也无法回答。从她总是躲避我的眼神中不难看出，这其中必定有我理解不了的某件事情。我们家冷漠的氛围使我心中形成了阳光照射不到的一处无光的死角。

新的一天开始的时候，我又想起了那些欢快的游戏，但是对独自一人玩的游戏索然寡味，左思右想，还是觉着最喜欢与阿迪力一起玩，我的性格只与阿迪力一个人合得来，但是昨天他的行为让我直到现在气都还未消掉。正这样想的时候，我们家的院门被推开了一条缝，金色的头发闪着光亮的脑袋轻轻地伸了进来，随后一双有神的浅蓝色眼睛开始朝院子里扫视。

"努尔江，喂，努尔江！"

我从屋门口朝院门前走去。阿迪力看到我，像全身的器官都在闪光似的从心里发出动人的笑容，我感觉他的眼睛里好像蕴藏着一个崭新的世界似的。

"喂，这么早就吃过了？"

"我们去玩吧。"

我龇牙咧嘴，故弄玄虚地做出一种今天不想出去玩的样子。

"我母亲……"

"你母亲怎么了?"

"什么事也没有。"

"那就走。"

"我母亲说不让我上别的地方。"

尽管我刚才还盼着跟他一块儿玩,可现在一看到他就使起了性子,我用不满的眼神直视着他。

他的脸上流露出一种伤感的表情,浅蓝色的眼睛像阴云后面的太阳似的穿射出一缕冷飕飕的光。

"真不出去吗?"

"不是真的又怎么样?"

他委屈地咬着嘴唇。把手伸进衣兜好像准备给我取什么东西似的摸索了很久,最后掏出了一个火柴盒大小的玩具汽车。

"看,这是我父亲从城里给我捎来的,如果你与我一起玩……"

很明显,他这是在讨好我。咳,金头猴子,如果你昨天带我一起去你家吃肉馕的话,我说什么也不会这样怨恨你。你现在才知道来拍我的马屁了?哼,我今天非得好好耍耍你不可。

"我不去玩。"

看到我脸上流露出来的坚决的表情,阿迪力悲观地泄气了,他好像马上就要哭鼻子似的心里难过了一阵子后,对着自己手里的玩具汽车翻来覆去看了一阵子后对着我说:"努尔江,我……把你怎么了?"

"什么也没有。"

"那为什么你不与我玩了?"

"因为我妈妈不让我出去。"

"那我们就在你家里玩吧。"

我没想到他会说出这句话,突然一下子不知道如何回答他才好。我坚决拒绝的态度被他松软的语气所感化,最后我还是在他面前露出了马脚。我如果再继续说那种不是我本意的话,那他就真要走了。

他把院门开大,走了进来。

"我把这汽车送给你,然后让我父亲给我再带一个回来。"

他没有等我表态,就把红色玩具汽车递到我的手上。我一会儿看看阿迪力,一会儿看看手里的玩具汽车,一下子犹豫不决了起来。我父亲是乡供电站的一名普通职工,工资不太高,瘦削的身子包在制式蓝色工作服里面,看上去给人一种抱头缩项的印象。从出生到现在为止,他从不知道给我买玩具回来。昨天对阿迪力的生气瞬间变成了妒忌。看着他像个漂亮的木偶似的可爱样子,我的心就像正在被无形的虫子啃着似的不安。我既舍不得疏远他,又无法修复到以前打心里喜欢他的程度。突然,我对自己的这种变化感到厌恶和痛苦。他用浅蓝色的眼睛注视着我,以乐观的心态等待我的决定。

"行吗?"

"你指的是什么?"

"如果你不去外面,我们就在你家的院子玩。没有你的话,我会觉着很无聊。"

我再次忍耐不住了,实际上,如果没有阿迪力,我也一样很无聊。我明知道自己离不开他,还固执地存心捉弄他。

"好吧,"我的态度最终软了下来,"那你可得听我的话呀。"

"行,我听你的。"

他兴奋的浅蓝色的眼睛像星星般闪耀着。我们来到葡萄架下并在凉炕上坐了下来。葡萄还没有黄熟,像棉籽般大小、绿杏子般油光水滑的葡萄垂悬在架藤上。寂静了一阵子后,阿迪力心里开始显得有些烦闷,眼睛像是想寻找什么似的向周围滴溜溜地转来转去。

"你想找什么？"

"什么也没有，你的玩具都在哪里？"

"你想干什么？"

"我们一起玩呀。"

我没等他把话说完，就过去把一个我小的时候玩过的小孩学步手推车搬了过来。一看到这个，阿迪力禁不住吭哧笑了起来。

"你现在还玩这个？这不是小孩子学走路的手推车吗？"

我羞得满脸通红，心里烫得像火烧般难受。

"是的，我就玩这个怎么了？"我反驳道。

但是阿迪力一点都不明白我这是对他的责怪，又开始问道："再没有别的玩具了？"

"没有。"

"你爸爸……你不会给你爸爸讲吗？我爸爸给我买回了好多玩具。"

他的话再次激起了我内心的苦涩。我开始努力回想父亲冷冰冰的样子，但是想起的只是在雾霭中晃动着的一个模糊的黑影。我为什么会是他的儿子？在路上看到疼爱孩子的一家人欢天喜地地从我身边走过的时候，我不仅心里酸楚、脸上流着伤感的泪水，而且心里也在流泪。有时，我也想象着自己像那些孩子一样，向父亲和母亲撒娇，但是不知怎的，母亲总是忙着家务，父亲总是沉思着什么缄默不语。有时他看到我也会飞快地把视线移开了。从他的眼睛里感觉不出他对我有丝毫亲热、慈爱的迹象。我的心里又一次感到凄凉，觉着自己孤苦无助。我突然想从这个家里无声无响地出走，但我又有点担心。只有母亲的身影像夏末太阳下沙沙作响的野花似的，多少给我的心灵一点亲切的感受。只有看见母亲的时候，在许多事情上自己才能得到安慰。她陪我睡觉的时候，会把我紧紧地搂在怀里，她赐予我娇惯的亲吻,让我体会到被疼爱的美好。我不承望父亲像阿迪力的父亲那样给我带回好多玩具,只想着他给我以温暖的笑容,能带着我上一次街,走路的时候能转过头来望我一眼,用手轻轻地在我的头上抚摸一下,在我的额头上用温热的嘴唇亲吻一下……我的愿望仅此而已。奇怪,这样的想法可笑吗?过分吗?算了,不管怎么,我就需要这些。啊,父亲,爸爸,我们家是多么冷漠!

"努尔江,你怎么了?"

阿迪力蓝色的眼睛像一把尖锐的锥子般凝视着我的瞳孔。我定神看了一下,迅速躲开了他的目光,两滴眼泪顺着我的面颊流了下来。

"我是不是做错什么了?"阿迪力好像有些尴尬地说。

"没有。"

"那你怎么哭了?"

"这个你理解不了。"

"努尔江,我们不玩了吗?"

"我们玩。"

"那怎么自从我进来后你就沉默下来了?"

我看了一会儿阿迪力讨人喜欢的模样,只要他在我跟前我就觉着高兴。但是他刚来的时候我让他难堪了,在我心里的一个地方正为此感到痛苦,为自己给他制造的委屈而内疚。我的性格不知怎的总是这样爱挑剔他,这让我心里备受煎熬。我默不作声地站起来朝屋内走去。

"你去哪里?"阿迪力唯恐我会撇下他不管而心存顾虑地说。

"我进屋里去一下。"我连头也没有往后转地回答说。

衣服箱子里有母亲一年前从城里给我买回来的雄鸡玩具,我很珍惜它们,因为它们非常别致和可爱。我害怕把它们搞坏,所以很少拿到手里玩。虽然不经常玩，但我为自己能有这么好的玩具而觉着非常高兴。刚才突然想到应该把它们拿出来才对。这是我喜欢阿迪力的体现，也包含着向他表达歉意的意思。说实在的，我压根儿就不想失去他这位朋友。

我在箱子内的衣服下面摸索了好半天，最后找到了固定在两拃长的焊锡架子上、通过下面的圆形卡盘驱动、两只雄鸡连续不断在上面的盘子上找食吃的玩具。这个玩具特别有趣。阿迪力一看见我手里的玩具，眼中瞬间流露出欣喜的光彩。

"哦呵，够劲儿，原来还有这么好的玩具。"

我笑着没有说话。他迫不及待地把手伸了过来。

"我……让我玩一下可以吗？"

"行，给你。"

他接过玩具，下面的圆形卡盘轻轻地转动着。两只雄鸡好像争食似的在上面的小盘子里开始不停地啄了起来。阿迪力兴奋不已，按照平时玩耍的习惯不停地吸溜着鼻涕，咻咻地笑着。这时我心里的憋闷也渐渐地淡薄了，感到整个人清爽了许多。阿迪力在我眼里像什么不快的事也没有发生似的，看上去顺眼了好多。

3

我们从早到晚玩得连肚子饿了也会忘记的时光结束了。一个具有新的意义、聚集了很多朋友、每天都能获取各种新东西的学校生活开始了。我们每天从居民点出发，步行两公里多路程到村小学去上学。这些日子也是阿迪力与我相伴，我们每天先在居民点的拐角处碰面，然后一起相跟着到学校。我俩一个班，一起学习，一块儿玩耍。我感觉与他就像孪生兄弟或者亲密无间的伴侣似的。正因为如此,间或也会为一些子虚乌有的事情而像好斗的小公鸡似的争斗起来。有的时候在个把天或者一两个小时内闹起别扭来,然后又会用我们自己的方式和好如初,因为我们彼此谁都于心不忍。上小学三年级的时候,我们的学习成绩都很出色。尤其是阿迪力,各科都是那样优异。老师不仅因为他的功课突出,而且因为他长相独特而特别喜欢他。在这点上让我产生很大的落差,这与那年阿迪力没有请我吃他家的肉馕而让我产生妒忌的感觉相同,我恨他,但之后又承受不住。

有一次在语文课测验前,我为取得好成绩而付出了很大努力,目的就是超越阿迪力。最后考试成绩公布了,我又高兴又感到惊奇,我们俩的成绩竟相同,都得了九十八分。发考卷的时候,老师沉思了许久后,把我们俩的卷子扣了下来。

"努尔江·艾麦提!"

听到老师的呼叫,我的心噌地惊跳了起来,迅速站起身朝他面前走去。我还以为他这是给我发考卷,但完全出乎我的意料,老师把伸出来的手突然收了回去,继而举到空中。老师好像是害怕我会把他手里的考卷抢走似的把手高举过头顶不放下来。他的眼睛里充满着疑惑。我在发愣的同时就像做了坏事就要被别人在大庭广众下揭穿似的,窘迫地站着。我的腿软弱无力,预感到将会有不好的事情要降临,我害怕了起来,浑身都在冒汗。教室里三十多位同学的心里都明白,这位老师与我之间大概将要发生某一新奇的事情,眼巴巴地等待着事情的发生。

"努尔江,这是你自己做的吗?"

听了老师用这种怀疑口吻问的话,我的心里猛地咯噔了一下。考试前的几天里辛苦学习的情景立刻浮现在眼前,我感到非常疲惫。他的话究竟是什么意思?他莫非是以为我考试时抄了别人的?平时我的学习成绩也不错呀!

我鼓足了勇气，即使如此我的眼睛里还是出现了紧张的神色。

"老……老师……"

"噢，说话，怎么不回答我的问题？"

"是的，是我自己做的。"

"那为什么你和阿迪力的成绩是一样的？"

"这个……我不知道，老师。"

"平时你们俩关系很密切吧？"

"是的。"

"说实话，你抄他了吗？或者他抄你了吗？"

"我们谁也没有抄谁。"

"小偷什么时候也不会说丢失了的东西是自己偷的。我干教育工作已经二十几年了，早就看出你们玩的这些小把戏。"

"可是我没有抄，老师。"

"你就说到这里。喂，阿迪力·赛迪，上这里来。"

阿迪力从座位上站起来走到老师面前。教室里陷入一片沉寂，所有人都猜想着会发生怎样的事情。有几个学生还着急地等着看笑话，唯恐耽搁了看热闹的机会，激动得把身体刺溜一下子挪移到前面。

"孩子，你说，他真的抄你的了吗？"老师稍微俯身把头伸向他。老师向阿迪力问话的口气是那样柔声细语，看上去真的就像一位父亲对儿子说话时那样亲切。

"没有。"阿迪力不假思索，很干脆地回答道。

老师不相信地摇着头。

"你是不是在袒护他？"

"没有。"

"你们俩是好朋友，是这样吗？"

"是的。"

"这样做不是在帮助朋友，是在害朋友，你知道吗？"

"老师，他……他真的没有抄我的。"

"那就是你抄他的了？"

"没有。"

"那就是我错了吗？"

"有可能。"

孩子们一下子全都笑开了，老师用恼羞成怒的眼睛瞪着他们，教室内重新恢复了寂静。

"阿迪力，你辜负了我对你的期望，"老师一副生气的样子说，"这不是好事。班级里发生了事情不仅不主动向老师报告，而且当老师追问的时候还不如实回答，这样的学生不能算作好学生。"

"他……他如果没有抄的话……"

因受到委屈而愤愤不平的阿迪力满脸通红，浅蓝色的眼睛像行将燃烧起来的火似的。虽然老师再也没有多说什么，但是仍旧以余怒未消的状态将手里握着的我的考卷揉皱后塞到我的手中，接着将阿迪力的考卷像放风筝似的在空中舞动了几下后才放下来丢到阿迪力的手上。

"去，回到你们的座位上。"

我像在凹凸不平的路上行走似的跌跌撞撞地回到自己的座位，一屁股坐下。我心里被雾霭笼罩着，好像感到所有的同学都在嘲笑自己是个"抄袭者"似的。连把头抬起来的心情也没有。老师后来讲了什么、讲的是什么课都想不起来，耳朵里什么都听不进去。眼前全都是被雾霭笼罩着的无限空间。下课以后，我像一个失忆的人迷迷糊糊地从教室走了出来。同学们与我擦肩而过，有的故意与我碰撞，向我眨巴着眼睛。很明显他们这是在讥笑我。与我三年来一起读书的同学竟以这种态度待我，我心里感到更加委屈。但是，他们有什么罪？

是老师当着这么多同学的面让我站出来,给我扣上了"抄袭者"的帽子。的确,学校里考试时抄别人的学生大有人在,但是这并不意味着所有的人都会做那样的勾当。突然,我想到自己在受到冤屈的情况下没有哭泣,情不自禁地为自己的坚强而感到自豪。

"努尔江!"

好像听到有人在呼喊我,我抬起头,是阿迪力站在面前看着我。他看上去像卡通玩偶似的变小了,只与我膝盖一般高。他浅蓝色的眼睛如同珊瑚般光亮,金黄色的头发像假发一样刺眼。

"阿迪力……你……你怎么了?"

他睁大了眼睛用诧异的目光盯着我。

"我没怎么呀。"

"依我看……"

"你的眼睛好奇怪呀,努尔江,你没有什么事吧?"

我摇了摇头,把眼睛闭住。开始感到像地震似的,阿迪力也在一会儿伸长,一会儿缩短。过了一阵子,他变得高大起来,与我一般高了。我感到像做梦或者醉了似的。

"你在生我的气吗?"

"没有,我怎么会生你的气?"阿迪力说。

"老师也真是可笑,看把你……"他突然停止说话,用怀疑的眼神注视着我的眼睛,"努尔江,你真的没有抄?"

我噌的一下子被他的话吓了一跳。

"你在说什么?难道你也……"

"我刚才说……"

刚才的一幕猛地再次出现,我开始惶恐不安,感到极其痛苦。阿迪力的面孔忽而变成了老师暴戾的面容,继而又看见他变出了两个鼻子、四只眼睛、两张嘴,然后又慢慢地还原了。

如此奇怪的幻景，奇怪的想法，我怀疑自己是不是傻了。我的脑子是不是有问题，对此我不得而知。我想着快点回到家里。就像害怕怪物似的，加快步伐远离了阿迪力。

　　"努尔江，你要去哪里？"他在后面大声喊叫着。

　　"回家。"我头也不回地说。

　　"你先停一下，我们相跟上走。"

　　可是，我的脚步没有停下来，相反，我的脚步迈得更欢了，朝我家走去。

　　回到家里，直到吃过晚饭后躺下睡觉，我的脑子才稍微清明些。开始逐个回想白天发生的事情。老师的做法浮现在我的眼前，我浑身像针扎一样难受。气得我全身不停地发抖，紧接着我的眼泪止不住地流。天哪，白天里我的那种坚强跑到哪里去了？白天发生的事情都已过去了几个小时，为何现在流泪？可是我的眼泪更心酸、更畅快地流着。最后枕头也被泪水浸得湿淋淋的。我觉得自己非常弱小。我心里想骂老师，尽管想了许多骂语，但是那些骂语却像夏日蒸锅里的热气似的很快就溃散得没有了踪影。最后连自己正在生谁的气、为何生气也不知道了。只是自己心里的某个地方像沸腾的开水壶似的咕嘟个不停。感到自己就要被溶化了似的，我的眼泪似乎就是因为这个而流的。

　　就在我用被子把头蒙住，躺着抽抽搭搭地流泪的时候，突然感觉阿迪力的鬃发在我的脸上摩擦，浅蓝色眼睛放出的光芒像明灯一样照亮屋子。我慢慢地把头从被窝里伸出来，窗户上模糊的月光像幻影似的在催人入眠。这样，我的眼泪也停了下来。我又想起阿迪力白天里所说的话。有件事使我心酸，那就是连他也不信任我。我第一次被冤枉背上这个恶名，就像一个人肺部呼吸不到空气似的，心里憋闷得难受极了。但是对阿迪力再怎么生气，也根本不忍心让他疏远我。他就像我自己的一部分，如若每天见不到他，我就像少吃了一顿饭似的难受。这时隐隐约约感觉他正站在枕头前望着我。

"你为什么不相信我？"

"我是与你开玩笑的。"

"这种事也能开玩笑吗？你知道我多痛苦吗？"

"对不起。"

"我恨你。"

"当真？"

"真的。"

"那我走了。"

屋内陷入寂静中。这无限的痛苦只能由我自己单独承受，心里有一种莫名其妙的恐惧开始让我上不来气，我环顾着四周。

"阿迪力，我的好朋友，你别走。如果只剩下我一个人，我会害怕的。"

但是阿迪力没有回话，他好像真的走了。我躺着开始静静地听着自己的心跳。如今我已欲哭无泪了。我的鼻子好像已经闻到了肉馕的香味。噢，原来是阿迪力的母亲做的肉馕的味道啊，他又没有叫我。哎呀，真是个自私自利的家伙，你以后如果再这样的话，我一定不与你做朋友了。

"你随便。"

昏天黑地中我依稀听到一个声音，这不是阿迪力的声音。屋内肯定还有一个人，他正在破坏我们的情谊。喂，阿迪力会回来的。我们一起玩得很开心，我也一定会从这种沉闷中摆脱出来的。

屋内突然亮了起来，在地上站着一个戴着边沿已经磨损的花帽、穿着有洞的短袖衬衣、脸上长着斑点的孩子。因为屋内是突然亮起来的，他仿佛赤裸裸地站在一群人之中似的尴尬，眼睛正在朝周围的旮旯里望着。他手里拿着一盒粉笔，一摞作业本，还有一沓考卷。他略微压住自己的火气望着我，然后穿着单根皮带的拖鞋朝我走来。

"你为什么不去学校？"他像一个充满火气找不到地方发似的对我瞪着眼睛说。

"你是谁？"

我的问话给他带来了更大的火气。

"好一个淘气鬼，你问我是谁？难道你连我这个老师也不认识了？"

"你……"

"唉，我不是拜科日老师吗？"

"你怎么……"

"我怎么了？"

"一个孩子……"

"在哪儿？哪里有一个孩子？"

"你就是一个孩子呀，你怎么会是我们的拜科日老师呢？"

"你是不是瞎眼了？在你面前站着的正是你的拜科日老师。你竟然称我为孩子？我说你在考试中抄了别人的……现在就为这个称我是孩子了？"

"我没有抄。"

"是的，这个我知道。我本来只是想在同学中抬高阿迪力，但是这个笨蛋根本就不理解我的用心。"

"为什么？为什么你要贬低我而抬高他呢？"

他深长地叹了一口气，一脚高一脚低的，身体稍微有些向左边歪斜。

"阿迪力是我的儿子。"

"骗子，你是一个骗子！他是我邻居赛迪洪的儿子。"

"不对，你不知道，赛迪洪的妻子艾皮再姆是我的……"

他用手挠着脖子嬉皮笑脸地说,"这种话说出来有点不合适。他……他……就是我的儿子。这个只有艾皮再姆和我两个人知道。"

"我不信。"

"你随便,但是不准你在外面对别人大喊大叫,不然的话我会教训你的。"

"你还想教训我?为什么……为什么你要那样欺负我?"

"因为我不能让阿迪力除我之外还亲近你,所以我忍受不了。"

我心里感到温暖了许多,我非常兴奋,但是在兴奋中我忍不住继续问:"阿迪力知道你是他的父亲吗?"

"不知道。"

他突然瑟缩着脖子沉默不语了。我略微有些吃惊地看见他的手开始轻轻地颤抖起来,顷刻之间他手里的粉笔、本子等东西哐啷一下子掉到了地上。他俯下身子开始捡东西,我惊异地看到事情还没有做完的他慢慢地高大了起来。刚才他脸上属于小孩子才有的稚气消失了,因为抽烟而发黄的牙齿,经常生气在脸上留下的僵硬印痕,还有稀疏的头发间泛起的像麸皮一样的头屑,这些都与我们的拜科日老师的特征完全相同。想到刚才与他争吵,噌的一下子我急出了一身汗。但是现在一切都晚了,我又看到他正怒视着我。在恐惧中我赶紧把头蒙住,这时我可以清楚地感觉到自己的心咚咚地跳动。

早上我醒了,也不知道这些事情是幻觉还是在做梦。我的眼前一直晃动着拜科日老师生气的样子。

4

　　日往月来,我们也随之一天一天地长大。在人生中知道得越来越多,对许多事情也开始有了一些新的认识,现实生活与孩子们幼稚的梦想根本就是两个样子,人生尤其……孩童时期曾把在路边用土垒起来建造成的"房子"视为规模宏大的城堡,但是如今才知道建造一座屋子是如此不容易,屋子是付出很多辛苦才能有的,需要付出很多才能建成一个家。我们以前那种幼稚的想法只是一场美梦。哭泣的时间要比微笑多,并且人生糅合着许多秘密、魔障。有时对于何谓真、何谓假很难判定。

　　在这不安中,我们进入了初中。随着课程难度的加大,我们的生活节奏快速而又充满忧愁。现在阿迪力金黄色的头发更加闪闪发亮,浅蓝色的眼睛也更清澈,有时当他将一束目光投向对方时,就会使人产生如同一把刀扎入心脏般的感觉。但是我隐隐约约地感到我们之间似乎正渐渐疏远。我们一起走、一起玩的时候已很少了。而且我们也都已经过了没有任何忧愁地玩耍的年龄。我们放学回来后,观察着家人的忧愁,承担着个人生活的责任。家庭这辆大车的一根绳子套在我们的脖子上,我们需要与大人们一起使劲儿拉。除此之外,阿迪力家的境况稍为富裕,我们家则贫困些,所以我们俩人在穿戴方面差别较大。我将他当作密友,可心里的一个地方也有对他的嫉妒。他的容貌特别,功课方面被视为全校孩子的榜样。

　　有一天,我想起以前无忧无虑的天真烂漫的时光,便给他写了一封长信。信写完后我重新读了一遍,我自己首先受到了信的感染,眼里噙满了热泪。突然间我非常怀念那个时候,最喜欢与阿迪力紧紧地拥抱在一起,浑身沾着泥土,一切都被忘到脑后地玩游戏。但是那样的日子一去不复返了。我们的感情不再像从前那样稚嫩，显得生疏了许多，以前那样的感觉如今已经找不到了。

　　阿迪力在操场上打篮球的时候，我趁他不注意将信塞进了他挂在篮球架子上的校服兜内。感到就像是正在对一个姑娘表白爱情似的，突然一下子笑了，忽而又感到自己像个傻瓜做了件蠢事。我给他写信也没有什么特别重要的事情，只是对儿时的感情、天真烂漫的时光的回忆，所以也不期待从他那里得到某种特别的回复。

　　所有人都在做自己的事情，放学后我没有理会阿迪力就自己回家了。我上了洒满柳荫、与水渠平行的回村的碎石路。在路上虽然寂寞地走着，但是我的手却一刻也不消停，边走边把垂柳的枝条折下来往水渠里丢，开心地望着柳叶在渠水的浪花中漂荡而去。从另一个方面看，这个样子看上去就像人在命运的旋涡里濒死挣扎似的。我想，自己有一天也会像这些柳叶似的在生命的旋涡中被折腾得筋疲力尽，我不安的心开始憋闷了起来。想到可怕的将来，我闭上了眼睛。但是思绪的鸟儿依旧啰里巴唆地闹得我脑子不得安宁。我正在被世界紧紧地包围起来。

　　我边想边走，突然间看到前面的阿迪力正背靠一棵柳树望着我。他嘴唇上噙着一片柳树叶，虽然眼睛看着我，但是却将手里折下来的柳枝往水渠里抛。有趣的是，在我们这条路上行走的孩子们几乎人人有这种习惯。正因为如此，沿路柳树垂下来的枝条每年几乎被折得光秃秃的。

　　"为啥这么晚才回来？"他说话的同时把嘴里的叶子吐掉。

　　"是你出来得早，孩子们都像我一样刚刚出校门。"

　　"我第六节课没上就出来了。"

看着他的表情我有点发愣。或许是因为他以自己的功课好自居。但是，我所关心的并不是这个。我写的信他看了吗？如果看了他会有什么感受？我仔细观察着，想从他的表情中得到答案。隐隐约约感到一片绿色的波浪正从他的眼睛里迸发出来。我甚感诧异，好像被丢在水下似的危险，心里打着寒噤，接着又唰的一下子闪耀出一束光芒。

"你的信我看到了。"

我不好意思往地上看去："也许……让你感到非常荒唐。"

"哪里，你的信让我沉浸在甜蜜的感觉中，所以最后一节课我没有听就出来了。"

我徐徐抬起头来，开始从那双浅蓝色眼睛和闪闪发光的金黄色头发中寻找孩童时的阿迪力。但是，我的眼睛没有坚持多久。从那浅蓝色的眼睛里迸发出来的绿光让我感到疲惫，我深长地叹了口气靠到柳树上。

"我们就在这里待一会儿。"

"待一会儿。"

"说说，你看了信后有什么感想。"

阿迪力脸上流露出亲切的笑容。

"我想了很多，但是现在无法用语言向你描绘出来。"

"我们成为朋友已经好久了。"

"没错。"

"但是现在……"

"你在信中说的就是这个。"

"什么？"

"并不是那样的。"

"能不能说得仔细点？"

"我们现在都不是幼稚的年龄了。尽管许多事情都变了，但我们依旧是朋友。你有什么可焦虑的？"

"我也不知道。"

"你看你,是在考验我?难道说成天形影不离才算是朋友?"

我站在原地望着他。这已经不是那个儿时许多事情上都听从于我的阿迪力了,站在我面前的倒像是一个大人正在与我交谈关于生活方面的问题。我感到自己宛如无知者在接受教育,我的思绪缓缓向远方飞去。

"我……我……只是害怕失去你。"

"当然,在这个世界上谁都不想孤独地生活。和睦和友情也是一种财富。"

"你知道的事情真多,尽管我们俩同时上的学,但我落在了你的后边。"

"书……如果你多看一些书,也一样会知道许多事情。你为什么不看书呢?你怎么连这个主张也听不进去?"

"这……我看书时脑子怎么也理解不了。"

"你需要带着兴趣读啊。"

"好了,我们还是不说这个了。"

"那么你想让我与你谈哪一方面的事情?是你在信上所说的那些吗?"

"我……那个……"

"我们都已经长大了,但依然是朋友。"

"好了,你说得很清楚了。"

"那成,我们走吧。"

他把手搭在我的肩膀上,我们把脚下的石子儿踩得哗啦啦作响,在柳树绿荫路上继续行走。但是我的心仍然焦躁不安,我感觉他似乎只是在哄劝我。我想,此时此刻我们这是行走在生活的道路上,我又懂得了许多,感到自己可能自由自在,轻松愉快,只不过我没有那么浪漫。我觉得今天的阿迪力一下子成了大人似的。如今不管怎样，他总是硬让我们之间保持一定的空间，而且这种空间在慢慢地增大着。对我来讲所能熟悉他的东西只剩下金色的鬈发与浅蓝色的眼睛了。这些是从什么时候改变的？这才是让我感到最为焦虑不安的。

　　使我焦躁不安的事情远不止这些。有时我会想着人永远都不要长大才对，这样想着想着就觉得自己经受不住了。这样抱怨的时候我便开始厌烦。父亲的脾气开始变得更糟糕了，家里冷漠的气氛让我像受到晚秋的霜冻似的颤抖，对生活感到腻烦。我走进家门如同满院子都是刺丛般浑身不由得会打起哆嗦，挣扎在欲要向后转身从家里出去的痛苦中。母亲看上去依旧情绪低落。我不觉得她在生活的热望上与以前有什么转变，在一些事情上她在与自己较着劲。在我看来她好像是过一天算一天似的。

　　闷热的夏夜，晚上睡在屋子里好不烦人。房顶上空气新鲜，况且星星不停地眨着眼睛，看上去像是与谁开着玩笑似的亲切。我睡不着觉的时候会把它们视为知己，把自己的许多心里话说给它们听。它们就如同坐在我的身旁倾耳聆听的一群朋友似的。我总算能通过这种方式给自己找到些许的安慰。深夜时分，我们家的院门在不安宁中打开了。陷入沉思中的我被这突如其来的响动吓了一跳，宛如遭遇从天而降的灾难似的打起了寒战。我赶紧抬起头。天上的星星更加明亮。四周没有安睡的几只蝗虫时不时地吱吱地叫着。我听见院子里父亲正在自己对自己嘟嘟哝哝的声音。我麻利地挪动到屋顶的边上朝院子张望。黑暗中我借着月光看到，父亲正在高一脚低一脚地走着。他醉醺醺的，好像刚才不知与谁打过架似的，一副余怒未消的样子，不停地在骂着谁。我害怕他听到我的呼吸，大气儿也不敢出，悄悄向院子里望着。

　　"我……我……我不会原谅你……我……我根本不原谅

你……"他语无伦次地说着。

我不知道他是在说梦话还是与某个人有矛盾。刚到院子中间他就开始连续不断地呕吐起来，一股臭气开始从院内慢慢向屋顶飘散过来。我赶快捏住鼻子，我向后退着，来到自己睡觉的位置躺下，把被子捂到头上。把臭气隔绝在了广阔无边的户外世界里。院子里又响起了父亲的嘟嘟哝哝声。

"要么把我杀掉拉倒……要么我把你们两个杀掉拉倒，我现在正在犹豫不决中……啊，老天爷，怎么让我这么痛苦？"

我不理解父亲为何这么痛苦地哀叹。或许是以前与某个人发生过尖锐的矛盾，我这样想着。大人们的事情太难理解了，在好多事情上他们都对孩子们保密。这可能出于对孩子们的爱护，也可能是对孩子们不放心。说实在的，这使我不由得心疼父亲。我是个独生子，但是父亲看起来并不怎么喜欢我。然而每次父亲从外面回来，或者向外走的时候我会突然激发起对他深深的父子情分。这其中的原因我也说不出来。

我用被子将头蒙住，试图逼迫自己睡觉，但是心收不回来，怎么也睡不着。不一会儿，就听到屋子里不知什么东西被推倒了发出的哐当声，接着便听到母亲令人哀怜的尖叫。听到她的声音我的心撕心裂肺地疼着，但是我不知道自己能做什么，因为他们这样的打闹我已习以为常。有时我看到母亲被父亲打得躺在地上嗷嗷叫，我会向父亲投去愤怒的目光，真想跳起来掐住他的脖子，或者冲过去用自己未成熟的拳头将他狠揍一顿。只不过再怎么说儿子打父亲也是违背伦理的。母亲就这样只能被打，之后没过几天又因为父亲的好话而情绪缓和了过来。所以每次他们打闹时我只能强制自己别参与进去。他们给我的感觉也就像每天在生活中玩游戏闹脾气似的。

母亲又一次尖叫起来。我爬到屋顶的边上，从窗户上透出一道光亮。父亲发出哼哧哼哧声，我不知道父亲是在把什么东西往地上推,还是在踢打着母亲,随着母亲的尖叫声,屋内似乎什么东西倒了,母亲又一次尖叫起来。

"我也不想活了,"父亲说,"与其如此耻辱、冤屈地活着,倒不如死了好。"

母亲似乎还有微弱的力气,一边嗷嗷叫着一边说着话,母亲的话传到了我的耳朵里。

"这全怪你,我之所以这样做都是你给逼的!"

"你……你厚颜无耻,为什么……"

"我早就给你说过了,我不喜欢你,但是你却利用你亲戚的权势把我……"

"不……不……我说的不是这个。你说,为什么你当时就已经与别的人搞到一起了?"

"你非得让我说吗?你知道,我当时这样做就是为了报复你。"

"我要把他弄死,把你也……"

"把我弄死更好。这么多年了,我就是在心已经死了的状态下生活着的。"

"哎呀,天哪!我实在忍不下去了,我忍受不了这种生活。"

"如今你已经这样了,后悔已经晚了。我们俩除了向命运低头之外别无其他办法。"

"我怎么能做得到?孩子越大我的心里就越痛苦。所有的人都认为他是我的儿子,可实际上他是别人的杂种,你说这是怎样的耻辱?要是不知道该有多好。哼,赛迪,就等着让神灵来惩罚你吧。"

"你如果是条好汉就别诅咒别人,还是盼着自己好比什么都强。"

"我怎能不难受?我的心上有一把刀子,处于这种情况就好不了。这全都是你造成的,我除了折磨你没有别的办法。"

"这又有什么用,我们俩都在这火中受尽了煎熬,你这是自作自受。"

"你也好过不了。"

屋子里陷入了片刻的宁静,然后我又听到他们中不知是谁咕嘟的喝水声。打闹似乎终于结束了,但是我的脑海里出现了奇怪的念头。他们岂不是因我而吵闹吗?我是谁的私生子?父亲不是我的父亲吗?我的心开始被撕裂般的疼痛起来。我感到自己像是正在做梦似的,就连星星也在用一种令人厌恶的方式在望着我,他们是在嘲笑我吗?刚才我们不还是朋友吗?生活是多么冷酷无情。巨大的痛苦像山一样向我压来,夜晚确确实实把黑暗降到了我的头上。我在一个看不到首尾的捉迷藏游戏里四处乱撞着,房顶也在不停地转动着。过了好一会儿,屋内的灯灭了,院子霎时一片漆黑。我知道这对夫妻的打闹终于结束了。但是与他们相反,我的心潮却开始汹涌澎湃起来,在一个恐怖的旋涡中不停地转动着。这时,我耳边不断回响着父亲在叹息中语无伦次地说的那些话,由此真正地揭开了我最痛苦的序曲。

"哼,赛迪巴依,为了惩罚你给我留下的这个杂种,老天爷也同样还给你一个金发儿子,那分明是另外一个人的杂种。你看,他与你哪儿也不像。"

5

我预感到似乎一切都在改变,在做梦还是幻想中纳闷着。我走进家里想办法回避着,尽量不去看母亲和父亲的脸,但是我又不能不接受现实。我权当那天听到的那些话是父亲酒醉后的胡言乱语。我也试图把他设想为一个陌生人，但是在我心里的一个地方终究否定不了他就是我的父亲，对他有一种眷恋之情。尽管他不喜欢我，但这种情感同样在我心里发芽、开花。凡事尽量从多方面想问题，只不过想到最后我也精疲力尽了。就在我感到这无底的想法似饿狼般残暴地吞食着我的时候，已经长大了的我又一次悔恨不已。

这些日子里我的功课一直在退步。如果脑子里安静不下来，哪里还能聚精会神地去搞好自己的学业？

"努尔江，你最近怎么了？"有一天阿迪力与我一起走在放学回家的路上问道。

在我眼里，他看上去早就没有了以前那样的亲切。我连话都不想说。"难道，我们俩真的是同一个父亲的儿子吗？他是我的哥哥，还是我的弟弟？"我这样想着，突然颤抖了起来，我真的无法接受这种可能性。

"你怎么看上去一点精神也没有？"

我依旧没有吭声，像一个为什么东西正闹着别扭的人似的，忽闪着眼睛木呆地观察着他。我为什么会与他成为朋友？我为什么离不开他还给他写信？如今一想起天真烂漫的孩童时期就感到害怕。那时我们感情好得就像同胞兄弟一般。啊，生活是多么复杂，多么冷酷无情！

"你看着我。"

他这样说着，横在我前面把路给拦住了。

"你……你这是想干什么？"

"努尔江，我把你怎么了？请你给我说实话。"

我注视着他的眼睛，本想狠狠地向他瞪眼，但是没有力量。我好像被他浅蓝色的眼睛里迸发出来的绿光降服了似的，无声地呆怔在那里。

"好朋友，你就别这样折磨我了，有什么事情都不要对我藏着不说。"

"什么事也没有。"我长长地叹气道。

"我不相信,从你的脸色上看,我敢肯定你一定是有什么事情瞒着我。"

"我已经说过了,什么事情也没有,是……是因为我没有睡好觉。"

一下子变得如此懦弱,我对此感到惊异。阿迪力在我面前就像哥哥般慈爱,能够观察到我焦虑的心。他越是亲切地待我,就越让我感到痛苦。我宁愿孤独,也不愿看到他难受的样子。

"不说算了,"他为难地说,"如果连朋友都这样不信任的话。"

我们继续在路上不言不语地走着,别的孩子都从我们身边越过。他们丢进水渠里的柳树叶在互相追逐着,因为水量小也没有形成漩涡。到我们家拐弯处的时候我们便开始道别。

"明天见。"阿迪力说。

"我们明天见。"

没有说多余的话,我就缩着头朝自家方向走去。

"明天我希望看到你愉快的样子!"阿迪力在后面呼喊着。

我还是没有说话。说实话,我不知道在这件事上如何向他解释,也无法向他解释。我就像被投进底下埋着火炭的棉花垛上似的,快要被烧死了。

晚上我梦到了拜科日老师,他让我站在一群孩子中批评着我。

"这是个改不了的抄袭者,把他从学校里开除掉。"

在老师的这种声嘶力竭的喊叫声中,孩子们开始用手里的黑板擦、粉笔、纸和钢笔之类的东西朝我的头砸过来。我用两只手护着自己的头,开始不断地向他们央求。

"你们不能这样,我没有抄,我从来都没有抄过。平时所有作业都是靠我自己做的，考试也是靠我自己的能力完成的。"

但是孩子们似乎根本听不进我的话。

"老师的话不会有假。"

"你肯定抄了。"

"我们要把你赶出学校。"

……

我实在忍受不了这种冤屈，最后终于哭开了。

"我……我……我没有抄，你们要相信我。老师说他自己是阿迪力的父亲，他不想让我和阿迪力走得太近……"

突然哐的一个耳光在我的脸上留下了五条血印。我抬起头来一看，老师举起手好像欲要再打我。

"我跟你是怎么说的？如果你再胡说八道……"

"那你为什么要恶语中伤我？我明明就没有抄呀，你自己也是跟我这样说的呀……"

"我恨你。"

"我也恨你，而且你也察觉出了，阿迪力是我的哥哥。"

"什么？这是谁给你说的？"

我站在那里不知道该怎么说，孩子们叽叽喳喳着像是在嘲讽我似的。

"行了，我这就离开学校，给你们永远都解释不清楚。"

我向外面跑去，但是我的腿一点力气都没有，走得非常缓慢。

"站住……你先给我站住，你也是我的儿子！"

听到老师这句奇怪的话，我似乎更痛苦了，连头都没回继续往前走着。只顾望着天空开始大声喊叫："我究竟是谁的儿子？你们为什么要这样捉弄我？"

我处于极度恐惧中，大汗淋漓地醒了过来。自己刚才的声音是否传了出去？我为此而长时间焦虑不安。因为今天晚上下着雨，我就睡在屋内。如若是躺在房顶，发出这么大的声音那将会出什么乱子？一想起已经死去了的老师，我的心里就存在着一种强烈的恐惧感，想起他临死前那怪诞的状态，吓得我更不敢入睡了。那是我们小学最后一个学年的事情了。一天，老师组织我们学习，他自己则一副无神的样子，坐在教室讲台前面的凳子上深思着什么。他近些日子以来精神状态一直不佳。头发更加稀疏，脸色发黄，嘴角常常会泛出一些泡沫。自从那件事情以后他对我的态度一下子变得好了起来。看我的眼神再也没有以前那种粗鲁、不屑的意味了。过了一会儿，同学们突然叽叽喳喳地惊叫开了。我赶紧抬头看，原来是老师从座位上跌落了下去。他是怎样跌下去的我并没有看见。我们几个跑到前面去扶老师，他的嘴角又像以前那样泛着泡沫。

"老师，你这是怎么了？"

他没有回应。只看到他的眼睫毛微微地动了动，之后连这种特征也没有了。比我们稍后到来的阿迪力他们，立即向外面跑去叫人。我们这些扶着老师的孩子则期待他赶快把眼睛睁开。这时他突然随着呼噜声抖动了一下，睁大了眼睛，好像有话要对我们说似的望了我们好一会儿，然后眼睛便开始缓缓地闭上了，脸色奇怪地开始变青。我们感觉他的脸像正在被风吹似的扭曲着。

不一会儿，校长还有几位老师跟着阿迪力来到教室。校长进来后就从我们怀里把老师接过去，轻轻地呼唤他的名字，但是老师没有回应。校长又试着将耳朵贴在他的胸上，将手指放到他的鼻子下方。

"他……好像已经走了，"校长以一种极度痛苦的样子说，"唉，这种心脏病……"

"那我们现在该怎么办？"与他一起进来的其中一位老师说。

"再怎么说我们也得送他进医院看一看。"校长说，但是他的眼里已经开始簌簌地流泪。其他老师眼里也噙着眼泪，我们也跟着流起了眼泪。

就这样，拜科日老师死在了讲台上。这是我首次看到一个人临终前的状态，尤其是断气时可怕的表情，这在我的记忆中怎么也消失不了。每当想起，我心里就有一种恐惧感。我还会常常想起老师那次在我梦中所说的"阿迪力是我的儿子，赛迪洪的妻子和我两个人……"。如果阿迪力果真是他的儿子呢？但是根本不会有那种可能，这仅仅是梦中的话。

这个奇怪的梦让我许久无法入眠。那边屋子里父亲的鼾声我听得清清楚楚。他依旧一阵一阵地说着梦话，但是说的是什么我辨别不清。一想起那天深更半夜他醉酒回来后与母亲打闹和之后说的那些话，我就头昏脑涨。我的生活秩序被打乱了，设想着自己被摧毁的将来，对未来无望的悲观情绪笼罩着我的心。好笑的是，我们一家三口人还在一起生活着。当我间或看到父亲和母亲像什么事情都没有似的坐在一起笑着交谈的时候，我又觉得根本不会发生那样的事情，为自己徒劳地找些不高兴的事情而生闷气。我本想问父亲许多事情，但是我害怕听到一些自己不愿意听到的话，于是便打了退堂鼓。我渴望着得到来自父亲的关爱，想象着投入父亲温暖的怀抱里是什么样子。在这种乱七八糟的想法和不安中也不知道进入梦乡什么时候了。过了好长时间，突然我的头上唰地闪现出一束亮光，接着耳边响起一个柔和的声音："孩子，还没有睡着呀？"

我在疑惑、惊慌中抬起头。枕头跟前闪烁着一簇烛光。我不知道声音来自哪里，急切地向四周张望。

"孩子，你在寻找什么？"

"不……我……我在找……你……你是谁？"

"啊，我的好孩子，连我都不认识？我是你爸爸。你看，站在你面前的不是我吗？"

我仔细一看，为眼前的景象而惊讶不已。原来正是父亲举闪着光亮的烛。我突然"天哪"地叫了一声，我怎么经常会遇到奇怪的事情呢？

"你……父亲，你在这里有什么事情？"

"我看你睡不着觉，想着你心里会不会有什么事情需要说给我听。"

我激动得不知道说什么才好，原来父亲是喜欢我的，那天所说的极有可能是酒后的醉话。但是为什么母亲会说出那种话来？她究竟想向谁报复？我的心又开始被焦躁笼罩。刚刚出现的愉快心情又像行将熄灭的烛光般忽明忽暗。

"我的儿子，你这是怎么了？"

"我不知道。"

"有什么忧愁就讲出来，我是你的爸爸。"

我犹豫了片刻。父亲一会儿沉思着，一会儿在变化着的烛光中望着我。烛光开始慢慢地温暖了我的心，我感到自己非常想念他。

"爸爸……"

"唉，你说吧，孩子。"

"我……我……是你的儿子吗？"

父亲一下子沉默了，烛火在风中开始晃晃悠悠地摇摆着。然后我又听到了父亲温和的声音："孩子，你在说什么？"

"往日你……就是你喝醉酒半夜回到家与我母亲争吵的那个晚上，你还想得起来吗？"

父亲抚摸着我的头笑了。

"我想不起来，我们那样吵架的晚上有很多。"

"我就是你的儿子，是这样吗？"

"你当然是我的儿子,不然的话我怎么会抚养你?"

"谢谢你,爸爸。"

"好了,没必要,父子之间这么客套干什么?还有什么话要对我说吗?"

"没有了,爸爸。"

"那你就好好睡吧。"

"好的。"

一种甜蜜感迅速传遍我的全身。父亲的光芒更加强烈,整个屋子都变成了无限的光的海洋。我脸上的笑容把我自己也变得像蜡烛似的光芒四射起来。

6

我不知道最初人们把人生比作什么,联想到后来人们把人生比作流水,我重新陷入了思绪的海洋。不管遇到什么事情,人生不能重来,或者根本没有原地停下来的可能。在没有可能、没有办法中你不得不顺其自然。并不是你愿意负责,而是生活让你在不知道的情况下不得不履行自己的职责。许多事情并不会如你所愿,你得适应你周围的环境需要。展现在你面前的多彩的世界就像那水影儿一样。

我现在已进入高中最后一个学年,长成一个大小伙子了。这些日子我与阿迪力之间更加疏远了。看到他就像吃了苦药丸似的,心里有一种像火烧似的煎熬。坦率地说,就是感到屈辱。这种屈辱就像血脉里流淌的血液一般,变成了一种始终缠绕着的没有办法摆脱的灾难。一个冷不防就把我与他变成了同父异母的兄弟,我的神经一下子变得敏感起来。一年来我们俩在两个班里,他多次向我询问关于不与他亲近的问题，但是我全然不在意。没有课的时候我也想着法儿躲避着他，宁愿躲进别的不熟悉的人之中。最后搞得他精疲力尽，再不来找我了。

春日里阳光明媚的一天，我得到了母亲说让我立刻返回家里的消息。我也不知道为何近来我在学校里总是烦恼不已，学习热情怎么也提不起来，而且我听课时注意力很不集中。听到这个消息，当天我就踏上了回家的路。七十公里的路程虽说不是太远，可今天不知何故，总感觉汽车行驶得好像特别缓慢似的，我心里憋闷得非常难受。

终于回到了家。我看到我们家的大门开着，家里似乎有某种不祥的事情在等待着我，我的心突然间开始紧张了起来。这会儿我根本不愿意发生什么事情，我的心太脆弱了，但我此时必须来抵挡可能发生的一切。到了现在这个年龄，也是心理需要承受许多事情的年龄，好像我就是为承担世间的痛苦而来到这个世界似的。我在万般痛苦中非常艰难地推开了院门，院子里身着丧服的亲戚们来回穿梭着。我感到家里一定出了自己不愿发生的事情，我的心里像被针猛扎了一下。我突然感到黑暗向我袭来。就像在做梦一样，我心里默默祈祷着，但愿眼睛睁开时家里的生活一切正常。人生真难预料，生活为什么要让人尝到这么多的酸楚。天哪，妈妈！一定是你出了什么事情。如果父亲又那样醉酒回来殴打母亲的话，母亲承受不住棍棒……她太脆弱了。因为时常沉浸在哀怨中，精神已经近乎垮塌了。

"努尔江回来了，啊……努尔江，我的孩子……"

一位亲戚看到我进了门便大声喊叫着。我没有在意他。我真的回来了，如果母亲不在了，我回到这充满寒冬的家里有什么意义？

我的腿软弱无力，瘫坐在地上胡乱说着什么。就在这时我看到了从人群中正在向我走来的母亲，我的心一下子就像游戏中取得胜利的孩子似的欢快了起来。母亲是康健的……不管怎么样母亲是康健的。啊，老天爷呀，你为什么要这样吓唬我？母亲这不是好好的嘛。那这些人是为谁而穿丧服呢？

母亲径直走过来，一把将我搂在怀里。她不住地流着眼泪。我不知道自己是该哭还是该笑，一副大惑不解的神情愣着不动。

"好孩子，你可得挺住呀……"

因为已经哭得太多太久，母亲的声音是沙哑的。我紧贴在她被泪水浸湿的面颊上耳语道："妈妈，没什么。这家里……这家里……"

"啊，好孩子，我们……是你爸爸离开我们了。他……把我们丢下自己走了。"

母亲说着又大声哭了起来。

我突然愣住了，我感到心就像冰冻了似的寒冷，一股刺骨的液体涌向我的喉咙，我开始喘不上气来。这下我比刚才更疲惫不堪了，一种难以忍受的痛苦开始从我的身体到心灵深处绞痛起来。我为什么没有想到爸爸呢？一直以来我都认为他是移不走的大山、干枯不了的江河，直到现在我都是把他想象成两种面孔。他究竟属于哪一种呢？为什么他要在把我的心搞得这么烦乱的时候离开我们？我到底是谁的儿子？从我内心深处发出的哭泣最后变成了海浪般的呐喊。我的眼泪像下雨一样好像要把干燥的院子哭湿似的。身边的母亲、亲戚们都沉浸在哭泣中，哭声像响雷般回荡在我家院子的上空。

事情开始慢慢变得清晰了。昨晚又处于醉酒状态的父亲，路过居民区时看到有几个人正在路边的电线杆上鼓捣电路。

"你们这是在干什么？"父亲来到他们近前问道。

"你没有看到吗？你看，正在维修电路。"其中的一位说。

"你们这些不懂电的人维修电路会触电的。"

水影儿

191

"那该怎么办？我们通知供电公司了，到现在还没来人，我们晚上总不能在黑暗中干坐着。"

"那好，还是让我来修吧。"

他们看到我父亲是醉酒状态，便不太愿意。

"你醉了，继续走你的路吧，电路还是由我们来修。"

"这是什么话？"父亲一下子来了气说，"你可知道我与这电路打交道多少年了？"

"二十多年了？"

"你看，这就对了，说明我是这一领域的行家。别说是喝了这么点酒，就是从酒坛子里泡出来，维修起电路来也不会有什么问题。"

父亲说着就接过他们手中的钳子攀上了电线杆。他开始在乱如蜘蛛网的电线中东寻西找着。他可能打开了好几根线头，后来分辨不清哪根应该跟哪根接续到一起，从电线杆顶端的电线上噼噼啪啪地燃起了火星。只听到父亲喊了一两声后，就像一件破上衣似的从电线杆顶跌落到了地上。其他人因为懂得不可以与带电的人接触，所以躲在远处静静地站了好长时间。看到父亲长时间也没有起来后，这才相继走到跟前去搀扶。但是父亲早已没有了生命迹象。

父亲的死对我的打击实在太沉重。他的手被电击得像在火堆里烧过似的焦黑，就连脸也被烧得变了形。老师临终前那种难看的恐怖的样子，到现在只要想起来我都还恐惧不安。但是父亲的面孔更让人恐惧得近乎要发疯似的。母亲因忍受不了他的非正常死而哀号着，也不知道在哭骂着谁。我的天哪，这些年来他们相互合不来，动不动就吵闹，但是母亲今天因他确确实实流着真心的眼泪。我愣住了，这世界和人类也真是太奇怪，太复杂了。我不懂这其中哪些是真的，哪些是假的。联想到我与父亲连一次开诚布公的交谈也未曾有过,我心里就十分难过。

我仅仅记得，他点燃起蜡烛在我床头转来转去，非常慈祥的模样与我聊了几句，这对我来说只像一个梦而已。

我们在人生的流水中继续向前流动着。我们安葬了父亲，除了眼巴巴地啼哭之外别的什么都无能为力，生活实在太残酷了。电业公司仅给了父亲几个月的工资和少量的丧葬费，其余一概不承担。据他们讲，父亲是在上班之外喝酒，而且违规操作，亡故是自己招致的。我们还能向谁哀诉，这条命与任何人都不相干，一切只能由我们自己承担。

我从此生活在消沉和痛苦之中。没有了上学的欲望，成天四处晃荡。未来会怎么样，我对此不得而知。过了一些日子之后，母亲的眼泪也哭干了，她也认了命。她的心里又一个隐忧随之而来，经常一个人独坐在家中。她这是深深地怀念着父亲，或者不知为什么在将父亲之死的责任往她自己的身上揽。

"妈妈，"有一天我终于实在憋不住内心的痛苦说，"我到底是谁的儿子？"

她噔的一下用诧异的目光望着我。

"孩子，这……"

"妈妈，你就告诉我吧，这个问题把我的心已经撕扯好久了。"

"知道这个对你来说就如此重要吗？"

"兴许。"

"我……"

母亲沉默着。她眼里含着泪花，马上就要号啕大哭似的样子望着我。

"孩子，生活就像魔术一样，"她用沙哑的声音说，"有时在不知不觉中就走上了错误的道路，而且还要用一辈子的努力为错误辩解。你所坚守的立场最后却只不过是一片荒漠。"

"妈妈，我需要你给我讲真实的话，我讨厌听有关生活中暮鼓晨钟之类的话。"

"是这样的，你需要领悟，然而……"

"我究竟是谁的儿子？好妈妈，我被这个折磨得快要疯了。我马上就是个成年的孩子了呀，你应该哀怜我。"

"但是，即便是知道了你也一样痛苦。"

"这我知道，我只是想让我的心能够安宁一些。"

"母子之间还是把有些事情尘封起来好一些，孩子。随你怎么想都行，请你不要强逼我，不然的话我也会离你而去的。"

母亲说完这话就站起身向外面走去。

7

父亲的工资虽说不高，我们的生活总还可以过得去。现在我开始真正理解到了生活的艰难。不知不觉中，许多支出开始张开大口来搅扰我们。然而它们也都是日常生活中的一个个组成部分，我们就像被流动的泥水包裹着，不得不与泥水一起流动似的。我们周围尽管有许多随手可得的东西，然而它们并不属于我们。只有空气让我们免费吸入，其余的一切都是有偿的。我们必须为我们自己和我们周围的人而活着。但是如果自己忍饥挨饿，那是无人问津的。在活着的人群中我们仅仅像只蚂蚁或者一个标点而已。以前我心中被视作痛苦的许多情感，如今已经被今天或者明日的生活愁苦所代替。母亲上了年纪，而且体弱多病，我必须扛起这个家庭的担子。需要为日常吃什么、穿什么操心。我们如若缄默不语，生活也不会理睬我们，默不作声等于死亡。我最初在建筑工地打工，这种工作非常辛苦。除了在火辣辣的烈日下从事搅拌水泥砂浆、搬运砖头石块之类的出力气的劳动之外，肺内还会吸入水泥及沙土的粉尘。仅仅干了一个月，我晚上睡下后就像个老头子似的不停地咳嗽。想起孩童时与阿迪力在路边玩用土埂打造"房屋"的游戏时，我们俩那种兴奋的感觉，这种事情对于我们来说是何等的愉快。但是当我现在真正建造房屋的时候，我对此又是如此厌恶。要不是生活所迫，现在我才不会早出晚归去建筑工地。因搅拌水泥砂浆和搬运砖头石块，我的两只手开裂的口子像被刀子割开一般血淋淋的，看上去实在让人憋闷得难受。

"算了，孩子，你不要去建筑工地了。"实在不忍心看到我这个样子的母亲流着眼泪说。我虽然干了几天后就已经心灰意懒，但是因为害怕母亲说我这么大的人了还如此不成器，只好咬着牙坚持到现在。

"但是……"尽管这样我仍旧犹豫不决地说，"妈妈，我如果不干这个，咱们的生活怎么办呢？"

"天无绝人之路。"

"天上哪会掉下馅饼来？"

母亲突然看着我，刹那间我知道自己说错了话，赶紧咬着嘴唇。再怎么样也不该当着母亲的面说出这样的话。

"请原谅，妈妈。"我将望着地面的眼睛移到母亲瘦削的脸上道歉说。

"不打紧，孩子，"母亲说，"如果我们不在互相体谅中过日子，那我们各自的忧愁还能去对谁倾诉呢？"

她又开始抽抽搭搭。从前我将流泪看作软弱的表现，但是如今我知道有时适当地哭泣却是一种让自己减轻痛苦的方式，如果你的哭泣能使情绪得到片刻的发泄，我感到这也是一种获得愉快的有效办法，或许生活中也需要这样的傻气。世界上的任何东西都不会无缘无故地出现。

"妈妈，我试着打听有没有别的事情可做。"母亲停止哭泣后我对她说道。我一看，她的心情真的稍有些好转。她开始用凹凸不平、满是皱褶、像木头般僵硬的手满怀深情地抚摸着我的手。

"好孩子，才这么小就让你承受这份苦难。"

"妈妈，这就是生活。选择做别的大事情我的能力又达不到。"

"我再把家里翻一翻，如果有能变卖的东西……"

"不……不……妈妈，现在我们还没有困难到那种地步。这家里的所有东西都是父亲留给我们的，对于我们来说它们比饭还重要。"

听了我的话，母亲盯着我的眼睛看了好长时间。我不知道她是在回忆与父亲一起生活的日子，还是为早前的某件事情而内疚着。过了一会儿她的眼睛又扑簌一下落下了泪水。

"孩子，你说得对。"

我又走上了四处寻找活计的路。处于这个年代，对于一个没有上过大学或者没有一技之长的人来说，想要找到生活的门道实在太难了。想到这里，我一下子就想起了阿迪力。他如今正在乌鲁木齐的一所著名大学读书。虽然我们从小一起玩着长大，命运之神却赋予了我们不同的生活道路。就像她母亲给她留着肉馕似的，命运之神为他储存的是福星。我也不知道对此应称之为命运还是该称之为选择，但是我心里是想念他的，以至我明知这种羡慕到头来发展成为像甜蜜的毒物似的熊熊燃烧的妒忌之火。

经过许多波折，我终于在父亲的一个朋友的榨油厂上了班。这个总算比建筑工地的工作要好出许多。榨油厂在发出不住的噪声的同时，从轴环间冒出的胡麻油的香味，给人以一种别样的感觉。我坐在这个奇异的机器旁感到就像正在去很远的一个地方旅行似的，脑子里会浮现出各种各样的幻想。老话所讲的"手上有油，手鼓也会油光水滑"这句话基本上是真的。

这不，我在榨油厂上班以后，连家里吃的油也是免费提供的。这当然是老板看在与我父亲多年好朋友的情分上为我们提供的帮助。几个月后，我手上的裂口不见了，手指也开始变得油亮了起来，脸上的皮肤白嫩了许多。感觉不仅仅是这些，我的精神面貌也好了许多。

在忙忙碌碌中很快度过了好多时日。现在我们的生活已经走上了正轨，经济上有了一些积攒。母亲经过一个时期的医治，健康状况也得到了相当改善。

"孩子，你的日子就准备这样过下去吗？"有一天，坐下来吃晚饭的时候母亲说道。

"你想说什么？"我没有明白她的用意。

"街坊邻居中与你年龄相仿的男孩子都已经结婚，而且都有一两个孩子了。"

起先我有些不好意思，不自在地微笑着。接着便突然感到难受。微笑的原因是，我仍然感到自己还是个稚气未脱的孩子。难受的是，许多时候自己都在为生存操心而过着单调的生活。难道说，我来到这个世界上就仅仅是为了填饱肚子吗？

母亲看到我沉默不语，又发话了："孩子，是不是有什么愁肠心事？"

我轻轻地摇了摇头："犯愁的事情倒是不少，但是……"

"孩子，把你心里的话说出来。"

我再次为人性的虚伪而感到惊奇。心灵是自己的一个世界，我们相互间常常急着想知道对方心灵的那片天地，逼着对方讲出来。但是有些事情就像未煮熟的饭不能盛着吃似的，任何时候都是不可以讲给别人的。正在不停让你痛苦地思考的，实际上就是你精神的动力。你通过它改变自己，让自己沉淀下来。你如果把这个讲给别人，那你的世界便干枯了。

母亲仍旧看着我。为了给母亲展示良好的心态，我硬让自己脸上挤出一丝笑容,然后将她额角露出来的白发塞进头巾里。

"妈妈,别多想了。"我不愿意回答她的话。

"不,"母亲说,她的眼睛里透出一束坚毅的光芒,"如果我闭眼的时候没能让你成家,哪还有脸见你的父亲?"

她说这话的时候低头深深地叹息着。

"妈妈,你让我想一想,"为了安慰母亲,我说,"现在我们的经济状况也不是太好。"

"这个你不要操心,我们有亲戚们。"

"别提他们了,在最困难的日子里他们也不管不顾我们。"

"这不是一回事。"

我现在与母亲争辩不合适。不言而喻,我们母子之间如果不能互相体念对方,还有谁会为我们着想?

"妈妈,我……"

"你心里是不是已经有人了,孩子?"

我没有吭声,我的眼前浮现出一个从脸上的酒窝里洒出阳光般温暖笑意的姑娘。

8

艾妮排是我初中和高中时的同学。这个古铜色皮肤、眼睛熠熠生辉的姑娘,是当我被阴云笼罩着的时候,心中唯一的星星或太阳。每当想到她,我的心就像处于阳光照射下的墙根般暖融融的。特别是读高中最后一个学年时我深深地喜欢上了她。晚上睡不着觉的时候我会想象她就是我的知己,但是在白天相遇时我们又总是擦肩而过。回想起我们俩之间的感情,我的心里宛如蜜一样甘甜。一直以来,我把这种情感深深埋藏在自己的心底,默不作声地度日。这种灼痛除了自己之外没有任何人知道。但是不知为什么，我没能把自己的这种心情倾诉给她。当时我在想入非非的同时，正有着一大堆哀怨忧愁，心里焦虑不安，脑子里成天处于乱糟糟的状态。对于人生不知道应持怎样的态度。后来我突然间被母亲召唤回家了，再没有返校读书。之后没过多长时间，艾妮排便与阿迪力他们一起考上了大学，去乌鲁木齐上学去了。

　　现在我想起了她，心里一下子暖暖的，世界在我看来显得格外美好。如能与她一辈子生活在一起，我觉得所有的忧虑都会烟消云散。我忽然感到能给自己一生幸福的人一定是那个艾妮排了。但是她现在正值大学毕业前夕，她会嫁给我这样一个给人打工、失去父亲的穷孩子吗？想到这里，如山的忧愁重新向我压了过来。然而我还是无法将她从我的心里排除掉。老话说，"没有比心更大的"。凡事不经过努力不可轻易放弃，任何东西不去追求怎知得不到。我做什么并不重要，重要的是我如此喜欢她。爱情是自己的财富。

　　我毅然做出决定，当天晚上就提笔开始给艾妮排写信。由于此决定是突然间做出并且还在犹豫中，状态并不是太好，所以初次写的信不怎么流畅并且也不感人。即便如此也基本表白了自己的心意，第二天早上找到她的地址后就把信投了出去。我的心在一种甜蜜的感觉中闹腾着，凛冽的寒风宛如她的气息亲吻着我的周身，我感到好像所有的人都正朝我微笑，望着我。我从小到大第一次感到生活是如此甜蜜，在这个世界上自己也是一个充满欢乐的人。

　　我在渴望、焦虑、癫狂中等待了一个月。艾妮排没有回信。我不禁有些郁郁寡欢，不得不以她可能没有收到我的信为理由来安慰着自己，于是我又写了一封。过了十天半月又写了一封。前前后后共寄去十封信，终于接到了她的回信。这给我带来从未有过的喜悦！就像整个世界都属于我似的，感到有些容纳不下了。以前所吃的苦、所受的屈辱全都抛到了脑后。手上握着的书信像在不停地闪着光彩似的，或者像束盛开的鲜花正散发着芳香一样。但是我没有马上打开它，一种恐惧感使我焦虑不安。我把这封信像我的命脉似的紧贴在胸前两天，直到第三天才以崇高的激情，带着发自心灵深处的震颤和恐惧打开了它。然而，让我望眼欲穿的信封里却仅有薄薄的一张纸。我抑制不住激动的心情开始读了起来：

"努尔江，你好吗？因为正是学校毕业前夕，我非常忙，所以虽然接到你的信也不可能及时给你回复，请你原谅。我理解你，以前我也有过像你一样的心境。可是你却在寂静无声中不见了。你看，到现在已经过去了好长时间。人常说，'士别三日当刮目相看'。如今我们都不小了，我们之间的感情也已发生了变化。感谢你能如此喜欢我，这是我最大的幸福。但是请原谅，我不能接受你的要求。这并不是因为我看不上你，你是一个好孩子。只不过……我现在喜欢上了另外一个人。我们准备毕业后就结婚。我希望你能理解我。你的同学艾妮排。"

读完信我浑身一下子冰凉冰凉的，像日落似的眼前忽然黑了起来。如今一切都回到了从前，充满孤独、贫寒、忧伤的生活像在嘲笑着我似的，向我张开令人厌恶的双臂要拥抱我。我感到自己就像提到很高处又被重重地摔下来。我的生活如同流水中的柳树叶没有生气地漂移着。我突然觉得自己好可怜。

母亲始终都在观察着我情绪的变化。

"孩子，你这是怎么了？"

我一副非常可怜的样子低头坐着，不好意思给母亲讲出自己心里的痛苦。

"什么事情也没有，只是感到有点累。"

"好了，不必泄气，人生的选择并非只有一次。为了没有缘分的事情而哀叹毫无用处，只会让自己垮掉而已。我也曾经饱尝过这样的痛苦。"

"妈妈……"

"孩子，请把头抬起来，幸福就在你的前面。"

我站立起来，把手里的信丢在了地上，因为没想到自己会这样做，羞涩地赶紧看了看母亲。母亲用一副漫不经心的样子笑望着我，我重新把信从地上捡起来，然后把它塞入毡子下面。

"什么事情也没有，这只是生活中的一个玩笑，以后你也会这样想的。"

我没有吭声，朝外面走去。

秋天是享受收获的季节。母亲说得没错。以前，亲戚与我们看似寻常的走动，我在这些事情上有些麻木，实际上这完全是同族人之间感情的传递。他们看上去是那样的平平常常，满不在乎的样子，而其中却珍藏着最真实的亲情。如同看上去平静的湖面其实却深浅莫测。无声无息的感情最纯洁，也最为伟大。我的妻子库提古丽就是我一位亲戚家的女儿。虽然我们是在没感情中结的婚，但在结婚筹备过程中她与我渐渐熟络起来。再后来我们很快就情投意合了。结婚后我们的爱情便开始慢慢得以发芽。她为我们家创造了新的环境，为我的生活赋予了新的意义。我们在人生的流水中不停地向前流动着。一年以后我即升格为一个男孩的父亲。我们的生活被分为几个篇章，未来的篇章如何书写将由我们来探求。

我像一个积满灰尘的乐器，在无声无息中把自己尘封起来，在安闲的漫不经心中生活着。没过多久，生活的流水再次掀起了波涛。在我心中就像衣服上沾上的不仔细瞧便看不出的斑点似的阿迪力，突然像喷涌的海浪般出现在我的眼前。五年大学在城市里的生活，使他的容颜发生了不少变化。起初每年放假回来的时候我从远处看过他一两次。他来找我的时候我躲着没见他。我认为我们的朋友旅程结束了。后来他在假期里就再没有回来过。我偶尔从别人的闲谈中听说，他利用假期在乌鲁木齐与别人一起做生意，我对此也淡然处之。他从事什么事情与我没有任何关系。

"喂，我亲爱的朋友，你的情况怎么样呢？"

我眼看着阿迪力张开双臂从远处向我走过来，从他眼睛里喷射出来的一片绿浪中可以看出，他对我一如既往充满热情。我感到自己就像潜入冷海的水底似的。

他一过来就把我紧紧拥抱住。我好像害怕给他的高档衣服沾上脏物似的耷拉着双手。

"你为什么不给我写信？"他激动而精神抖擞地说。

我没有吭声，我也不知道自己为何不给他写信。他发现我无精打采，抓着我的肩膀把头离我稍远一点，开始仔细打量着我。

"我听说你有过一段艰难的日子，但是没能给你帮助，我为此感到特别内疚，还请好朋友原谅。"

我就像个没有感情的人似的。突然我觉得自己如果继续这样冷漠下去实在不合情理，便勉强地把自己油迹斑斑的手伸出去与他的手交握在一起。

"朋友，什么事情也没有，所有的事情都已经过去了。"

"现在我再也不会把你丢下。"

"没有必要。"

"别这样说，我们是老朋友了，我们之间的事情……嘿，那个时候，你也一直都很相信着我。"

"我不想打扰你。"

"你这说的是什么话？难道……你把我给忘掉了？"

"没有，但是……"

"世界上可以忘掉的事情很多，然而唯独朋友是不能忘掉的。"

他非常热情。但是我好不容易才脱离了一个旋涡，此刻却似乎又在极力被拖进去，我害怕自己会窒息在这个涡流中。
　　"喂，你怎么不问一问我的情况？"他在我的肩膀上拍了拍说。
　　"在我看来，你过得非常好。"
　　他哈哈大笑起来。
　　"什么事情都不能单从外表上看就来做评价。"
　　"这个我知道。"
　　"那我们说正经的。"
　　"对于一个鸿运当头的人，有必要去问有没有什么忧愁之类的话吗？"
　　"你的生活就准备这样平平淡淡地过下去吗？"
　　"我这人头脑简单，不这样过下去还能如何？"
　　"别贬低你自己，以前在很多事情上都是你给我拿主意的，你依旧是个了不起的人。"
　　他说起了天真烂漫的孩童时代的事情，我沮丧地摇了摇头。
　　"不，了不起的是你。"
　　"对我可要诚恳，不然的话我就生气了。"
　　"是什么就是什么，即使你生气我也得实话实说。"
　　"好了，别再说了。我到这里可不是来听你讽刺挖苦的，我们再一起干些大事。"
　　我没弄明白他的来意，用大惑不解的眼神注视着他浅蓝色的眼睛。我突然感觉如今这双眼睛中闪耀着一束像钻石般锐利的绿色的光芒。我的周身渐渐炽热起来，我为自己被这束绿色的光芒激发得晃悠开来甚感诧异。
　　"你想做什么？"
　　"想拉你到我身边，成立我们自己的公司。"

"哎呀,天哪,你读了这么多年的书就是想干这个吗?"

"难道你看不上吗?"

"我没有资格,我是为你感到吃惊。"

"我想创业,想帮助我们的家乡做些事情。"

"你……你……实在……"

"怎么样,愿意同我一起干吗?"

"但是成立公司我拿不出钱哪。"

"我会让你出钱吗?我需要你这样的朋友。"

我最后没有继续坚持。孩童时的友情被激发了出来,与他温暖的手握到了一起,拦阻在我心里的坚冰这会儿因激动而开始融化。

"那些事我恐怕做不好。"我的心空落落的,几年来深藏在我心里的一团底火正在徐徐燃烧起来,它是被阿迪力的这股劲风给吹起来的。不言而喻,因为我除了对人真诚、仁义之外没有任何资源。实际上阿迪力任何时候都没有亏待过我,他一直以来都把我视作朋友,可我不知为什么却对他有满肚子的怨气。这究竟是谁的过错?对此我也似乎没有回答上来的能力。

"你现在就把那榨油厂的工作停下来。"

"这样行吗?我在最困难的时候是那位叔叔够朋友。"

"你已经回报了他。"

"那……"

"别多虑了,说了的事情怎么能改呢?"

"好吧。"

"好样儿的!哎……我想起了一件事情。"

"什么事?"

"你还记得我们在路边玩的那个用土埂造'房子'的游戏吗?"

我禁不住笑了起来,这的确是真诚的笑容。

"你回想起我们稚气的孩童时代了？"

"是的，我经常回想起那个时代，那种激情再也没有遇到过。"

"如今在那条路上找不到土了，全都铺上柏油了。"

"是的，世界在变化着，但是我们仍然很幼稚。"

"我也是这么想的。"

阿迪力目视着远方，微风轻轻吹拂着他金色的鬈发。我不知道他此时此刻正想着什么，但是他在我的心里渐渐成为一个闪光的亮点。我们脉搏里的热血在一起沸腾着。有些事情你无论怎么让自己躲避，但是命里注定的东西你是改变不了的。尤其是血缘这个问题，它永远存在于你的精神里。阿迪力呢，他或许对这件事情还不知情，为此他才这样与我亲近？不管怎样这次我获得了难得的与他亲近的机会，他依旧是我的朋友和亲人，我没有办法不接受这样的现实。

9

阿迪力早就制定了周密的计划，我们见面后没过几天，他就开始在市场边缘地带购买的土地上开工建设一座冷库。他的资金如何解决、仓库要建多大规模、仓库建成后的经营方向是怎样的之类的问题我一概不知。需要我做的就是从早到晚像阿迪力的影子似的跟着他即可。他对所有事情都预想到了，还提前买了一辆小车，不然的话一会儿这边、一会儿那边的东奔西走，仅靠两条腿是力所不及的。我就与他并排坐在小车前排的位置上。

那天晚上我把阿迪力对我说的话讲给了母亲。她长长地叹了一声，往地上看了一会儿，然后把头抬起来微微地笑着。

"你自己决定，孩子，"她极力让自己保持镇静说，"如今你是当父亲的人了，而且你还是这个家里的顶梁柱。"

对于母亲这样的表态我心里稍有些伤感，好像做错了什么事情似的难受。母亲或许期望我与阿迪力密切交往，因为我们俩是同一个父亲。但是我有一个阶段情绪低落不正是与这件事有关吗？现在我又与阿迪力走到了一起。每次看到他，我心里的创伤就又唰地开始出血。强逼自己痛苦的脸上现出笑容。阿迪力因为什么也不知道，还以为我很愉快。这种痛苦如同感染疾病似的会一辈子陪伴着我。

"我知道了，妈妈。"我也含糊其词地说。

"你们从小就是好朋友，他绝对不会把你往邪路上带的。"

"妈妈，我知道。"

我说完话便往卧室里走去。走的时候脑海里老是忘不了她给我说的话。好像她要继续向我叮嘱"阿迪力是你的哥哥，你得听他的话"似的。

事情就按照这种方式进行着。我再怎么不愿意，依旧不得不顺应这个水势流动着。因为我也得生活，需要有经济基础。第二年春天仓库全部竣工了。我们家乡盛产水果，以前因为没有这样的冷藏仓库，所产的新鲜水果基本上全都对外出售。冷藏仓库建成后，为果农和果品批发户带来了大好的机会。一进入夏末，水果销售者便开始一批批跑过来。如此大的仓库很快就被堆得满当当的。

"我们再建一座这样的仓库怎么样？"我对阿迪力说。

他习惯性地微笑着拍拍我的肩膀。

"你看你，总会在所有事情上都缺乏自信地说自己不知道，这个建议不正好证明了你对经营很有先见之明吗？"

我也笑了。

"在你面前不值一提。"

"哪里的话，这是你能力的体现，以后你肯定能超过我。"

"别这样说，我超过你会到哪里去？我只要能像现在这样平安地过日子，就解决了自己最大的一块心病。"

"人常说，生命是用来奋斗的。"

"我没有那样的能力。"

"你得对自己充满信心。"

我们一起开着玩笑，接着他从车内取出一个圆鼓鼓的信封递给我。

"这是什么？"

"你把它打开就知道了。"

信封里装着满当当的百元大钞，我努力使自己镇静下来望着他。

"这……"

"你把它带回家，别让他们在生活上为难。"

"这……这是多少钱？"

"不多，三万。"

"这算是什么？"

"什么也不算，是你自己的钱。"

"我的？"

"是的。"

"我现在还没有做多少……"

"快别说什么没有做多少事这样的话了，你知道我有多么高兴。"

我在发愣中摇着头。

"因为有你在我身边。"

我打着哆嗦。他真真切切地向我示意着。我拿着钱的手开始不住地颤抖，一种不愉快的影子忽的一下从我心里掠过。

"你怎么了？"阿迪力问。

"没……什么也没有。"

"好了,不要多想了,把这些钱带回家里好了。明天我们去一个地方。"

我什么也没说离开了他。

与阿迪力合作以后,我们的生活的确有了很大的改善。母亲也愉快、精神了好多。这与其说是合作,倒不如说是从阿迪力那里获得恩泽更为合适。我做梦也没有想到在他那里能获得那么多的经济收入,为此我总有一种欠账的感觉。

一天,我牵着儿子的手在外面走着,好像有人呼唤似的,我走到父亲摔下来的那根电线杆近前,那里趴着一个衣服上沾的全都是土的人。我的心不由得"怦"地一跳,赶紧跑过去看时,一下子瞠目结舌起来。啊,我的天哪!这不是父亲吗?他怎么还躺在这里?我们一直以为他……

"爸爸……爸爸……你这是怎么了?"

我上前扶他起来,从他的全身正散发出一种怪异的气味。

"你……你是谁?"

看到他还活着,我简直不敢相信自己的眼睛,与此同时我心里有一种说不出来的高兴。

"爸爸,是我呀。我扶你起来,你这是怎么了?"

"我摔倒了。"

"你好像是喝醉了?"

"没有,但是我特别伤心。"

"为什么?"

他将我一把推开站了起来。我一看他满脸好好儿的,看不出一点从哪里摔下来的迹象。我以从未感受到的喜悦和感恩之情为他整了整衣服,给他拍打身上的尘土。

"让开。"父亲突然耍着态度说。

"爸爸,你这是怎么了?"

他的眼睛里喷射出一股深长的悲戚。

"这么长时间了,所有人都对我不管不顾。"

"我们见不到你呀,爸爸。请你原谅。但是你常常用冷漠的态度对待我们。"

"虚伪!你妈妈骗我,你也在骗我。"

"不,爸爸,我一直都是爱你的,可是你经常用冷漠的面孔待我。"

父亲深长地叹息着。

"本来……我们本来也可以欢喜地生活,但是我这一辈子注定与欢喜无缘。"父亲无限悲哀地说。

"好了,爸爸,我们回家吧,我一定努力让你欢欢喜喜地生活。"

他往前挪动了一两步,突然站住不走了。

"你现在还与赛迪巴依的那个金发儿子是朋友吗?"

我不知道如何回答,我用畏惧的眼神望着他的眼睛。蓦然间,我的脑海里又一次响起了"我到底是谁的儿子?"的呼喊声。这个问题直到如今仍在折磨着我。

"喂,你怎么不说话了?"

我望着父亲。

"我们……我们现在是合作关系。"

"这是为什么?"

"他大学毕业后开了一家公司。"

"原来这个金发小子竟有如此大的能耐,但是我不允许你与他过从甚密。"

"爸爸,为什么?"

"这个你就别问了,如果你不听我的话,以后不允许你再叫我爸爸,背叛我的人不配做我的儿子。"

"爸爸,你别这样说。有些事情……"

"行了，给我滚开！"

父亲挥动了一下手，就从我的眼前像扬尘一样消散了。这或许不是梦，如果是的话父亲怎么会在大白天清楚地与我对话？我的天哪，这究竟是怎么回事？难道说父亲的灵魂仍然在他亡故的电线杆周围盘旋着？我像一个精神分裂症患者似的向四周惊恐地观望。我听到远处的人们正在聊着天，生活仍在现实中继续着。

"爸爸……我渴了……"

儿子甜甜的童音让我清醒了过来，我低下头看着他。我的手里握着一把从父亲几年前摔下来躺过的地上捧起来的土。眼泪顺着我的脸颊流下来。我也不知道这把土是什么时候捧到手上的。我这到底是怎么了？是不是父亲在向我暗示着什么？

我将捧在手上的土撒到路边的渠沟里。儿子因为口渴向我哼哼唧唧地哭闹着。

"孩子，刚才……看到你爷爷了吗？"我把他搂在怀里问道。转眼间我感到这个问题似乎是在问我自己。

他摇了摇头。

"我在看着你。"

他非常天真，我不知道如何给他解释。

"好了，孩子，我这就给你拿水去。"

10

常言道，"运气来了黄土也会变成金子"，这句话的确如此。阿迪力的事业发展得越来越迅猛，他已经成为全乡著名的富翁之一。他的生意经营范围由乡镇跨县，甚至跨地区向外扩张。当然他的成功也有我的一点贡献。这些年来我也不知道赚了多少钱，我没有声张着让大家把我自己也看作富翁。当年在生活贫困时与我结婚的糟糠之妻库提古丽，连做梦也未曾想到自己会过上如今的富裕生活。所以无论是家里还是外头都一样地节俭，待人接物非常谦恭，穿着打扮也保持朴素。

"努尔江，我们绝不可以盛气凌人。"不知为什么她总是以一种担心的口吻提示我。

当初像缺水少土的苹果枝似的看上去虚弱的库提古丽，现在有一种别致的富态可掬的美感，眼睛也像春天的暖阳般光彩照人。我用淡漠的神情回答着她的话。

"你觉得我不是按你所要求做事的人吗？"

库提古丽脸一下子泛出红晕，然后做出任由我惩罚似的撒娇的样子。

"你呀……不会那样的。但是人这一生中，那样的事情会不会在不知不觉中发生谁也说不准，用现在流行的话说就是一切皆有可能。"

"你放一百个心。迄今为止我从来不将金钱和其他东西作为炫耀自己的资本，对于我来说什么都没有比让你们放心和母亲的健康更重要。在这件事情上我保证合你们的心意。"

"我知道，请别生我的气，我是在不经意间说出这句话的。"

"没关系，你的用意我完全理解。"

库提古丽像是有意炫耀自己即将为我生下第二个孩子似的，站在床头故意摇晃着隆起的肚子并且随之脸上便浮现出奇怪的表情。我察觉到她某个部位正出现疼痛，赶忙向她问话。

"你怎么了？"

"什么事也没有，只是产前的微小反应。"

"你可得注意。"

"我知道。"

她拉过我的手,把我的手放到她的肚子上。

"高兴吗?"

"你指的是什么?"

"看你呆头呆脑的样子。"

我笑了,她也在笑。

"你说得对,我是有点呆头呆脑。但是话说回来,如果我足够聪明的话,也不会让你以前过那种缺吃少穿的日子。"

"别说那种话,我只是开个玩笑,为什么要拿它来说事?"

"好了,我们现在说说别的事情。噢,说真的,阿迪力说要与我去一个地方,我差点给忘了,我要走了。"

"不再陪我一会儿了?"

"对不起,阿迪力已经在等我了……"

"好了,你走吧,我只是这样说说而已。晚上尽量早一点回来。"

"行。"

我急忙穿好衣服朝外走去。在门口碰见带孙子上邻居家玩耍、正返回我们家的母亲。

"孩子,你这样着急是要去哪里?"母亲说。儿子跑过来缠着我。

"打算和阿迪力一起到一个地方去。"

"噢,那好,你去吧,顺便也把我的问候带给他。"

"好吧,妈妈。"

我把儿子放下来想要赶紧走。

"我也要去。"儿子闹腾着说。他现在已经六岁了。

"别跟你爸爸闹了。"母亲拽着他的手说。

"我不嘛,我要和爸爸一起去,"儿子噘着嘴说,"我也要和爷爷说悄悄话。"

母亲转过头看着我,眼睛里有些疑惑不解,不知怎的像是被某种疑惑迷蒙了似的，但是她不知道我时常带着儿子去电线杆下与父亲的灵魂对话这件事情。

"什么事情也没有，妈妈，"我脸涨得通红地说，"以前我们在父亲摔下来的电线杆前经过的时候，给他说起过爸爸的事情。"

"噢……"

母亲再没有说多余的话，但是情绪非常低落，眼睛里满含着忧伤和无限的思念之情。眼下我不能待得太久。我心里本来想斥责儿子几句，但又急着赶快离开。看到他撇着可爱的嘴、泪水马上就要流出来像朝霞似的通红的眼睛，我的心就像放进火里似的开始撕裂般疼痛。他需要父亲的情感是如此的强烈。即便是这样，我还是没有回头，如果回头，我正在簌簌地流泪的样子就会暴露在他们的面前。

近来我经常梦见父亲，但是所看见的总是父亲生气的样子，这使我心绪不佳。但是如若让我按照父亲的心愿，像以前那样默不作声地从阿迪力身边离开，现在看来并非易事，有一根无形的绳子将我与阿迪力紧紧地捆绑在了一起，让我无端对他心生怨恨，实在做不出来。我就像一个迷失在沙漠中的人一样在彷徨中生活着。

阿迪力果真正焦急地等着我。我还没有走到他跟前，他就开始埋怨开了。

"你看你，怎么让我等这么长时间？"

"对不起，突然出了一点事……"

"库提古丽康健吗？"

"康健。"

他笑望着我的眼睛："出了什么事情，能给我说吗？"

"你让我说什么？她分娩时间还没有到。"

"那好，赶快上车。"

我们今天要去与从外边来的一位大商人洽谈一个重要项目。我们俩迅速上了车。阿迪力坐在左边的驾驶位置上。他现在已经有些大腹便便了，坐在座位上如果靠背不稍往后推，肚子就会触到方向盘上。小车在柏油路上以最高的速度行驶着，音响里播放的是由一个歌舞团演奏的轻音乐。阿迪力用右手握着方向盘，左手伴随着音乐节拍在车窗上敲击着。不知怎的，一种忧伤向我袭来，继而我的脑子里填满了悲戚。突然我又出现了父亲向我走来的幻觉，他似乎正对我怒目而视。我的耳边回荡着他"你给我离赛迪巴依那个金发儿子远点！"的话语。我用眼睛斜视着阿迪力，他似乎正想着什么事情。从车窗涌进来的风不停地吹拂着他金色的鬈发。我望着他波浪式的头发，心里又开始生起了闷气。命运为何要给我们开这样的玩笑？我为什么像算命的人似的看着猫的尾巴丢失自我地生活着？这些问题无人能替我回答。除了自己折磨自己之外别无他法。只有阿迪力是我唯一的命运。

"你在想什么呢？"过了一会儿阿迪力突然向我问道。这不，就连我在想什么也要在他的掌控之中。

"什么也没有想。"我一副不愉快的样子说。

"拉倒，我不问好了。"他笑着说，"你为什么从来都不问一问我在想什么？"

我没有吭声。行了一段路程之后他自己又开口了。

"既然你不说，那就由我来说，"他把方向盘转交到左手，开始用右手梳理着头发，"艾妮排你还想得起吗？"

我用惊恐的眼神望着他，心不由得咯噔了一下。但是我故作镇静。我给艾妮排写了好多封表白心意的书信，后来被她拒绝了，她给我的心理造成了巨大痛苦。那么，他又是从哪里知道的？阿迪力正等待着我的回答。

"她……她怎么了？"

"她什么事情也没有，有事情的反倒是我。我们在上大学的时候别人很快从我身边把她带走了，后来她就跟那个小伙子结婚了，但是婚姻并不顺利。我听说他们结婚不到一年就分手了。最近我把艾妮排找到了，我说我想与她结婚。"

我的头嗡地痛了起来，我不知道他的话究竟想表达什么，我又一次感觉到展现在我面前的这个世界简直太混乱了。天哪，如此奇怪的事情咋都让我给遇上了呢？

"你认为怎么样？"

有一种苦涩的东西在我胃里闹腾着似的，我非常艰难地开了口："你……你说你要与她结婚吗？"

"这不是给你说着这件事吗？"

"她可是个结过婚的女人。"

"我知道，但是没关系。我们小的时候，我一见到她就有种非常甜蜜的遐想。后来变化了的东西很多，但我对她的这种感觉没有变。幸运的是，大风把她又吹送到了我的面前。"

"你是不是傻了？"我生气地摇着头说。

"你这是什么意思？"

"你完全可以找一个比她优秀的。"

"我知道，然而有道是心比自己大，我在这个世界上只为心而活着。再说了，我依然生活在天真烂漫、充满稚气的孩童世界中，我经常回想起我们欢快的孩童时代。我当初为什么非要把你拉到我身边，你现在总算明白了吧？"

听了他的这些话，我有一种发自心灵深处的愉快和安慰。原来他并不知道我们有血缘关系。

"你随便，"我最后重重地叹了一口气说，"所有的人都有适合自己的道路。"

"噢，这话说得恰如其分。"

已经看到前面的县城了，我们到达了目的地。经过半日热情座谈、交换意见之后，最终按照我们的预期顺利签订了项目合同。这次洽谈在富丽堂皇的酒店饱餐一顿后圆满结束。阿迪力非常高兴。我们返回的时候上了另外一条路。

"我们还到哪里去？"我有点奇怪地问道。

"去湖畔。"他一副满不在乎的样子说。

"去那里有什么事吗？"

"到之后你就知道了。"

我沉默不语了。实际上去哪里、在哪里住，都是由阿迪力决定的。我只是像个影子一样跟随着他转悠而已。经过半小时的行驶，我们到达了湖边。从悬崖上蜿蜒而下的泉水，在下面形成了一个宽阔的湖，四周被绿油油的草丛、各种树围绕着。站着向远方望去，清澈的湖水呈湛蓝色，这里的空气也十分清爽。

从车上刚一下来我就把自己撂倒在草丛上。

"在这里少待一会儿。"阿迪力笑着说。

"你领我过来的,怎么却忍耐不住了？"我不甘示弱地说。

"只要你乐意，那就随便吧，你高兴就是我的幸福。"

"你也过来，我们躺在这里休息一会儿。"

我们俩肩并肩地躺在草地上。飞进树林中的麻雀喋喋不休地鸣叫着，瀑布的声音像在呼唤着谁似的，从很远处也能听见。由草丛中升起来的潮气让人感到别样的舒适。

"这里简直就像天堂一样，"阿迪力说，"我以后如果能赚到更多的钱，一定在这里投资。"

我没有吭声，脑子里充满了恐怖的想象。我死后能够有这么一处安宁之所吗？这种想象令我不安了起来。

我们躺了相当长时间。

"好了，起来，"过了好一会儿阿迪力推了推我说，"你这样躺得久了腰会受凉的。"

"我们回家吗?"

"不,这么美丽的地方如果就这样走了的话,那将是多么遗憾的事情啊。"

"那我们做什么?"

"我们游泳去。"

我们起身向湖边走去。从湖底深处泛起一种清澈透明的碧波,水中还有蔚蓝的天空、像小船似的漂移的白云、岸边叶子哗啦哗啦作响的树梢的倒影。阿迪力脱掉衣服后就跳入了水中。从湖水中迸发出的像珍珠般的水滴喷射到岸上并飞溅到我的身上,我不由得朝后退却了几步。不一会儿,阿迪力金黄色的脑袋在水面上宛如水老鼠似的噌地露了出来。

"为什么站在那里干看着?下来!"他向我大声喊道。

我也脱掉外衣,但不是为了游泳,而是准备潜入这个湖中我理想的世界。我满脑袋都是这种神经质的想法。我感觉自己生命的流水的终点似乎就在这个湖中。

我不是在阿迪力所跳的地点下水的,而是选择距那远一点的小丘,向湖的最深处跳下去。尽管我清楚自己游泳的技能并不太好,但却没有丝毫害怕的感觉。湖水特别凉。刚开始我的头咔嚓作响,鼻腔酸楚,肺部胀鼓鼓的。我在拼命向上划动,耳朵里似乎听到了瀑布声还是谁的呼唤声。最后我终于露出了水面,但是眼睛刚睁开还未来得及吸上一两口气就又开始下沉。我在向湖底下沉的过程中,那里有一双火一样的眼睛正看着我。刹那间一只有力的手抓住了我的胳膊并开始将我往上拖,我的头又一次露出了水面,是阿迪力拖着我浮上来的。

"为……为什么要从那么高的地方往下跳?"他上气不接下气地说。我连说话的力气也没有了,呼吸时肺像炸裂般的难受。他拖着我开始朝岸边游去,但是因为我的拖累影响着他的动作,经过好长时间才好不容易接近岸边,这时阿迪力也已用尽了所有的力气。即使这样他仍用仅有的力气努力把我连扶带推地弄上了岸,而他自己却没有了上岸的力气,仅仅能让嘴露出水面,金黄色的头发浸在水里漂来荡去,浅蓝色的眼睛时不时淹没在水中,我望着他,一个丑恶的计划在我脑子里掠过。我浑身不住地打着寒战,我的手像蛙蛇似的慢慢地伸到了阿迪力跟前。从他的眼睛里放出的最后一束光,在我使劲推搡中翻腾着沉没于水中。水面上泛了几个泡沫便陷入了平静。这时,我又听到了从远处传来的瀑布声。我在忧虑、屈辱中最终把自己安葬到了湖底,感到一下子变得轻松了起来。

世界在我眼里像一张黑白照片似的看着不顺眼。我像做着噩梦的人一样在昏沉状态中返回家中,但是我一走进院门就像泥塑般好奇地张望了起来。母亲、库提古丽和其他亲友们全都穿着丧服。儿子依提木像遇到灾难似的缩着脑袋躲在一个角落。奇怪,这个庭院里又有谁亡故了?我在焦虑、疲惫中拖着沉重的步子向他们中间挪去。母亲一见到我就扑到我的怀里。这与当年的一幕十分相像。

"妈妈……出……出什么事了?"我好不容易才说出话来。

"啊,我的好孩子,他……他……不是丢下我们走了吗?他……"

我通过母亲的肩膀朝院子里的所有的人看了一遍,所有的人都好好的。到底是谁亡故了?我感到有什么费解的事情正在捉弄着我。

"妈妈,你给我说,是……是谁走了?"

"我的儿呀……我的心肝宝贝……我们家的支柱,孩子,你……你还不知道吗?你们不是如影随形吗?他昨天还与你一起好好出去的,这不,回来就变成遗体了。啊呀,我的好孩子,他在还没来得及享受人生的年龄就走了,孩子……"

母亲泪如雨下地哭喊着。我依旧不明白事情的来龙去脉,傻愣愣地站着,我心里的一个地方正在开启,虽然我不知道死者是谁,但在丧事的感染中眼泪直流。另外,我还觉得这丧事再怎么说也不该在我们家办,而应该转移到赛迪大伯家才对。

母亲稍做恢复后,搀扶着我朝屋内走。在外屋的凉炕上平躺着一具用白布包裹着的尸体。我全身打着哆嗦,一阵恐惧感禁不住传遍我的周身。啊,上帝!死亡是多么恐怖啊!

"孩子,你与他告个别吧。"

母亲说着把盖在尸体面部上的白布揭开。发生的事情让我惊恐不安,我几乎要仰面凌空而去。躺着的尸体不是别人,而是我自己!天哪,这是什么事?我活着站在这里,难道……

我宛如死去了似的歪斜着靠到墙上。对面的镜子里浅蓝色眼睛、金黄色头发、脸上被汗水浸透的阿迪力正流着眼泪望着我。

短篇小说

误　会

　　邻居女人蹑手蹑脚推开门进屋后，未脱鞋就往干净明亮的地板上踩。我的眼睛盯在她的鞋上，一种不悦的感觉搅得我心烦起来，好像下巴被谁顶起来似的出不来气。我把注意力集中到地板上留下的馕戳似的脚印上，甚至对她连起码的问候都想不起来。她没有注意我表情的变化，走到客厅沙发近前时停下脚步，然后开始俯下身子哼哧哼哧地脱鞋。我仍然紧锁眉头不声不响地观察着她的动作。

　　"嗯，请坐。"为了礼貌起见我终于说道。但是我的这句话实际上完全是多余的，因为在我说出这句话之前她已坐下了。

　　随之我轻轻地咳嗽了几声。屋内陷入寂静中，我发现邻居女人的呼吸宛如一个临终之人的濒死挣扎。我不知为何有一种如芒在背的感觉，就连这里是自己的家都给忘记似的开始讨厌起待在这个空间里。地板上的女人的脚印如同我不愿看到的什么东西似的令我厌恶。这是她第一次把我的心绪搞得这么糟糕，以前我与这位邻居没有多少交往。

　　我故意把拖鞋推至她的脚跟前。这样做后，女人忽然看了一眼我的表情,但是并没有特别的反应。她没有觉得她自己穿着鞋踩踏地板有什么过失。看到自己情绪如此强烈且徒劳无功后,我便泄气了。或许只是我自己生自己的气,自己与自己较劲。就算我再怎么不乐意接纳,人家仍稳坐不动,那我能奈她何?道理讲给不理智或不讲理的人听,如同对牛弹琴。

即便如此我仍不甘心。为了赌赢这口气我拿来抹布,蹲下身子将女人留在地板上的鞋印擦拭干净。这时她的脸面上才浮现出一丝红色。我为自己终于赢得胜利而感到自豪。我把抹布送到洗手间后来到她跟前坐下。

"邻居,嗯,请您坐下吃点东西。"我向她示意着,指着茶几上的新鲜水果说。

"我……"

她用一种似乎难为情的神色看着我。我心想,她这是为她自己刚才的举止而感到不好意思了。我以一种愉快和焦躁皆有的复杂心情听着她继续说下去。

"昨天晚上……我和他之间发生了争吵……"

她的话出乎我所料。我像一个坐在湖边没有成功钓到鱼的渔夫似的,要不得的冷漠情绪像幽灵般重新出现了。我反感地注视着她的眼睛。我的心里没有通常所说的同情心之类的东西,我开始为自己一大早就把门打开让她进来而不停地责备自己。只不过,要想把已经放进家里的人打发走并不是件容易的事情,除了耐着性子听完她所要讲的事情之外别无他法。

她看到我沉默地坐着,便继续说她自己的话。

"这世界上再找不到一个像他那样冷酷无情、铁石心肠的男人了……"

她说了这些就开始抽抽搭搭了。我强忍着听完了她的述说,平时即便是碰上女人假哭,我的脑子也会像要炸裂似的咔嚓作响，我现在已被她的男人气得七窍生烟了。

我控制不住自己大声喊道："邻居，你说吧，你想让我帮你做什么？让我把那个无情的男人教训一顿？要不要打他个头破血流？到底要我怎么做呢？"

这么长时间都没有好好地说两句话的我，突然被气成这个样子。女人看到我的表情变化后傻眼了。她嘴唇似乎在动着，但我不知道她说了什么。我像一个不知道在对谁大怒的人，根本控制不住自己。然而究竟因为谁、为什么而发怒，就连我自己也不清楚。女人似乎在提防着什么事，挪动身体与我保持一定距离后，依然用拘谨的、莫名其妙的眼神盯着我。

"就是……想让你为我代笔写诉讼书……"

"给哪儿？你准备把诉讼书写给谁？"

"给妇联，向妇联告他家庭暴力……你看，我浑身上下都是青一块紫一块的……"

她这样说着，就把粉红色背心的一边撩起来，露出肋骨部位让我看。因为从来没有看到过一位陌生女人裸露的身体，我的脸唰的一下子就红了，嘴唇也开始微微地颤抖起来了，周身的血液也渐渐热了起来。然而她却像什么事都没有似的，忙着把肋骨部位露得更多给我看。这时，我的思想处于非常复杂的冲突中。想着想着，我的脑子早就想到别处了，注意力根本没有集中到女人正在讲什么上面，也记不起她说了些什么。年龄才三十五岁左右的这个女人的相貌和身材看上去相当标致。但是，她总是给人一种呆头呆脑的感觉，对于别人的表情也根本不当回事，想到与这样的人坐在一起，我就又生出厌烦情绪。真的，直到现在我对她并未曾产生任何非分之想。遗憾的是，鬼使神差的，我感觉自己纯洁的心灵正在发生变化。当目光落在她鬈发下洁白的脖子和衬衣透视出的性感的胸沟上时，我感到激动不已。她宛如我所喜爱的甜食般秀色可餐。起初的不快随之开始渐渐被忘却。我火辣辣的呼吸与她的呼吸交织在了一起。

"你告他!"我用幽幽的声音说。

女人紧张的心绪看上去平缓了好多,脸上似乎浮现了一丝微笑的迹象。

"他会……被惩办?"

"不知道,但是你得把诉讼书呈上去。令我无法理解的是,这么漂亮的媳妇他怎么会舍得下手殴打?"

女人的脸上这次现出了甜蜜的笑容。

"工作……打着工作的旗号,从不在家里好好儿待。总是拿冷冰冰的态度对待我。我感觉他在外面与别的女人私通。昨天晚上我说了这句话后,他就怒气冲冲并过来打我。"

"这个差劲的王八蛋,我看他的样子也感到不正常。"

"我说的是真的。"

"他看见邻居们从来都不问候。"

"你别说这个,就是逢年过节到我父母家,他也是拉着个脸,就连说两句可心的话也未曾有过。"

"你父母亲也不怎么喜欢他吧?"

"哼!这……那倒不然。"

"你有没有想过与他离婚?"

她像被某个人往怀里突然塞进一块冰似的打起了冷战,眼里隐隐约约地出现惊恐的神色,然后赶紧朝我看过来,并用痛苦的语调继续说道:"如果因为这就离婚,那我干的是什么事?家里所有的开销就靠着他的工资,找这样的人容易吗?"

这次轮到我惊讶了。我诧异地看着她,但是我的表情对她来说无足轻重。我不知道该如何才能讨得她的好感。我被渴望和讨厌同时折磨着。即便是这样，我仍旧像被埋没在灰里的底火一样热情，心里开始思谋着如何让她听从我的摆布。

"你告他！"

我又重复了这句话，除了这句话之外我不知道还有什么更合适的话。她伸长脖子望着我，如同一个盼望从父亲手里得到某个东西的孩子。她的样子看上去是如此的可爱。这样猜度着她的时候，我焦躁的心情根本无法安静下来。为了让她和我自己的注意力集中于一处，我拿出笔和纸摆到茶几上。她把身子往我跟前挪近了一些，我们相互可以感觉到对方的呼吸。我用颤抖的手指夹起笔。

"我开始写？"

"你写，但是……"

"但是什么？"

"他会受到惩处吗？"

"不知道。"

她迟疑不决地望着我。

"万一……"

"啊？"

"万一把他气急了，那我们的生活……"

"你是要告他还是想从心理上打败他？"

她像个正在犯难的孩子，耷拉着头，一副尴尬的样子。看上去似乎又准备哭泣。但是我没有刚开始时那样生气，一种说不清楚的感觉让我像捻子似的软塌了下来。我思谋着如何讨好她。每一次她的气息扑到我的脸上时，都给我一种难以忍受的焦渴和身体将要被融化的感觉。

"你必须稍微给他一些颜色看……"我见机行事地说，"你要让他明白，本贵妇人的胳膊、肋部绝对不是让他殴打的……"

我不由得伸手在她紧紧握着的肉乎乎的拳头上抚摸起来。我也清楚,这不该是一个道德高尚的人应有的行为,更何况一直以来大伙儿都夸赞我是个优秀男人。咳……这究竟是我的问题还是这个女人的问题?

第一页纸好像表达的全都是我自己的想法,转眼间我把它揉成一团丢到地上。现在重要的不是写,而是揣摩她的心思,做讨她喜欢的事情。我就像个没有目标的船夫似的朝着一个未知的岸边瞎撞。我周身都在微微颤抖,在不知不觉为她使着自己的全身解数。突然间我感到自己像一个正在盲人面前做恶事的人似的被尴尬、不安和懊悔折磨得心里难受。

"我还写吗?"

我口干舌燥,连说话也开始困难。我努力让自己不去看她,但是眼睛却总是像小偷似的不由得在她身体上躲躲闪闪地望去。她像没有什么感觉似的将身子凑到我的近前,静静地坐在那里,用一副没有表情的样子沉思着。我努力将自己的身体与她贴得更近些,想尝试着重温先前的那种感觉,但屡屡都不奏效,除了空激动之外一无所获。

"你还写吗?"

"我正在犹豫不决,但是我不想放弃。"

"你不给他一点颜色看不行。"

"没错。"

"你的身体……"

她挺起丰满的胸脯望着地板。

"像花儿似的媳妇……"

她不吭气,只是一个劲地叹息着。

"还要我写吗?"

我手里的笔不停地抖动着,我没有信心把这份诉讼书完整地写下来。即便是这样我还在推波助澜,不断给她壮胆鼓劲,努力扮演一个她的保护者的角色。

"你把措辞写得平缓婉转一些。"她最后明确表示道。

"你是说要我把诉讼书写成向他哀求的态度吗?"

"不是那样,这个……我是不想把措辞写得过于严厉了。"

"那理所当然。"

我开始写了。

"请求书,市妇联……"

"这……这……"

"有什么不对的?"

"我是说我们以诉讼书的形式写……"

"你刚才不是说措辞要写得平缓婉转一些吗?"

"是的,但是……"

"行。"

刚刚写好的一页又咔嚓一声撕下来揉成团丢在茶几上。然后我按照诉讼书的格式要求从头开始重写。"他根本就不知体贴我,经常殴打我,我浑身上下没有一块完好的地方……"

"不对,他只是在有的时候殴打我,致我受伤。"

她赶紧伸手抓住我的笔。我已经写了大半页的状书只好刹住,报废了。我不知道该不该生气,瞪着诧异的眼睛望着她。从她的脸上看不出丝毫尴尬的表情,反而我倒像是做错了事似的,脸上浮现的不满情绪迅速消散。

"就是说,你们之间仍有感情,是这样吗?"

"我也不知道,但是昨天晚上他殴打我的时候……"

"我还写吗?"

"你随意。"

"你这是什么话?你丈夫打的不是我,而是你,我是在给你写诉讼书。"

"我知道。"

我重新握住笔,继续接着写诉讼书。接二连三撕掉的纸张像是在不断撕毁我的希望似的,茶几上到处都是揉成团的废纸了。我心里对她的火气直往上蹿,但又害怕烦恼被什么人发现似的,马上开始对自己的情绪进行调整。

"他在外面有情人,对家里根本就不关心,现在我们的家庭生活正在被第三者破坏。为此,恳请妇联采取必要的措施。"

"你……你怎么能说让妇联采取措施?那不就是要让妇联惩罚他吗?我给你说过了,不要在诉讼书里使用严厉的措辞。"

我把笔丢在茶几上。我愣住了。今天要么是我疯了,要么是这个女人疯了。直到现在,就连谁是诉讼人、谁是代笔者这个事情都还没搞清楚。我忽然开始对她心灰意冷了。刚才被她激发出来的欲望,由她煽惑起来的情绪也宛如开始腐烂的可口切(甜瓜的一种)似的,让我心里憋闷得快要窒息了。感到她扑打在我脸上的气息就像咀嚼苦蒿一般的滋味。我把茶几上的笔和纸收起来放进了抽屉。

"你怎么不写了?"她用一种既有点生气又有点高兴的复杂表情看着我说。

"似乎没有必要这么做。"

"但是他非常冷酷无情。"

"这个我也没有办法。"

"我身上还有他用棒子殴打留下来的伤痕。"

她这样说着,又把自己的背心撩开让我看。

"好了,我不看,你的那个地方不属于我管。"

"那么……"

"我还有别的事情要做，劳烦你……"

她总算领悟到我说这句话的意思了。直到我的话结束时，她似乎忘记了自己是为何到我家里来的，悠闲地站起身把鞋子穿上。我还像刚开始那样拿出抹布把她踩踏留在地板上的一行鞋印擦到门槛处。我伸手去给她开门。正巧赶上妻子从外面进来了。因为事发实在突然，我们俩人都吓了一跳。也不知邻居女人是出于对我妻子的羡慕还是嫉妒，反正面部是一副怪诞的表情，并且从她的眼睛里透射出仇视的目光。妻子一眼就看到了她背心的一边依然挽着的裸露的肋部，气愤得在擦身而过往外走的女人的后面啐了一口。

"可惜，我不该对你那样相信。"

妻子说着用充满愤恨的眼睛瞪着我。

"亲爱的，请你不要冤枉我，啥事都没有，这里什么事情都没有发生。她是为写诉讼书而来的，她想控告她的男人。"

"我知道了，她是在她男人那里受到了委屈，来找你给她抚慰的？你那么贴心地为她写诉讼书，她是拿什么犒劳你的？你看她楚楚可怜的样子，连衣服都没来得及穿好。"

"不是那样，她是让我看被她男人打伤的地方……"

"你是不是用你那回春的妙手抚摸她了？"

"不，不，你误解我了。她很生她男人的气，可又不想做伤害她男人的事，我看她很不快乐。我们不是邻居嘛，也不能眼睁睁地看着不管，所以……"

"好了，怜香惜玉是人之常情，那你以后就继续为她送去你的怜惜吧。"

"我发誓，我是在无意中看到她的身体……"

"我知道，我全都清楚。"

我越是极力为自己辩白漏洞越多，我在天一句地一句地说个不停。我的话或者是实打实的，或者本来就有掺假的成分，因此前言与后语不符。这难免更加重了妻子的猜疑，在这个家里我成了与邻居女人发生过丑事的背信弃义的男人。从这天起我们平静的生活就被打破了。

真情驿站

　　自从买了小车，远近出行就便利了许多。况且这样的出行也别有一番舒畅。回想起以往旅途中乘坐客车时的煎熬，感觉如今的幸福仿佛做梦一般。豪华的装饰，舒适的座椅，冬暖夏凉的高级空调，想停就停，想走就走，只要不违反交通规则便可畅通无阻。有谁会想到自己能过上这般好日子？那时买私家车对于我等平头百姓来说只是一个甜蜜的遐想而已。从前，每当看到从我们身边疾驰而过、离我们远去的汽车，总觉着这样的生活对我来说简直遥不可及。随着社会快速进步和发展，许多从前被看作不可能的东西变成了可能，我们尽情享受着幸福的生活。

　　小车行驶在山野间蜿蜒的公路上，我沉浸在这无限的遐思中。北边的雪峰似乎与小车相向而行，下方灌木丛中还有哗哗作响的河水相伴，公路两边美好的自然景色令人目不暇接。我这是第三次行驶在这条公路上，要去的是毗邻的城市。本来想走沙井子方向那条高速公路，可一位朋友给我讲述，说这条路不仅距离近，而且沿途的风景十分诱人、美不胜收，我就慕名驶上了这条路。

"驾车行驶在这条路上的确是一件畅快的事情。"朋友夸赞道,"你行驶中会有一种不是在路上行驶,而是在空中穿行的感觉。"

"然而,凡是自然风景美好的道路,通常路况都不怎么样……"

"你说到哪里去了?如今就连农民上田地的路都铺上了柏油,何况那还是条大型公路。"

"照你这么说,我哪次走一次看看。"

"保准会让你流连忘返的。"

"既然你把它说得这么棒,那好,这次就走这条路。"

第一次行驶的时候,因为对这条路的沟沟坎坎心中无数,没有太敢分散精力去观赏路两旁的风景,即使如此也深信朋友所说的话是千真万确的。这是一处在背旮旯儿的专用道路,沿着它去毗邻的城市与走高速路相比要少走八十公里的路程。于是我只要去毗邻城市就开始走这条路了。一来二去,我对这条路诸如弯道、山口斜坡等路况也心中有数了。汽车以正常的速度行驶,周围的美景尽收眼底。

这次是因工作上的事而去毗邻城市的。我返回的时候再次行驶在这条路上。因为沿途有美丽的自然风光欣赏,我行驶了三个多小时也全然不觉。现在虽说是七月,天气热得像蒸笼般的时节,但是山里的空气清爽,又有流淌的河流紧贴着道路,盛夏酷暑的滋味此时体会得不怎么明显。只是稍有些困顿的感觉,但是我并不想停下来。因为已经离家一个星期了,心里想着早点赶回家。过一会儿便可翻过路南边那座山,它的背后就会出现零零落落的农家小院,接着就进入了宽阔的原野,河流也会离我远去。这边几乎全是旱田,旱田与旱田之间是长满灌木的盐碱荒野地。由于缺水，可以看到四处都是枝梢干枯了的树木。再行驶一小时左右，就会经过一个小集市，我想在那里停下来休息和就餐。

我着实有点困乏，但仍强打精神继续行驶。可是不管如何变换坐姿，原本轻便的方向盘在我手里都感到愈来愈沉重，眼皮也不由得一阵儿一阵儿地闭合着。即使如此，我依旧没有一点停车休息的想法。凭借几年的驾驶技术和感觉，我继续向前行驶着。迷糊中，我突然意识到车好像正在向一边倾斜，顿时吓得我睁开眼睛。可惜，已经晚了。以六十公里的时速行驶的汽车，待我清醒过来时，已经偏离了公路，正在向下面的灌木丛俯冲而去。惊慌中失智的我一下子就傻了，根本不知道如何操作装置了，只能随汽车像脱缰的野马似的向任意方向乱撞一气。幸好前面有一堆又一堆的高垄挡住了汽车的去路。汽车轰鸣了片刻之后，发动机自动熄火趴了下来。我被这突如其来的一幕吓得手脚瘫软，直到扬起的漫天尘土平息好久，还像木偶般呆坐着未敢下车。我也不知自己是完好无损还是已经受伤，过了好长时间才感到四肢来了点劲。这才打开车门在战战兢兢中艰难地走下车来。我把全身上下仔细看了一遍，各处都好好的。只是汽车的前叶板被撞破了。从那么高的路基上俯冲下来没有造成太大的损伤，算是我的造化。我这才瘫坐下来开始抽烟，让恐慌的情绪平缓一些。站起身来朝四周张望，我觉得从这里把轿车弄上去不太可能。除非有一辆车在前面牵引。但是处于这样偏僻的路段怎么会有牵引车经过？我心里明白，如若打电话求救，最起码也得有三个小时的路程，而且雇佣牵引车的租金肯定很贵。交规中有关于不准疲劳驾驶方面的严格规定，然而我在执行中忽视了它，最终让自己吃了大亏。现在说什么都已于事无补，再怎么说也不能把花了好几万元买的车遗弃在这里。唉，原承望赶时间到一个安适的地方休息并就餐，哪知道却吃了这么大的苦头。

我像个傻子似的围着车转了一圈，脑子里想不出任何良策。若站在远处眯起眼睛朝这里看，从蒸腾的热气就不难想象这里会热到什么程度。现实情况是，空气中飘浮的盐碱气味再加上炎炎烈日照射在身上，令人感到如同放在蒸笼中的馍馍般憋闷和难以忍受，片刻之间，我浑身上下便汗流如雨，呼吸异常困难。现在别说吃饭，就连上路前携带的唯一的一瓶矿泉水也早已瓶底朝天了，当下除了咬紧牙关忍耐之外别无他法。我隐约看到，距这里稍远点的荒野边上有几棵大一些的树，为了盯人和躲避阳光直晒我便朝树的方向走去。其间路上有几辆轿车从我身边经过，但人家对摇摆着手的我全都视若无睹地疾驰而过。在如今人与人之间爱心变淡的世风下，有谁会因别人的事情给自己添麻烦？最后我实在招架不住烈日的烤晒，只好就近来到一棵红柳前坐了下来。但是红柳的阴影仅能略微抵挡一点阳光的直射，而对从盐碱地散发出来的刺鼻的气味和地面上发烫的热量却无济于事。

突然间，从附近的灌木丛中传来了一阵飒飒声，我像害怕某个凶猛的野兽从中冲出来似的从坐着的地上弹了起来。只见一位穿着褪色的衣服、古铜色皮肤的老人从灌木林中走了出来。他的手指像打来的红柳柴火似的纤细并呈紫红色。他的出现让我不由得想起孩童时代听到过的关于荒野里拦路抢劫的故事，但是在太平盛世的时下那样的情况绝无可能。我为自己荒谬的想法感到好笑并毫不踌躇地朝老人跟前走去，与他握手问好。

"怎么，你偏离道路了？"老人朝轿车扫视了一遍后说。

"就是。"我附和道，没有心情说多余的话。

"你这像是开车时睡着了？"他微笑着说。

"是的。"我实话实说。他未到之前，我坐着的时候就对自己非常生气。

"还好，没出什么大事，"老人拍打着粘在肩膀上的芦苇花说，"只要人好好的，别的都不是什么大事。"

我未吱声。此时，我满脑子萦绕的都是如何把车从这里拖出去这件犯愁的事情，心境别提有多糟糕了。虽然在这荒郊野外有一个人出现在我的面前，但是我心里觉得他并不能给我提供任何我所需要的帮助。所以我别说喜出望外了，心情连一丁点也没有好起来。

"眼下你打算怎么办？"老人问。听了这话更让我生气了。我感到他像是特意过来讥笑我似的，转而朝他怒目而视。他看我对他的话没有回应，便用手拍打着我的肩膀。

"小伙子，不要紧。走，到我的棚屋去，先喝点水解解渴，休息一会儿，然后再商量剩下的事情。"

不言而喻，这时的我已经渴得眼睛冒火星，嗓子也在冒烟，肚子也饥饿到难以忍受的程度。但是将车丢在这里不管我又放心不下。老人看到我正注视着自己的车，便笑了起来。

"行了，你不必为这铁公牛担心，就让它暂时在这里睡一会儿，啥事情都不会有的。"

我目不转睛地望着老人，他的眼睛里流露出来的是纯朴真诚的感情。我一下子窘迫了起来，开始为自己的多疑而感到内疚。灾祸临头之时，如果有人能来拜望并说句暖心的话，人们常常会觉得恩重如山而感激涕零，然而我现在却好像在怀疑这位老人对自己的出事车辆存有歹心而对他心存戒备和怨气。岂有这样的待人处世之道？

他明白我的心思，微笑着露出满嘴仅有的几颗牙齿，眼睛里仍旧是如此的质朴和真诚，流露出慈祥的表情。

"可以看得出你好像是一位经历过风风雨雨、见过世面的人，我觉得在路上出点事也是常事。说心里话，你人没有出麻烦，好好的，这真是不幸中的万幸。没关系，一个人突然遇到灾难哪能不慌神呢？"

"嗯，我……"

"走吧，还是早一点到我的棚屋去吧。"

我紧跟在老人后面，走在他从灌木丛中开辟出的小路上。尽管小心翼翼，但刚走几步脸就被红柳树枝划破了。划伤的地方像针刺般疼得我几乎无法忍受，因心里怀有对老人的愧疚，硬是咬着牙没有吱声。

在深一脚浅一脚中穿过几片灌木丛。不知走了多长时间，突然觉着有与前面盐碱地和灌木丛中飘溢出来的气味不同的奇异熏蒸味扑鼻而来。刚开始判断不清它是甜蜜还是苦涩，后来我的嗅觉开始渐渐恢复了过来，分辨出它似乎是哈密瓜的气味，但是对此又不敢完全相信。出了茂密的芦苇丛后，一望无际的哈密瓜田像幻境般突然出现在我的眼前。没错，刚才闻到的气味的确是从这里弥漫到空气中的。其实，老人所说的棚屋并不是什么房屋，而是这片瓜田里的瓜棚。瓜棚用芦苇和红柳枝搭建而成，棚内架着白纱布蚊帐。老人邀请我进去。我刚走进去就不由得瘫坐在床上。这时，由瓜田飘进来的诱人的香甜的气味，像催眠药似的让我很快进入了甜蜜的梦乡。同时这种气味又把我带到久远的回忆中……

清晨，瓜秧上金黄色花儿像星星般闪闪发亮，瓜叶上像圆月一样美丽的露珠儿正忽闪着眼睛偷看着躺在地上的哈密瓜。整个瓜田里弥漫着好闻的气味，我的心都快要被融化了……不，我整个人都沉醉在这好闻的气味中。裤脚被打得湿漉漉的、胳肢窝夹着哈密瓜的老人正朝我跟前走来……

"孩子,快来尝尝我种的哈密瓜!"

我赶紧睁开眼睛。老人正将手里的两个哈密瓜往床上放,它那好闻的气味让我的周身都感到甜丝丝的,嘴唇不由得开始咂吧了起来。老人取下插在瓜棚一个地方的刀子,开始切哈密瓜。我的肺好像想要把所有空气全都吞入似的在急剧增大,贪婪地欲要将哈密瓜的香味不停地收于我的心肺。

"请,来吧!"

我一动不动地坐着,用贪婪的眼神目不转睛地盯着摆放在我面前的哈密瓜。等到老人再一次发出邀请,便急不可耐地像饿狼般啃食开来。在我停下来时,眼前出现了一大堆瓜皮。我真不敢相信自己一个人霎时就把两个哈密瓜给吃光了。我不好意思地望了老人一眼,赶快把头低了下来。但是,老人没有一丝责怪的意思,脸上反倒浮现出一种自豪的神情。他不声不响地从瓜棚走出去,转眼间又抱着两个哈密瓜进来了。这两个哈密瓜与先前的不同,属于别的品种,但其香味依旧是如此浓烈。我也不知道自己今天怎么会这样贪心不足,要不是害怕老人嫌我贪得无厌,我真想把刚抱来的这两个哈密瓜也吃它个精光。

"谢谢您,"我舒服地打着饱嗝说,"除了小的时候吃的哈密瓜不说,这次在您这儿算是我这辈子吃到的最甜的哈密瓜了。"

"只要你觉得中意就成。"老人笑着说。

"如果把您的这些哈密瓜拉到城里,保准会被抢购一空的。"

"似乎没有多余的送往城里。"老人注视着长得齐刷刷的瓜田说。

"为什么呢？我明明看见瓜田那头还有望不到边的白地闲着，都可以拿来种呀，怎么会……"

"那些地村民们都不想放手。"

"您似乎有很多钱吧？"

"这个……我也就是在夏天里图个享受而已，瓜熟后基本上都送给街坊邻居分享了。给钱的话就收一点成本，不给钱就权当是赠品。"

"天哪……"

我摇摇头。这时，我沉浸在哈密瓜甜蜜的味道的刺激中，感到自己像是来到了世外桃源似的。刚才我的车从路面冲下来，那可怕的事故好像只是一个梦，在我的脑海里仅仅残留下一个模糊的记忆。几万元的车还丢在那个陌生的地方，干脆也不去想它了。因为我感到，生活中所经历的许多辛苦，岂不正是为了短暂的快乐、片刻的美丽吗？

人生中所遇到的每件事只是一次经历，原来的情形根本不可能简单地重现。也许有许多经历你并没有细细体味，而当你开始感受时经历早已成为过去。

我连向老人说句客套的话也忘了，在坐着的地方歪着身子就睡着了。很快，便梦见身边前呼后拥地来了许多姑娘，为我轻歌曼舞起来。我醒来睁开眼时，整个瓜棚里充满了哈密瓜香甜的气味，蚊帐外面数不胜数的蚊子在嗡嗡叫着。太阳的余晖洒在那边的芦苇和灌木丛上面。看到这些我觉着简直浪漫极了。我经历了永远难忘也不会再现的一天。我没有理睬这些蚊子，径直走出了瓜棚。抬头看时，只见瓜田里有几个人的背影。我怀着对这片最甜美的瓜田依依不舍的心情，向他们那边走去。

老人虽然上了年纪，但视力依然不错，好远就看见我，并向我打起了招呼："喂，孩子，你醒了？请到这边来！"

我大步流星地走到他们跟前，另外两个人的年龄与我大致相仿。因为刚才睡得太死，我没有发现他们是什么时候到这里来的。

"他们是我的儿子，"老人向我介绍道，"这个大的名字叫阿卜拉江，小的名字叫阿迪力江。来吧，你们先认识一下。"

我上前一步，与老人的两个儿子热情握手。他们俩看上去也与他们的父亲一样亲切、善良。

因为老人先前已将我的情况向他们做过介绍，所以刚一见面阿卜拉江就滔滔不绝地说开了："听父亲说，你的车出了点事故，我们就赶过来了。"

"是的，但是问题不是太大。"我为他们的关心感到欣喜。

"刚才我们已经在出事点看过了。"阿迪力江接过话说道。

"哎呀，打扰了，谢谢你们。"

"不必客气。"

想起我的车后，我的心情不免沉闷了起来。

老人似乎觉察到我正在想着什么，微笑着把他手里的两个哈密瓜给我递过来。

"是不是还在为你那个铁公牛担心呀？"

"我……"

"好了，别担心，刚才趁你熟睡的时候，我跑了一趟村子，把我的两个儿子叫了过来。他们俩还把鼓眼睛的果皮壳也开来了。"

虽然我不太晓得老人所说的"鼓眼睛的果皮壳"指的是什么，但我感到肯定与我的车有关，他们已经为帮助我做了准备。我心里又一次像吃了哈密瓜似的甜津津的。老人领我和他的两个儿子回到瓜棚，把从家里带来的馕和饼子摆到我面前，又切了两个哈密瓜。此时太阳落山，夜幕开始降临。我焦躁不安地时不时地朝周围若隐若现的灌木丛看去，吃饱后向老人道谢并站起身。

"我……我想去车跟前看看。"我不好意思地说道。

"那我们大家就一块儿去。"老人说。我渴望的也是这句话。

我们每个人手里抱着两个哈密瓜，向车出事的地点走去。老人的两个儿子的性格也都很随和、直爽，一路上与我有说不完的话。从他们的话里得知，他们一家人在村子里有五十亩耕地，但是老人却说要来这灌木丛种植哈密瓜。起初孩子们并不同意，后来觉得非要阻止老人做自己想做的事情也不合适，无奈之下便遂了老人的心意。平时两个儿子每隔几天来这里看望老人一次，老人也间隔十天半月回村子一趟。老人的父亲以前在这里就因用骆驼刺根嫁接哈密瓜藤而闻名。老人继承了他父亲的这一技术，培育出了这种独具特色的甘甜醇香的上等哈密瓜。

"村子离这里有多远？"我问阿卜拉江。

"十二公里。"阿卜拉江说。

听到这里，我惊讶得张大了嘴巴。万万没有想到，年迈的老人为了能够帮助素不相识的我，竟冒着异常炎热的天气，步行这么远的路程，特意赶回了一趟村子。

我们像久别重逢的亲人般边走边聊，不一会儿就来到陷车的地方。阿卜拉江用手电筒照着四周，我感到事情有些不寻常。他们白天就已将陷车处的许多隆起的土堆铲成了斜坡。路边还停放着一辆小型拖拉机。直到这时，我才真正弄明白，原来老人先前所说的"鼓眼睛的果皮壳"正是这个小型拖拉机。

我们首先一起把车头撞在土堆上的轿车推到平地上，然后由阿卜拉江把拖拉机发动着，用钢丝绳与轿车连接在一起。虽然天很黑，但在轿车和拖拉机的车灯及手灯的照耀下，四周像白昼一样亮堂堂的。再加上他们先前就已做好了各种准备，没费太多的劳累轿车就被牵引到了公路上。他们不管我愿不愿意，硬是将带来的哈密瓜装进了轿车后备箱里。

"如果可能的话，你从这条路再次经过的时候，欢迎你到我的瓜地来。"老人说。

"当然……像您这样的贵人我会没齿不忘的。"我满怀感激地说。

我本来想给他们以相应的报酬，但又唯恐这样的行为糟蹋了他们一片纯洁的待人之心，便没有那样做。车拖到路上后，我赶快把车灯打向远方。如同就要离开亲人般依依不舍，我回过头与他们一一拥抱告别，整个车内全都是哈密瓜的香味，对我来说好像感到整个世界处处都是满满的甜蜜的爱似的。

我平安地回到了家。坐在家里正为我担心的妻子和孩子们见到我，一直悬着的心终于放下了。全家人像过节似的沉浸在团聚的欢乐氛围中。特别是孩子们品尝到老人赠送的异常香甜的哈密瓜后，更是惊奇地瞪起了大大的眼睛。

"爸爸，这世界上怎么会有如此甘甜醇香的哈密瓜呀？"大儿子拜合拉木说。

"是的。"我的眼前不由得闪现出老人和他两个儿子的身影。

"你这哈密瓜是从哪里买的？"妻子也赞不绝口，饶有兴趣地问道。

"在途中。"我简短地回答道。我害怕他们替我担惊受怕，没有将行车途中所发生的事故告诉他们。

"在什么地方？"妻子刨根问底地问道。

"我记得也不是太清楚，路过一个客店的时候。"

"客店没有名字吗？"

"名字……名字……真情驿站。"我结结巴巴地说道。然而对于随机臆造出来的这个名字，我自己也觉着是如此恰当。我心想，如果有可能的话，我会专程去找到那位慈祥老人的家，向他们好好表达自己对他们的感激之情。

发　现

　　艾比卜拉大哥侃侃而谈的时候，我兴奋的心险些要从喉咙里跳了出来。我的眼前立即闪现出曾经从银屏看到过的神奇画面：探宝者发现了一处像迷宫般的山洞，里面满满当当的全都是金银、玉器和珠宝。钱财是人一生在这个世界上一直向往的东西。虽然许多人称钱财是"身外之物"，似乎给人以超然物外的感觉，但真要碰上发财的机会也决然不会无动于衷的。在钱财的诱惑下有的人会利令智昏，有的人则会相对理智一些。在对待财富上利令智昏的人贪得无厌，理智的人则随遇而安。不管别人是怎样的看法，我都会斩钉截铁地说，我自己喜欢钱。我喜欢为获取钱财而努力探寻、辛劳、追求的那种感觉。

　　我在沉思中定了定神，偷偷看了一眼正与我同样专注倾听艾比卜拉大哥讲述的父亲。他可能也在幻想着关于钱财的事情，沉浸在无限的想象中，做着将来有一天过上肥马轻裘日子的美梦。啊，这个世界上难道会有对财富不感兴趣的人？我觉着没有。尤其在时代快速发展、所有人都在思谋着如何赚到钱的今天，我对此确信无疑，因为经济是发展的命脉。

　　正如所有的人都有自己独特的情趣一样，艾比卜拉大哥向来是这些看不见的宝库的探寻者之一，并且每天都是在这种兴致中度过的。各处的古城遗迹、破墙残壁，深山中人迹罕至的暗洞等，都是他的目标。直白地说他就是个盗墓贼，就像夜间的幽灵或者一辈子都在打洞并在洞穴中生活的地老鼠似的。先前我怎么也看不惯他。居民区的人们也因"为钱财盗古墓搞得灵魂不得安宁"而厌恶他，背地里说什么的都有。但艾比卜拉大哥却满不在乎，多年来持之以恒地做着这件事。从中究竟获取了多少财富，除了他自己之外谁也不得而知，看上去生活与以前似乎没有什么不同。这期间他因其在一些古老的地段里胡乱挖掘，曾两次被判刑入监，然而这种生性从没有改掉。

之后过了许多年，随着时代的发展，世人中紧张忙碌的趋势在加强。不管看到谁的影子都是急急火火的，几乎连抬头看一下是谁从自己身边经过的工夫都没有。与此同时，滋长了人们相互间的疏远和陌生，谁和谁好像都不怎么相干。正因为如此，艾比卜拉大哥也就开始被人们淡忘了。他到底是迷失在哪个山洞，还是在哪处遗迹里折腾，也再没有人关注了。而他也放心地做起了自己的事情。

生活日新月异，银幕上播出的描述一些人在古老神秘的地方探索，以及在那些地方找寻各种各样财宝的惊险故事的影片开始多了起来。更有趣的是，我竟觉得他不是盗墓贼，而是找到了像影片里那样神秘地方的隐藏之门，感到自己就像走进阿里巴巴山洞那样一个激动人心的地方。为此，以前不受我待见的艾比卜拉大哥，如今在我的心里转眼间便成为一个不同寻常且非常有能耐的名人。他讲的关于神秘地方的故事也变得精彩了起来。因为是初次听说，我才知道我们家乡竟然也有类似的地方，心里为自己为什么不早一点知晓而感到懊悔不已。

"有一次，我在凯凯贺妖魔山和奥特贝希乡的鸟山一带转悠，"艾比卜拉大哥继续讲述着故事，"鸟山上有一处小一点的山洞。洞口是被蜘蛛网罩着的，洞里面满是蝙蝠粪便。一看就知道许多年都未曾有人涉足过此地。我举着自己用松香制作的火把慢慢地往里面走。洞内越来越宽，走到里面时出现了很大的像客厅似的空间。我向四周看去，什么也没有发现。这是一个空洞，当我想要马上退出去的时候，眼前突然闪现出一束光。我赶快将火把举高，只见像大腿一样粗的一条白蛇盘坐在一个像锅盖般大的金盘子上，绿色的眼睛里闪烁着阴光。当时吓得我险些晕过去。我平日里不是见到哪怕是一条小不点的蛇都害怕的吗？唉，何况是那么粗的谁见了都害怕的大蛇，可不是早就魂飞魄散了？甚至连火把从我的手里掉在地上也没有感觉出来，自己是摔倒在地还是站着的也想不起来。脑子里唯一想的自己马上就会被蛇吞去。因为这时的我浑身冰凉，已经失去了知觉。

"一会儿，我的耳边似乎响起'你把眼睛睁开！'的呼唤声。我徐徐睁开眼睛一看，地上的火把还在呼呼地燃着。大白蛇依旧在那个金盘子上面。这会儿我由开始的恐惧慢慢转为对那个金盘子的好奇上。这个时候如果换成你难道能不为财富而盘算吗？嘴里说起来或许可能，但如果真的摆在你面前的是价值几百万元的金盘子，你有可能不为所动吗？面对突如其来的巨大财宝，人或者会一下子变傻，或者会在瞬间变得猴精百怪。我就是变傻了的那种。所以就没有尽力打主意，没有为财富不顾一切那种话。如果没有那条蛇，你说那该是多么好的一件事啊！倘若那是一条小一点的蛇，我会顺手捡起一块石头砸过去就完事了，但是这条蛇……如果它张口，会毫不费劲地把我一下子吞进它的肚子。在火把熄灭之前我都还留在洞内。是一天，还是两天，我也不知道。洞内漆黑一团。猛然间，我看到盘坐在金盘子里的蛇对我的兴趣越来越强烈。它仿佛正嗖嗖地朝我跟前爬过来……像是在用冰凉的舌头舔着我的脸，随

发现

247

后慢慢地消失在我头顶上方……"

听着他的讲述,刹那间我觉得自己身上已经在冒着冷汗。我的心不知怎的害怕得嗵嗵直跳。我真想说,算了,你就别再说下去了。回过神一想,他说的只是个故事,我们周围什么样的蛇也没有?这才沉默了下来。

"吓得我正要尖叫,"艾比卜拉大哥继续讲述着故事,"但是我又担心我的尖叫声把蛇招惹得更加动怒。我想起自己脚正对着山洞的入口,于是就开始蹑手蹑脚地向那个方向移动。膝盖被石头划破了,疼得我忍不住想叫唤。即使是这样,我硬是忍着没有让自己哼出一丁点声音。匍匐着最后终于爬到了山洞外面。阳光刺得我的眼睛什么也看不见。过了好长一会儿才慢慢适应了洞外的亮光,好像多多少少可以分辨出方向了,我这才感到所在的位置并不是先前所进的洞口,原来我是从山洞的另一个口子出来的。我的腿部全都是血,裤脚被划得稀巴烂,浑身上下粘的都是蝙蝠粪便。不过,我对此没有一丝气恼。只要命保住了其他事情都算不了什么。感到只有一事心里憋得慌——就是那个价值几百万元的金盘子还在那条绿眼睛白蛇的身体下面。我怎么也想不出办法把它弄到手。我没有把它杀死的胆量和本事。只觉得自己心有余力不足,只能翻着白眼打道回府。当天晚上整夜都漆黑一团,伸手不见五指。可我满脑子旋转着的全都是那个金盘子。近在眼前的东西终究还是没有到手。身后一条蛇开始追逐着我,我在玩着命奔逃。绕着圈儿跑的过程中又遇到了那个金盘子,我想得到却怎么也拿不到手。它的金光刺得我睁不开眼睛,我怎么也想不出办法。我不停地跑……我大声喊叫……黑暗中碰到我手的时而是蛇,时而是那个金盘子。过了一会儿,金盘子又变成了古时候套在囚犯脖子上的枷锁,似乎它就套在我的脖子上,而那条绿眼白蛇就盘在枷锁上盯着我的头……

"次日，我的嘴角便出现了疱疹。连说话的力气都没有，浑身就像散了架一样在床上躺卧了一个星期。然而那个金盘子在我的脑海里总是挥之不去。到了这个岁数我奔波过许多地方，但是一些真正值钱的东西并没有得到。如今好不容易发现一个金盘子，哪知道会有那么像妖魔似的蛇盘在上面。它或许就是守护那些财富的吧。我早就听说过，从前的人将财宝隐藏以后，会铸造一个妖魔来镇守自己的'金库'。那条蛇的模样会不会就是某个妖魔呢？真的，这个从远处也看不清楚。这个世界上神奇的东西实在太多。幸亏有神灵保佑。假如那天我被它吞噬掉，还不早就去了不需要财富的另一个世界了，你说是不是？

"但是不管怎样想，虽说是从险境中逃脱出来，但是那个金盘子没有得到还是非常遗憾的，那种诱惑实在太大了。最后忍不住，我便向相邻居民点的阿木敦老人讲述了这个秘密。

"'兄弟，这个办法很简单，'他听了我的讲述后说道，'蛇是一种喜欢奶汁的生灵。你带上一葫芦奶汁，倒上一碗放在离它稍远一些的地方。蛇为了喝奶就得从盘子里下来，利用这个机会，迅速把金盘子拿走就可以了。'

"听了他的话我的眼前似乎亮了起来，这些天来我像个分娩阵痛的妇女般一直折磨着自己，真是这样的话，早一点向阿木敦大哥请教该多好呀，我心里说。

"'谢谢您，'我道别并表示感谢，'如果金盘子拿到手，我会给你一部分。让你的余生什么事都不做就能过上富足的生活。'

"'那倒没有必要，'他对这些话根本不相信或者一副漫不经心似的样子说，'我还是依旧平平安安过我的日子为好。'

"他愿意怎么说都行，我还得忙自己该干的事情。倘若不抓紧时间，万一还有别的人在我之前找到那个山洞，发现金盘子的话，我即便是用石头砸自己的头也没有任何用场呀。

"我装了满当当的一葫芦奶,套上大车就朝那座山奔去。尽管那座山还在,但是无论如何都未能找到那个山洞。在我的脑子里,直到现在想起那条蛇来都还心有余悸,神经高度紧张。或许那句'宝库消失了,守护它的蛇也跟着转移了'的老话说的是真的。还能有什么办法?只能说我没有得到金盘子的命……"

艾比卜拉大哥从大清早就开始讲,到现在已经困乏不堪了。虽然脸色看上去略微有些憔悴,但因其常年在神秘的地方捣鼓,他的眼睛里闪烁着一束不可名状的光,与我父亲相比脸上的皱纹要少得多,他已经是过了六十岁的人了依然是这样的坚定、自负。父亲虽说与他是同龄人,但在他面前显得要虚弱、苍老许多。

听着艾比卜拉大哥讲述关于寻宝的故事,我的心绪也跟着起伏,时而那条蛇仿佛就在我眼前晃动似的让我胆战心惊,时而自己又像手握某种神器具有制服那条蛇的魔力似的忘乎所以、激动不已。反正不管是恐惧还是激动、幸福还是不幸、兴致还是诱惑,全都是人生的一部分。生命就是这般美好。成天过着乏味的生活有什么乐趣?从来没有遇到过刺激的精神与死水没有两样。

"还……还……有没有新的财富被你发现?"

他像要穿透我的眼底似的望了我好一会儿。

"我所说的这些绝对不是一个童话故事。"

"这个我知道。"

"如果……你愿意与我一起前往那样的地方……难道你不害怕?"

"当然有点害怕,但是……"

"有些忧虑?"

"是的,有点。但是我对此有很强烈的兴趣。"

他张开豁牙的嘴巴笑了起来。

"刚开始时我也很胆小,越害怕越不能回头。我是一个容易冲动的人。这仅仅是因为有财富的诱惑,有时我会因为兴奋得不能自制而产生放弃财宝的念头。兴趣的源泉就在于此。"

我似乎感到他的内心现在又在被某种东西骚动着似的。要想理解一个人很难。我们明知道辣子辣却要吃,虽被辣得嗷嗷叫但却欲罢不能。时而像疯了般找来酒与己相伴,为了唤醒沉睡的幻想,尽管饱受醉酒的痛苦而乐此不疲。我们常常处于恐惧和狂热的诱惑中。谁是谁非怎能用一句话说清楚?所以说感觉是一种重要而又危险的东西。

我是不是正在成为一个盗墓贼呢?

一种冷飕飕的感觉从我心头掠过,我用嘲讽的口吻扪心自问着。

"你怎么了?"

"没什么。"

"是不是觉得我的话有些荒诞?"

"不,不……人有的时候情愿听这样的话。噢,真的,你怎么不回答我刚才的话?"

"什么话?"

"你有没有新的发现?"

他似乎为自己感到自豪,一副扬扬得意的神情。

"有。"

"在什么地方?"

他欲言又止,陷入了深思。

"如果不想说就算了。"

"那倒不是,只是事前就嚷嚷出去不太好。万一……如果你想与我一起干……"

"我现在就是这样想的。"

他正要说什么，父亲插进了话："如果和我儿子一起的话……至于财富嘛并不重要……"

"你们一起去也行，我们是一个居民区的，对你们也没有什么事情可隐瞒的。"

"不，我想说的是，如果我们心术不正的话，我们不会要财宝，会直接走人的。"

父亲的话在我看来有些好笑，但是他在一些问题上考虑得还是比我要周全许多。上了年纪的人知道的事情就是多。

"你们尽管放心好了。"

父亲望着我。我朝他点点头，意思是"您怎么说我就怎么来"。

故事结束的时候已经是中午时分了。我和父亲克制着激动的心情，参观了艾比卜拉大哥被不知什么时候从怎样的废墟里得到的有豁口的土陶锅、奇异动物的头骨、铜币、像青蛙一样的陶塑及许多不值钱的破破烂烂的东西装得满满的神秘的旧屋子后便离开了。我好像不知忘了什么似的，焦躁不安地紧跟在父亲的身后。

我们在准备中过了许多天。一个周末，艾比卜拉大哥领着他的二儿子尼亚孜走进了我们家。

"我们出发吧。"他进屋后还没坐稳就急着催促我们。

"我们出发。"父亲也没有别的意见。

我们带着坎土曼、铁锹、绳子、橛子，还有一大包食物出发了。究竟要到哪里去，只有艾比卜拉大哥知道。他手里还拿着不知哪个年代留下来的玻璃罩子灯。

"艾比卜拉大哥，这都是年代久远的照明用具了，我们拿它做什么？"我讥笑地说。

他只笑了笑没有说话。不一会儿我就被身边咯咯的鸡叫声吓了一跳。我朝四处看去，在这偏僻的雅丹地貌小路上什么也没有。看到我惊慌失措的样子,艾比卜拉大哥开始向我做着解释。

"这个篓子里装的是鸡。"

"哎呀,天哪,大哥,我们去寻宝带着鸡干什么?"

"用得着。倘若真的开挖宝藏就得在现场用它来血祭。"

"原来还有这种讲究啊。"

事情在充满神秘色彩的氛围中进行着。我的心里充满着遐想,一个神妙的地方正向我们张开双臂,里面有着无尽的财宝和新的生活憧憬。这种画面一个个地在我脑海里闪现。尤其是当进入神秘的洞穴时,心里的焦虑、恐惧、兴奋,这复杂的感觉,着实令我激动不已。

走了半天的路,我们来到一个一边是悬崖、上方有一堆堆近似穹状的土丘、看上去非同寻常的地方停了下来。然而,这里既不是山,也没有所谓的山洞。我有点垂头丧气。下面宽阔的河流和像绿地毯似的夏牧场格外显眼。

我们把包裹行装放置在稍远些的一棵独立的分杈的杨树下面。

"艾比卜拉大哥,这里真的有宝藏吗?"我垂头丧气,继续着刚才的疑问。

"是的,六十年前一个叫加马力丁·麦合苏提的人拿到了记载着关于这里有宝藏的资料。据资料记载,这些土丘的下面有一座金库,金库里有四十口装有金银财宝的带耳朵的大锅。加马力丁·麦合苏提因为开挖金库的人力不足,便想法子挖了一条水渠往这里引水。"他把目光投向分杈杨树方向依稀可见的沟渠痕迹说,"但是水并没有如他所愿流到这边来,而是流到那里后就直接冲到了悬崖下面。"

中间果真有一道被水冲刷过的深深的沟壑,看起来与艾比卜拉大哥所讲的相符。

"照你所说，这里真有财宝了？"

"是这样的。"

"这里有个地下城？"

"我们先来挖吧。"艾比卜拉大哥爬到高丘顶上就抡起了坎土曼。下面立刻传来了砰砰的回声。"你看！你看！"艾比卜拉大哥兴奋地说，"里面有洞穴的地方发出来的声音就是这样的。"

我也来到他跟前，抡起坎土曼在土丘上面试着刨了几下。果真发出了这样一种声音。

"我们从哪里开始挖？"

"就从那个沟壑中开始挖，在那里挖可以直达土丘的下面。"

我们像电影里看到的挖地道那样从沟壑里开挖了。

"让我来先挖，"父亲挽起衣袖说，"人民公社那会儿，我可是挖地道的能手。"

坑道所挖的高度大概是一个人站起身碰不着头的样子。我们兴致勃勃地往前挖掘着。我感觉面前似乎马上有一个大门将要开启，眼前遍地都是散落的闪闪发光的金银财宝似的。而我自己就像电影中看到过的探宝者似的。但是我们挖了一天，静悄悄的，又挖了一天，还是静悄悄的。四十口带耳朵的大锅连一口都还没有找到。我们的热情开始有点消退，我们抓坎土曼的手裂了，腰又酸又痛，脑袋被照明灯的烟雾呛得开始疼痛。我想使用自带的手电筒，可是被艾比卜拉大哥阻止了。据他讲，倘若用现代的用具挖掘地下金库，金银财宝就会跑掉。尽管我不太相信，但出于尊重他丰富的经验起见，我也就没有坚持。

"有一次，我走进了凯凯贺妖魔山的山洞。"艾比卜拉大哥说。他这显然是在为精神不振的我们鼓励士气。那天我要打退堂鼓的时候，他就不停地讲着故事给我听。

"说真的,那天我忘给你讲这个故事了。"

艾比卜拉大哥满脸堆笑地继续讲道:"传说中这座山原本是一座城市,是那个叫作凯凯贺的妖魔给它施了一种神奇的妖术。不言而喻,这个山就好像是一个用高墙围起来的城堡似的。如果你静静地坐下来仔细听,似乎可以听到人们的嘈杂声、哈巴狗崽子的狂吠声,还有马儿的嘶鸣声。在这座山的正西面有个山洞。尽管许多人试图钻进去,可是都以失败告终。我最后还是成功地进了山洞。我走过几段阶梯便开始向下方走,再继续往里面走,眼前忽的亮了起来。在像文艺工作者跳舞的舞台般的几个台面上,排列着不知什么年代留下来的泥塑,各个台面之间也不知是钻石还是珍珠,反正是用闪耀着夺目光彩的石头打造的小路连通着。泥塑前面摆放的平盘上,全都装的是明光锃亮的金银珠宝。啊,这就是大家所说的财宝!不仅我一个人,就是我们全村的人一辈子也花不完。我突然发现自己似乎并没有因此而兴奋不已。所有的人无疑都向往富足,然而拥有不计其数的财富,过着万事不求人的生活,那有什么乐趣?人类似乎不是像动物那样仅仅图吃图喝来到这个世界的。

"我在洞内转悠了好长时间。我根本想象不出人们为何常常把财宝埋藏在这样的地下。在这个世界上,有的人为了财富而失去了自己的生命,还有的人为了财富而图害别人的性命。然而那些财富终归对人是不讲信义的。财物与人相比,寿命要长久许多。如此看来,人们对财物应该目不斜视才合适。但是我们在生活的揉搓中,不得不将自己的手伸向财富。

"我控制着自己的贪欲,从泥塑前的平盘里拿了少量的金币回头便走。可是万万没有想到,我刚一迈上台阶,就听到震耳欲聋的响声,面前出现一扇石头门堵住了我的去路。我当时便被这突如其来的隆隆声吓得灵魂出窍。我觉得生命是如此美好,在生命面前财宝算得了什么?我走进这里图的是什么？难道我现在要陪着这些不值得的财宝永眠于这个黝黑的洞穴吗？

"我流下了悔恨的泪水。像我这样瘦弱的人根本没有打开这扇石门的能力，即便是用头去撞石头也毫无用处。这样躺着等死是如此恐怖和痛苦，我生气地将手里捧着的金币一个不留地掷向远方。突然石门嘎吱一声自动开了，这真是个出乎意料的奇迹。我踏着台阶向上面走。我为自己能够活着出来而感到无比自豪、欣喜若狂，昂起头大声欢呼着这一胜利。我就是这样做的。整个洞内久久回荡着我的欢呼声。突然我才想起，这么多的财宝我好像没能拿出来一丁点，这里实在是个难以捉摸的地方。

"为了验证自己的见解，我回头又下了台阶，重新拿了少量的金币来到石门的位置，石门又像先前那样紧紧地关着。而我不再像上次那样害怕。连续反复做了几次，情况全都相同。虽然我看到了那么多的财宝，但一星半点东西也无法带出去。这就像一个梦、一个幻觉或者编出来的神话故事一样。我'天哪天哪'地叫喊着。我感到自己如同一个魔术师正在玩着把戏似的……"

随着坑道越来越深，挖掘变得更为困难。因洞内空气稀薄，时而憋得人连气都喘不过来。我们听着艾比卜拉大哥讲故事，把手里的活停了下来。

"你们这是累了吗？"他似乎感到自己所讲的故事太悲凉，用一种软乎乎的声调说。

"没有。"我对他说，然而说真的，是有些困倦。在后面把掏出来的土往洞外运的尼亚孜，脚下的虚土已经掩没到他的膝盖处。

"快了，目标近在眼前了，"他从我刚刨下来的土中用手一撮说，"连薪炭、白灰，还有陶器的碎片都出来了，土也比先前松了些。由此可见距离大锅不远了。"

我也仿照着他用手捧起一把土观察,土里面果真有他所说的那些东西。与此同时我开始被一种忧虑感弄得心绪不宁。四十个带耳朵的大锅应该不是小东西。如果挖掘中突然一下子被挖开,掉进那个地方将会发生怎样的事情?或者也像艾比卜拉大哥那样撞入一个有妖魔施妖术的地方,永远也出不来化作泥土也完全有可能。

"那么……我们稍挖慢一点。"

"不,还是应该加快进度才好。不然的话如果有谁过来,半途插入进来与我们纠缠着乱挖一气,那麻烦就大了。"

"能有谁会与我们纠缠呢?这里可是一处尘封很久的遗迹啊。"

"什么事也不好说,这会儿还是尘封已久的遗迹,可洞外已经堆有我们挖出来的新土了啊。"

"那我们就继续挖。"

我们挖着,如同地老鼠或者电影《地道战》里的农民游击队员似的不停地挖着。地道掘进深度已达三十多米,但还没有一点大锅的踪影。这时我失望的情绪开始抬头。渐渐感到这极有可能是艾比卜拉大哥给我编造的故事,只是想用这样的假话骗我们来给他帮忙罢了。在盐碱土气味的作用下我五内烦热,手指也开始裂出道道血口子。这天晚上差不多子夜时分,我们就在坑道内躺下来睡觉。艾比卜拉大哥和尼亚孜刚一躺下就打起了呼呼的鼾声。我虽然很困却怎么也睡不着,脑子在胡思乱想,心里乱糟糟的。不一会儿艾比卜拉大哥的鼾声停了下来,他哼哧哼哧着起身朝外面走去。或许是他正在闹肚子。在这乌黑的夜里我突然听到猫头鹰恐怖的鸣叫声,被吓得魂都快飞了。过了不长时间坑道里出现了一种哼哧声,伴随着沉重的脚步声。我想这一定是艾比卜拉大哥回来了,便翻身面向洞口方向躺着。蓦然间在黑暗中我看到像燃烧的火种般的两个火苗向洞内移动，惊得我全身都冒着冷汗。常听老人说狼的眼睛就像这种燃烧的火体一样，难道……该不是这废墟中有狼出没？即使如今狼对我们来说已经成为一种传说中的动物，自我懂事到现在从来未曾听哪个人说亲眼见过狼，我还是浑身打着哆嗦，心都提到嗓子眼了。我就像马上要咽气的人似的四肢一下子瘫软无力，感觉自己正在沉到虚土里面。凶猛的野兽正在瞪着火种般的眼睛，张着血盆大口，嗥叫着慢慢地向我靠近。

"我的妈呀，狼来了！"

我突然发出这样的惊叫声。躺在我身边的父亲惊讶地抬起头，先四处张望了一遍，然后用关爱的眼神看着我。

"孩子，怎么了？怎么不停地喊叫着狼……狼？狼在哪里？"

我听到父亲的声音便来了劲，顺手一把将身边的坎土曼抓到手上。

"爸爸，那儿……那儿……就在那里，它……正朝这边走来。"

父亲手里也握着一把铁锨。

"喂，艾比卜拉、尼亚孜，你们赶快起来！有狼进坑道来了。"

"爸爸，艾比卜拉大哥出去了。"

"那……"

"斯迪克，狼在哪里？"

我听到刚刚走到我们身边的艾比卜拉大哥的声音，就更加恐惧了。黑暗的坑道像巨蛇的肚子般恐怖，并且全身散发出恶臭味。这中间油灯点着了，坑道内有了微弱的亮光。我用充满惧怕的眼睛惊恐万状地望着四周。除了我们四个人之外连狼的影子也没看到。

"这是怎么了？"艾比卜拉大哥问。

我想说话，但是舌头一时笨得转不过来，连说话的气力也没有。父亲替我回答道："刚才我儿子说，他看到一只狼进来……"

"这一带没有狼。"

艾比卜拉大哥望着我，说话的语气似乎非常肯定，来到我身边就坐了下来。他手中的油灯放出淡蓝色的光。我擦着额头上的冷汗看向他时，心不由得"怦"地跳了一下。他的眼睛与我刚才看到的燃烧的火种一样，脸上就像是罩着一副假面具一样，牙齿龇在两个嘴角的外面。

"艾比卜拉大哥，你……你……"

"噢，啥事也没有。刚才我闹肚子……"

我现在说什么都不合适。要么是我的脑子出了毛病，要么就是这个地方有什么事情。都怪自己，都怪自己轻信了他讲的故事，鬼使神差地来到了这个鬼地方。

我的脑子里全都是那个施了魔法似的的神秘地方，极力想把那个隐藏有不计其数宝藏的宝库忘掉。心里盼望天快点亮，以便在明天离开这里。我不能成为像艾比卜拉大哥这样的盗墓人。如果差点死在那样的人所不知的充满恐怖的地方，发生那样的不可挽回的后果，那可如何是好？

我用上衣蒙住头躺着。

"都起来，都起来！"

我听到呼喊声抬起头往外看时，天已经亮了，太阳正把温暖的阳光从洞口照进坑道内。我赶快把目光移向艾比卜拉大哥，他眼睛里的火种消失了，脸色也与平日里无异。他正蹲在洞口处的一块石头前，埋头修理着卷了刃的坎土曼和铁锨。

"兄弟，你昨天晚上怎么了？"

我呆滞地站着不知道说什么才好。

"你好像说是看见什么东西了？"

他这样说着，就以一种不可捉摸的微笑看着我。尽管我尽力想将他昨晚的样子再现于眼前，但是紧张的神经没有容许这样的画面出现。我蓦然间对多年来生活在同一个居民区，却又丝毫不知底细的这个人产生了困惑。他究竟是人还是魔鬼？虽然与魔鬼不太一样，然而因为长年累月在旧的遗迹中与人的骷髅打交道，那些死者的魂灵会不会附在他的身上？对此有谁能说得清楚？

现在我在这里继续挖下去的意愿已经荡然无存。中午快要开饭的时候，我示意父亲跟着我一起到下面的河边去取水。

"爸爸，我们得离开这里。"我与父亲并排走着说。

父亲稍有些惶惑，好奇地望着我。

"为什么？"

"我感到害怕。"

父亲对我微微一笑。

"你先前的那种兴致似乎没有了？"

"我感到这好像不是什么善事。"

"孩子，你这样说总该有个理由吧？"

"没有理由，但是我心里有一种不祥的感觉。"

父亲紧锁着眉头，回头朝一堆堆小丘看了看后将手放到我的肩上。

"孩子，我只是为了你才来这里的，如果你心里产生疑惑的话，那我们就走。人不能做违背自己心意的事情。"

我很高兴获得了父亲的全力支持。老人们常说，"喝开水，人放心"。我原本就是一个愿意过平静生活的孩子。虽然会醉心于自己的一些爱好，但从来没有冒险做过像艾比卜拉大哥这样的让人提心吊胆的事情。

我们以粗茶和干馕作为午饭，吃过之后我们向艾比卜拉大哥表示歉意道："艾比卜拉大哥，我们……我们……我们现在想回去……"

这突如其来的决定让艾比卜拉大哥十分纳闷。他又是用无神的目光望着我父亲，又是用央求的眼神望着我因受昨夜的惊吓还未完全消退红肿的眼睛。

"怎么会……或者昨天晚上……"

"我们对这种事情不在行，还是回咱们居民区平平安安地当自己的农民要好一些。"

"当初你们要来时可是一点都不含糊的啊……"

"你说得没错，但我们现在厌倦了。"

"差一点就……用不了几天我们就能找到带耳朵的大锅，奇迹马上要出现，用不尽的财宝……玄妙的地下世界……"

"好了，这些事情还是你自己做为好，我们真的不适合。"

他又一次长长地叹了一声气。

"算了，你们非要走那就走吧。我们父子俩是要做到底的，我做任何事情从来没有半途而废过。"

"那我们这就走了。"父亲说。

我们回家后便开始做自己的事情。那件事情便开始像一场短暂的梦似的在我们的记忆中渐渐地消退了。之后约莫过了十多天，偶然间听说艾比卜拉大哥的妻儿们正在四处寻找他们，但是谁也没有跑过来向我们打听。或许艾比卜拉大哥为了严守秘密起见，没有把我们去寻找财宝的事情告诉给任何人。我们也没有给别人提起过这件事。

"会不会是艾比卜拉在挖土过程中遇到什么不测了？"父亲担心地说。

我也同样忐忑不安。刚开始我们兴致勃勃，后来我们把他丢在破败的遗迹自己回来了，这种做法实际上也是很不人道的。

"该怎么办？"父亲向我投来期待的目光问道。这时，一种问心有愧的感觉折磨着我。

"那我们试着悄悄地到那个地方看一看。"

"也行。"

我和父亲走了大半天，重新来到那个破败的遗迹处。坑道口已经沉降硬化。看来他们似乎早就从这里离开了。

"他们走了。"父亲说。

"您说得好像没错。"

我们转身准备返回，突然好像听到地底下有一个声音似的，受此惊吓我们立即停下了脚步。定了定神后父亲来到沉淀硬化的坑道口仔细察看。

"里面好像有人。"

"什么？"我也试着把耳朵贴在地上静静地听，真的有正在挖土的声音。有着几天挖坑道的经历，那种声音对我们来说已经熟识了。

"这究竟是怎么回事……"

"我也不知道。坑道口堵塞得这么严实，如果他们在里面的话，按理说早就窒息而死了。"

"是的。爸爸，我们现在该如何是好？"

"我们把坑道口打开。"

幸好我们早有准备，在来这里的时候随身携带有一把铁锹。我和父亲人歇工具不歇轮换着挖土。因为土比较虚，所以挖起来很快。不一会儿夜幕就降临了，我们既没有带铺盖，也没有带干粮。在漆黑的晚上只好靠在松软的虚土上休息。新挖的土有一定的热量，倒也安适。但在我们休息的时候身子下面仍旧不停地传来挖土的声音。

第二天我们继续掘进了半天，奇怪的事情出现了，我们越向前掘进，坑道内的土质越坚硬了，像是从来没有被开挖过一般瓷实，单靠铁锨已渐渐挖不动了。我们的方向也没有错呀，这正是我们十几天前挖过的地方。我们的下方有人正在挖土的声音也听得清清楚楚的。

"这是怎么了？"父亲疑惑不解地说。

"会不会是他们从别的地方重新开挖了？"

"也有这种可能。看样子我们这是白忙活了一场。"

我和父亲在一堆堆土丘上地毯式地仔细察看了一遍，并没有找到新开挖的坑道口。只能听到一堆堆土丘下面有铁锨或者坎土曼插进坚硬地层里的掘土声，并且这种声音一刻也不歇息。

"这个地方好像有鬼。"父亲面无血色地说。

我想起了那天晚上的事，我的心不安地咚咚跳个不停。它是变成艾比卜拉大哥模样的鬼，还是艾比卜拉大哥变成了鬼一样的人呢？

从当今的现实世界上找不到这个答案，并且人们对这类事也持不相信的态度。它一会儿像是神话，一会儿像是幻觉，一会儿仿佛是场噩梦似的。

"我们回家。"父亲说，他好像害怕了。

我们回来后又过了十几天。什么地方也没有得到艾比卜拉大哥的音讯。夜里我时而会做噩梦，梦见一排排金砖把埋在地下的宝库塞得满当当的。只要伸手从中略微拿取一点，四周便会响起轰隆隆的山崩地裂声。从裂开的地缝中冲出来像长虫一样的怪物向我发起进攻。我浑身冒着冷汗喊叫着从睡梦中惊醒。

"我们试着再去那里看一看，孩子。"有一天父亲说。我的心也正处于烦乱中。只要想起艾比卜拉和他的儿子被埋在地下，我就心酸得不能自拔。但有时对他们真的会被埋没而产生怀疑，也试图为自己的这种想法寻找到让自己信服的证据。

我们重新来到一堆堆土丘跟前时，那里已经整个被白草所覆盖，很难发现坑道口的位置。也不知道这么多的白草是什么时候出现的。它的叶子像白兔崽子身上的毫毛似的毛茸茸的，在风中轻轻地摇来晃去，随着风力不断增强，叶面上的浮尘随风缓缓向土丘之上的大气空间飘移，并向四周轻轻飞扬。

"你听。"父亲突然紧张地提醒说。

我俯身贴着地面静听，土丘下面有人掘地的声音，听起来是如此的清楚并富有节奏感。

"爸……爸……这……"

"我们走，快……快走。"

我们好像有谁从背后追过来似的在恐惧中往下面走，耳边还不停地回响着掘土的声音，它一会儿像大地心脏的跳动声，一会儿又像地球自转轴发出的咯吱咯吱声。

甜蜜的云朵

　　一对年轻的夫妇领着约莫四岁的女儿来河边的景点游玩。这是全市最美的一个去处。要说以前,这横穿全市的河道无人问津,随意乱倒的垃圾和随河水流下来的污物成堆,令人生恶远离。近几年,政府大力整治河道及两岸,种树种草,使其面貌焕然一新,变成了人们休闲娱乐的好场所。河岸种有绿油油的草坪,每隔一段还布有圆形、心形和五角星形的花坛。争相开放的各色花儿绚丽的色彩给人一种不断向周围散射魅力倩影的美感,使人眼花缭乱。一条条大理石铺成的小路蜿蜒着通向各处。

　　年轻夫妇领着女儿沿着蜿蜒小路走到水渠边的椅子坐下来。天很热,火辣辣的阳光烤得人似乎要掉一层皮。尽管景点树种了不少,可才种不久,树梢还没长出来,树荫不大,根本谈不上乘凉。只有从水面散发出来的湿气给人带来一丝凉意。

　　夫妇俩坐在椅子两边,把女儿夹在中间,坐下来休息。稍过一会儿,丈夫抬起胳膊放到椅子靠背上,接着又把手慢慢伸到妻子的脖子上。妻子忸怩了一会儿,就欣然靠近丈夫了。此时,他们激情澎湃,其热度恐怕远超炽热的酷暑。小姑娘感到被挤得难受,轻轻抬起头,看着父母怪异的举止,又把视线转向了水流湍急的河岸边。夫妻俩夹着女儿偎依在一起,就像在炽热的阳光下熔化的糖块。小姑娘怕被挤下椅子似的更用力地抓住了父母的衣襟。离椅子稍远的地方竖着一块广告牌,画的是一群松鼠、身体黑白相间的熊猫和一群色彩斑斓的蝴蝶睁大双眼瞅着头顶上空飘着的云朵形的巧克力的情景。这幅对大人们来说针对性不强、内容也不怎么样的广告画,在小姑娘眼里却显得很特别。因为画里有她喜欢的动物。她开始专注地看起来,她发现下面还有一只若隐若现的乌龟。小姑娘就像不经意间找到了她喜欢的宠物似的沉浸在快乐之中。突然,她觉得画中的动物动起来,不由自主地舔了舔嘴唇。

"我也喜欢巧克力。"女孩低声细语,可她父母没听见她的自言自语。

小姑娘被挤得更甚了。在她看来,脚下的大理石犹如深渊的崖边,令她恐惧。她慢慢放开了紧紧攥住父母衣襟的双手,广告牌似乎也离她更近了。她伸出手想抓广告牌,却碰到了松鼠显得比身体还大的毛茸茸的尾巴。小姑娘蹑手蹑脚地抓住了松鼠的尾巴。松鼠霎时一惊,接着瞅一眼天真的小姑娘,也就安静了。在松鼠眼里,小姑娘就像自己一样,是只可爱的松鼠,于是便欣然接受了。女孩惊奇地抚摸着它,在她头顶上空飘浮着一朵朵各种彩云形的巧克力,小姑娘再次舔了舔嘴唇。这时,小姑娘的手好像被拽了一下,被挤得更紧了,广告牌也开始轻晃起来。"它们会不会走开?"小姑娘不由得担心。她想问问父母,想请父母帮她挽留,可她想起父母刚才的怪异举动也就作罢了。小姑娘更动情地抚摸松鼠的尾巴,慢慢把它拉到跟前。现在广告牌离她更近了。她似乎能清楚地听见熊猫哼哧哼哧的呼吸声和松鼠那嗑瓜子似的啃食声。小姑娘想离开座位走到它们中间,可她从两边被紧紧地挤着动弹不得。

这时,一只松鼠轻巧地跳到她的膝盖上:"你从哪个林子来的?"他向小姑娘眨眨眼说。

"我……我……不住林子里,住在那高楼里。"她结结巴巴地说。

松鼠沿着小姑娘所指的方向眨着小眼看了良久后,耸耸肩,摇起头来:"我没瞧见,太远了。"

"不,不远,瞧,那高楼就是了。从我家窗户能看见全市,你从哪儿来?"

松鼠遗憾地皱起了眉头。

"我原住在大山松树林。一天,来了一群人,投下包装亮丽的小包。我们惊奇地从松树上下来翻包。起初,闻到一股怪味。'可能有毒!'一个朋友说。'何以见得?'又一个朋友说。'这味道不对,怪怪的。'大家伙儿嚷嚷起来。这时,一个调皮的小松鼠不管不顾地吃了起来。'不,不要……'大家伙儿没来得及劝阻。他吃过后喜笑颜开。'怎么样?'大家伙儿急不可耐地问。'哎呀……呀,我这生从没吃过这么好吃的甜仁。'他舔着嘴巴说。于是我们争先恐后地争着吃起了那包味道怪异的甜食。那东西确实甜得无与伦比,后来……后来……我们都吃惯了这甜蜜的东西,就不想吃松子了。因为这甜食的诱惑,你也看见了,我们离别凉爽的松树林,待在这艳阳炙烤的地方了。"

"那……你们都成广告明星了?"小姑娘惊奇地说。

"什么是明星?"松鼠眨眨眼说。

"向别人夸耀东西的人叫明星。"

"真是太有趣了。可我不喜欢这名字,整天做这事儿,他们不烦吗?"

小姑娘不知说什么好,没再言语。

"你吃过这东西吗?"松鼠指着飘在天空中的巧克力说。

"嗯，我很喜欢。"

"那你也是因为这东西才到这儿的？"

"不，我和爸爸妈妈来这儿游玩。"

小姑娘说完，就用眼睛余光瞟了一下父母，现今他们脸贴着脸什么都不顾了。

"唉，我走了，朋友们在叫我。"松鼠说着从女孩怀里轻巧地跳进广告牌里了。周围变得寂静一片，炽热的阳光投射到小姑娘的身上。现在小姑娘被挤得忍无可忍了，那广告牌似乎也跟着她被挤压得难耐了。小姑娘好像听见乌龟、熊猫和松鼠难耐挤压大口大口喘气的声音了。她开始后悔跟着父母出来游玩，还不如留在家里看电视或去城西的动物园。不知为什么女孩很喜欢动物，尤其喜欢像广告牌里那种色彩斑斓的彩蝶。然而，那些彩蝶始终不愿飞下来，好像它们不想和女孩说话谈心似的。

小姑娘伤心地静默了。

爸爸妈妈怎么了？举止怎么这么怪？看那些人，都在逗孩子玩呢。

小姑娘被挤得喘不过气来，柔弱的身躯被挤压得疼起来，与小姑娘一样被挤压的广告牌难承重压，"咔嚓"一声折断了。起初，湖水潺潺流出来汇入河水；然后，彩蝶飞出来，松鼠、熊猫和乌龟也开始从被折断处爬出来了。小姑娘刚刚还为广告牌折断惊恐不已，可现在乐从心生了。因为她喜欢的动物们回归了它们真正的家。

"再见，松鼠姑娘。"刚才那只松鼠欢快地跳着说。

"我不是松鼠。"小姑娘回应。可松鼠没听见她的回应，转瞬间不见踪影了。

小姑娘跟着冲去，便从椅子上摔到地上了。小姑娘的父母如梦方醒，猛然抬起头来。

"哎呀，宝贝……"妈妈慌张地抱起女儿说："摔疼了吗？"

"不。"小姑娘说，"你们把我挤疼了。"

妈妈的脸发热泛红了。

"对不起，宝贝。"妈妈道歉说。

这时，爸爸伸手接过女儿。

"摔疼了吗？"

"不。"女孩不耐烦似的重复着说。

"想去哪儿？宝贝。"爸爸说。

"去找风。"

爸爸惊奇地转向妻子。

"这……你想说什么？宝贝。"妈妈也惊奇地说。

"去找风。"

"风在哪儿？"

小姑娘没言语。

"带她去游乐场吧。"爸爸说。

"不，带她去儿童服装店买她喜欢的衣服。"

"也行。不过，还是带她去游乐场玩的好。"爸爸坚持己见。

在他们争执时，小姑娘发现一对彩蝶在花丛中翻飞，就不顾其他追彩蝶去了。彩蝶时而靠近，时而分开，自由翻飞，煞是好看。女孩追到彩蝶停下来，可她没伸手抓，而是饶有兴致地看着。此刻，她也许觉得自己也像一只色彩斑斓的彩蝶。微风轻轻地吹拂着她亮丽的头发。

父母被女儿天真的举动惊呆了。

"女儿是不是有点反常？"父亲不无担心地说。

"不，"妈妈慈爱地望着女儿说，"她很聪明，心思比我们活跃。"

"是吗？"

"是的。"

此时，尽管小姑娘的兴致全在彩蝶上，可穿过花丛时并没有乱跑乱踩，而是小心翼翼地绕过去。那鲜艳的花朵簇拥着抚摸女孩的花裙。远远望去，小姑娘犹如一朵初开的花蕾，渐渐融入五颜六色的花丛中。

梦　游

朋友们坐在一起聊天，谈论起关于梦的话题。

"我从来没做过梦。"赫则木突然说道。

"你这说的是什么话？"伊斯哈克不相信他的话。

"真的，我没有做过梦。"

"那你睡不睡觉呢？"

"当然睡觉，但睡眠不是太好，睡着时什么梦都没有做过。"

"反正我不信你的话。我觉得只要是正常人，就没有不做梦的。"

"也就是说，赫则木似乎是不正常的人了？"

"或许他自己不知道……"

"谁说我不正常呢？我会做的事情你做得来吗？"

"会做事就算正常吗？只有各方面都正常，然后才……"

"哎呀，好了，你们别为一句话争来争去……"

赫则木因生气脸被憋得通红，眼睛像乌云密布的天空般阴冷。我担心场面失控而闹出事端来，没有参与到口舌之争中。但赫则木正在气头上，脸上的每根毫毛都像生瓜蛋子上的绒毛一样痛苦地发着青色。聊天的气氛被破坏后，大伙儿一个接一个站了起来。而实际情况是现在正值农忙季节,平时谁都不愿意将时间消耗在闲聊上,大家今天好不容易偶然碰到一起。可没有想到的是,才聊了不到一小时,竟出现了这种尴尬的局面。

"他们的话你不要往心上放。"我和赫则木并排走着说。

他拍打了一下裤腿上的尘土,摇了摇头。

"我只是说自己不做梦,他们就说出那样的话,这算哪门子的朋友?"

"那些话不必放在心上,他们只是跟你开个玩笑。我们大家在一起的时候,相互拿别人的缺陷开玩笑是常有的事情。"

"不,我感觉他们话里隐藏着别的意思。"

"其实不然,是你想多了。你先说自己不做梦,他们才开始问来问去,如果是真的,这也太……"

赫则木停下脚步,用一种怪异的眼神盯着我。刚刚消失了的憋得通红的表情,"霍"的一下又重新回到了脸上。

"不做梦就不正常了?"

这下轮到我脸红了。我本来是想让朋友高兴起来,反倒说错了话。他那黄褐色的眼睛就像往外喷射着火星似的让我望而生畏。

"我……我没有那么说。"

"不做梦也有错吗?"

"这个,你为什么要问我呢?"

"你说呀,不做梦到底有没有错?"

"我不知道……不……那当然不是错了,或许……梦是做了,可你想不起来了。"

"别说那种绕弯子话。"

"这好像并不是非要刨根问底的事情呀。"

"那你为何不直截了当地回答呢?"

"我又不是对某人某事必须做出判决的法官,你为什么非逼我说出来不可呢？"

赫则木沉默了下来。脸上露出一种非常憋闷的神情。然后长长地叹了一口气，开始往前走。我们肩并着肩，他脸上浮现出深思的表情，我很难猜想出他正在想什么。想起他这个人的生活方式，我忍不住就想笑。但怕我的笑会惹得他的火气更大，只好憋着没有在脸上表现出来。人是个复杂的生物，每个人都有各自相应的性格、举止和虚伪的一面。我们通过观察一个人微笑的表情去认识这个人，是非常可笑的，很难知道这个人的内心世界，甚至会得到相反的结论。也许赫则木不做梦是真实存在的，或者做梦但想不起来。我在晚上也会做很多梦，但第二天醒来后就什么都不记得了。从另一个角度讲，这未必就不是好事。如果人做了个噩梦，会好几天无法从那个噩梦中摆脱出来。与其受噩梦困扰，自己吓唬自己，倒不如忘掉了好。面对现实，会避免许多不必要的忧愁和烦扰。

我们二人边想边走，不知不觉来到了分手的拐角处。赫则木朝他家的方向走出几步后，朝我看了过来。

"刚才我们俩说的话就烂在肚子里好了。"

我没有吭声。我看到他的脸上闪现出一种与方才截然不同的神情，好像正在对我隐藏着什么似的。我疑惑地看着他，漫不经心地把脚尖伸入松软的浮土，做了一个奇怪的造型，迈步走了。虽然猜想到他可能站在原地望了我好半天，但我没有回头。强烈的阳光烤晒着我的脖颈，让我喘不过气来，我被旷野和似火的骄阳所包围。

说起梦来，让我想起了一件有趣的事情。我家的邻居赛莱大叔先前日子过得非常紧巴，家里全部财产就是那三间屋子，还有角落里树枝篱笆打造的简易畜圈里三只长疥癣的母山羊。每天从早到晚羊儿们被饿得咩咩地叫个不停。院子里像农闲季节的打谷场般空荡荡的，连一棵能投下些许阴凉的果树之类的东西也没有。赛莱大叔家有一个与我同龄、名叫热依罕的姑娘，经常来我家与我一起玩。当时我们家院子里栽有很多葡萄，紧靠前廊处还并排栽了无花果树和苹果树，春天里绯红色的石榴花在阳光下把院子点缀得格外好看。到了秋天，熟透了的无花果，让人心里有种像流淌着的清水般的感觉，发红的石榴，老远就映入来人的眼帘。葡萄架上的葡萄如珍珠般闪闪发光，凡走进院子里的人无不抬头仰望，被馋得嘴里口水直流。我们家的房子也装饰得非常讲究，家具齐备，显得与众不同。

　　看到正在与我玩耍的热依罕时不时抬头朝葡萄架上的葡萄张望，我嘴里也不由得流出了口水。我也慢慢溜到葡萄架下，像小偷似的从个头儿可以摸到的地方摘一小串葡萄给她。再大些的葡萄串我也没有能力摘到。我感到父亲是个比较小气的人，在葡萄等水果未完全成熟前绝不准许我们随便摘。等到水果完全熟的时候，不让我们尝一口就全部摘掉拿到集市上去卖了，我们对此只有饱一下眼福的份儿。正因为这个，村子里的人总是开玩笑地说："热合曼洪家的水果是用来看的，不是用来吃的。"但不管怎么说，我们家的院子在美观和舒适度方面在全村是很棒的。后来回头一想，那时我们家的富裕生活主要来源于那些水果。父亲把它们出售掉赚钱，把我们一家人养得像花儿似的。

　　热依罕一走进我家的院子就舍不得回去。

　　"你们家的院子多么漂亮呀！"她稚气的眼睛滴溜溜地转个不停，夸赞说。

　　"是的，中你的意吗？"

　　"中意。但是……毕竟是你们家的啊。"

　　"嫁给我就是你的了。"

　　"走远，疯子，我还这么小。我妈妈说，小孩子不可以说这种话。"

"那你长大后嫁给我吗?"

"不。"

"为什么呢?"

"我要去乌鲁木齐。"

"你到乌鲁木齐做什么?"

"我要到那里上大学。"

"一边待着去,你们家那三间房子,连个前廊都没有,你拿什么读书呢?"

热依罕听了我的话,撇嘴愣在了那里。好像在为美好的愿望能否实现而忧愁,颤悠悠的泪水开始在眼眶里打转。

"你……你……别去乌鲁木齐不行吗?"

"不,我一定要去。"

"你一个人去的话,就不怕贼把你偷了?"

"那你也去好了,我们一块儿去上大学。"

"我……我不知道,我害怕。"

"哼……你算什么男子汉?"

听了这话,我羞愧得满脸通红。从大人们的嘴里听说过,乌鲁木齐是个大城市,距离我们非常远。可我从来没有想过去那里。实话说,听到热依罕说"我要去乌鲁木齐"后,以我这么小的气量哪能不惊讶。在我看来,凡是去乌鲁木齐的人都是了不起的人物。正因为如此,我为自己从牙缝里挤出来的、像小偷一样摘下的葡萄给她吃而感到有点后悔。但如果得罪于她,没有孩子跟我玩耍,又害怕自己陷于形单影只的境地。况且热依罕的眼睛格外漂亮,只要望上一眼,我的心就醉了。

"你那……乌鲁木齐的话是从哪里听来的?"

"从我父亲嘴里听到的。"

"他怎么会知道呢?"

"我父亲以前去过一次。"

"说谎,你父亲年龄都那么大了,那么远的地方怎么去得了?"

热依罕一时语塞,不知道如何回答才好。但她稍愣了片刻,眼睛里就放射出一束激动的光芒,好像现在就要出发般的高傲。

"我做了一个梦,梦中飞到了一个特别大的城市,那里高楼林立,车水马龙,人山人海。我把这个梦告诉父亲,父亲说'那就是我给你说过的乌鲁木齐,等你长大了,我就送你到乌鲁木齐念书'。"

我沉默了下来。什么时候看都是浑身穿着破旧、模样儿可怜的这么个人,却说出要送女儿到乌鲁木齐念书的话,在我看来像是吹牛或者哄骗热依罕似的。我开始生她的气。

"你真是糟糕透了。"

"你怎么这样说呢?"

"你要把我丢下自个儿走。"

她微微一笑,表现出一副高傲的样子,插在头上的鲜花在细发辫中抖来抖去,对我更有吸引力了。

"那你也去好了。"

"我不去。"

"你好像特别害怕。"

我委屈地瞪大眼睛看着她。我们在时而拌嘴、时而和解中继续玩耍。这时我们还没有到上学的年龄,开心地玩着把我们的孩子们养大的游戏。

后来的事情倒了个个儿。赛莱大叔是个有着古怪性格的人,因为这个,我们原本和睦相处的邻居关系出现了深深的裂痕。有天晚上我突然听到一阵吵嚷声,院子里灯火通明。为知道发生了什么事,我赶紧起床,眼睛像猎人般朝院子搜索过去。只见父亲和两个哥哥手里都拿着木棒,有个人被围在中间。走近一看,原来是赛莱大叔蜷曲地蹲坐在地上。一条长长的绳子的这头捆着赛莱大叔的腰,另一头绑在不知父亲于哪个年月在院子里竖立的硕大木墩的枝杈上。赛莱大叔的眼睛介于睁开和闭合之间,也不知他是睡着了还是正在思索着什么。就在这愣神的时候,赛莱大叔的妻子约尔妮萨罕大婶出现了。

"我的妈呀,这人是不是又在梦中说胡话了呀?"

她开始使劲摇晃着赛莱大叔。好长时间后赛莱大叔像受到惊吓似的抬起头,惊恐万状地朝四周看过来。

"我的母山羊……我好不容易才把它圈住,天啊……这该死的整得我好累啊,让我满世界追,我的头咋这样晕?"

像没有看到围在他跟前的众人似的,他把绑在木墩那头的绳子拽得更紧了。

"啊,孩子他爸!你们没有看到他还沉睡着呀?怎么这样……"约尔妮萨罕大婶边说边生拉硬扯着开始解他手上的绳子,"所说的梦游就是这样,没有见过人梦游吗?"

父亲和哥哥们对发生的这件事情感到诧异,站在原地你望着他,他望着你。

"约尔妮萨罕,这到底是怎么回事?"父亲生气地问。

"哎呀,热合曼洪,你千万不要生气,这个人就有这么一种奇异的习性。隔三岔五于晚上做梦梦游,睡眼蒙眬的情况下走出家门。而且要把他从睡梦里唤醒也很难,今天这醒得算是最快的了,有的时候他怎么都醒不来,几乎要把我给气疯。"

"我还以为院子里进了贼,险些用棒子狠狠地揍上一通。万一真的给揍了……唉,你说这好好儿的邻居丢人不丢人。"

"对不起,热合曼洪,看在我们这些年睦邻相处的分上,这件事就到此为止吧。"

父亲没有吱声。约尔妮萨罕大婶搀扶着赛莱大叔往外走。

"明天我们就把夹道给堵上。"父亲望着两个哥哥说。

本来我们与赛莱大叔家共用的围墙由两家共同建造,可赛

梦游

莱一推六二五,我们就在我们家的地界上将属于我们的那一段墙垒上了,这之后赛莱大叔也照此垒了自己的那一段墙,这中间就错开了一个小夹缝。赛莱大叔梦游时就是从那个夹道进入我们家院子的。父亲担心他梦游的时候再来骚扰我们,第二天两个哥哥就按父亲所说用土块把夹道缝堵住了。夹道被堵住后,我心里就感到十分别扭。热依罕平时也是通过那个夹道走进我们家院子的。我觉着这墙好像就是为了阻止她来我们家院子的,所以在我的心里投下了一道焦虑的阴影。

这之后过了个把月,我们又一次遇到了烦扰。半夜时分,我家房顶上突然响起了急促的嗒嗒跑步声,把我们全家人都惊醒了。父亲轻轻地来到了我们身边。

"孩子们,我们家好像进了小偷,你们赶紧拿上棍棒,踮起脚跟着我出去。"

哥哥们迅速起床,按照父亲所说往外走。他们刚把外屋的门打开,就看到院子里不知怎的出现一片火光,然后就有呛人的烟雾由窗户朝屋内钻。

"哎呀……"父亲对紧跟着他往外走的哥哥们说,"这明显是哪个心怀歹意的家伙在我们家纵火,这个家伙怎么对我嫉妒到这种地步?"

从院子里照射过来的火光变得越来越强,我们呼喊着往院子里狂奔。父亲领着哥哥们蹬着梯子攀上了房顶。

"哎呀,天哪,好一个野蛮的窃贼,快给我站起来,你这是想把我们烧成烤肉吗?"

父亲悲惨的声音让我的心憋闷极了,是哪个无情无义的家伙想把我们烧死呢?

尽管我害怕得快要失去知觉,浑身都在不停地颤抖,但因为房顶上的父亲和哥哥们,我来了劲头,要亲眼看看这纵火者究竟是谁,于是我也顺着梯子往上攀爬。不知猴年马月留在房顶上的一捆枝秆正在火中呼呼地燃烧着。赛莱大叔痛苦地面对火坐着，像念咒语的巫师似的蠕动着嘴不知正在说着什么，眼睛也像先前那样半闭半睁着。父亲扭住他的衣裳开始使劲摇晃，但看不到赛莱大叔有任何反应。

"啊，火！亡父说过走夜路时没有火不行。你看，我这就把火点上。你们都过来，孩子们，你们畅畅快快地点火吧！"

赛莱大叔低声说这些的时候，还把自己的手伸进火中烘烤，打皱的脸似哭非哭、似笑非笑。看到他的举动，我忘掉了刚才的恐惧，不由自主地笑了起来。我感觉他这好似故意闹着玩似的。

其间父亲望着大哥高声说："快点，给我提水过来！"

哥哥迅速顺着梯子撑条连踩带跳地下去了。

我到现在为止也没有看到在房顶上的纵火者是何人，特别不愿父亲很快把火扑灭，好让我继续观赏这场卖呆游戏。哥哥转眼之间就提着一桶水从梯子上来了。让我感到有趣的是，父亲没有将水泼到火上，反倒"哗啦"一下泼到了坐在火边的赛莱大叔的头上，剧烈颤抖的赛莱大叔于是开始往后退去。

"哼，该诅咒的盗贼，你给我站起来！"

父亲提起他的衣领往一边拖，在凉水的刺激下，这个时候赛莱大叔开始稍微苏醒了些，只见他用惊恐的眼睛四处张望。

"我的亡父，您正在走夜路……"

"你亡父已经不复存在了，你起来！我真想把你从房顶扔下去，让你再别醒来。"

父亲当真就要把他从房顶上往下丢似的，极力将其往边沿上拖。赛莱大叔用脚使劲跐地屁股朝后坐。一会儿柴火烧成了灰烬，火也开始熄灭。再往下面一看，火焰和嘈杂声中别的街坊邻居也聚集到了院子。很快就有几个人也上了房顶。父亲简短地给他们讲了事情的经过。

梦游

"总算避免了一场灾难，"其中一人说，"离你们两家不远就是杂草和树杈垛，如果把它们引燃了，全村都会陷入火海中。"

这时赛莱大叔清醒了许多，一会儿看看院子里喧嚷的众人，一会儿看看满脸怒气向邻居们诉说着什么的父亲，努力回想究竟发生了什么事。

"热合曼洪，这……这……这是什么情况？"

"你自己说，发生了什么情况？"

"本来……该不是我又梦游了？"

"你能骗得过谁？"父亲生气地说，"这能是梦游吗？要么你就是个十足的疯子，要么这事是你有意干的。"

"我的好热合曼洪，不是你说的那样，这么黑的晚上，天上的星星可以做证，我绝对不知道发生什么事了。"

父亲又抱怨了一阵子，原本就知道自己时不时地梦游，赛莱大叔没有说任何话。这天约尔妮萨罕大婶是不在家，还是因为羞愧难当，反正她没有出来。后来在其他人和大哥的共同努力下，才将赛莱大叔从房顶挪了下来。二哥脾气本来就比较急躁，上前在赛莱大叔的胁弓上踢了好几脚，最后在众人的劝阻下才停止了。

赛莱大叔所做的事情很快就在整个村子里传开了。听说约尔妮萨罕大婶害怕他在梦游的情况下再出去招惹出别的事端来，晚上熟睡后就在他的卧室外面上了锁。从此以后赛莱大叔再也没有给我家带来大的烦扰。

我们也长大上了学。热依罕没有去乌鲁木齐上学，而是在村小学与我同在一个班念书。对此我非常高兴。一方面她没有把我丢下，另一方面她也没有了实现她自己所说的去乌鲁木齐上学的机会。或许她也像她父亲一样在做梦的时候梦游，她父亲所说的送她到乌鲁木齐去上学，可能只是梦中的呓语而已。但是，穿着旧衣服的这个姑娘的学业比我要好出许多。

虽然我们不再像从前那样一起玩耍，但我喜欢经常和热依罕一起聊天。不知怎的，她在我眼里看上去是那样亲切。我也不知道自己对她怎就那样喜爱。因为赛莱大叔做出的那些事情，父亲看热依罕来我们家院子，眼神就表现出不满，热依罕也不像以前那样每天都到我们家来。

赛莱大叔的脑瓜子好像刚开窍，三年前才在他自家院子里栽了一棵梨树，现在已经开始挂果。我向热依罕问作业去他们家的院子时，我们就坐在那棵梨树下面交谈。

有一天，赛莱大叔来到我们面前，从我们手里拿过课本读了起来，然后询问我们的学习情况。他的朗读能力令我十分惊讶。因为直到这时在我的认知里，总以为大人们全都没有上过学。在我的眼里，他的性情是那样的古怪，所以平时我一见到他就赶紧躲开了。今天因为身边有热依罕，我不可能那样做。我们聊着聊着便渐渐能说到一处了。

"您……您……您为什么会做出那样的事情？"一会儿我便稍稍放大胆子问道。

赛莱大叔长长地叹了口气。

"我是坏人吗？"

"不，不，我没有那样说，只是想知道你怎么会遭受那样的事情。"

赛莱大叔又长长地叹了一口气。热依罕噘着嘴，似乎在说"你惹我父亲生气了"，漂亮的眼睛中显露出对我的气恼。

"那是……梦的城堡，人进入梦的城堡以后的防守。"
赛莱大叔像是独语似的低声说道。

"梦的城堡？这……这话是什么意思，赛莱大叔？"

"那……那……那是令人很恐惧的一个城堡，进入那里的人会有一阵子控制不了自己,就像被魔掌抓住或者被施了魔法似的。"

听了他这话,我感觉自己也像进了这样一个黑乎乎的城堡似的,或者被庇护了起来,这种恐惧让我怀疑自己莫非被赛莱大叔传染了?这个人难道真的如此危险吗?

赛莱大叔用忧郁的眼神注视着我。

"孩子,你是不是被吓着了?"

我没有回答是还是不是,一下子呆住了。

"还是在我年少的时候,"赛莱大叔眯着眼睛,好像记忆的隧道正在向很久很久以前延伸。他此刻的脸色显得更加可怜兮兮,这让我心情憋闷得发慌。没有办法,我只能呆坐在那里用眼睛盯着他满是苦闷的面容,"田间干活的我已经筋疲力尽,于是就靠着大地埂睡着了。睡梦中我变成了一只老鹰满世界转悠。后来我是那样口渴,可四处找不到水,感到伤心极了。再后来发现了一座四周陡峭的湖泊,正中间有一座钢桥。无论我怎么使劲旋转,可就是落不到地面,最后在口渴难耐、叫苦连天中终于醒了。眼睛刚睁开,就看到已经故去的父亲正站在我的身前望着我。我跟前摆着一锅饭,锅的上面还横着一把刀子。

"'您什么时候过来的?'我赶紧站起身问道。

"'好长时间了。'父亲说。

"'那您为何不叫醒我?'

"父亲一边慈祥地抚摸着我的头,一边继续说道:'把熟睡中的人叫醒不好,孩子。人进入深度睡眠状态时,精神会离开身体进入梦的城堡,在那个地方飘飞并到处游荡。一旦身体受到惊吓,精神就再也回不来了,会被永远囚禁在梦的城堡中。'

"我惊奇地看着父亲的眼睛。

"'您……您是怎么知道这些的?'

"'我知道,但我不能说出去。刚才你做梦的时候所看到的是不是我说的这个呢?'

"'是的,爸爸。'

"'再就是你口渴很想喝水,但却喝不到水。'

"'非常对!但是……您……这些您是怎么知道的?'

"'我看见有一只绿头苍蝇在你的周围转着飞了好长时间,最后开始向下降落,想落到这个锅的边沿上,没有落成。接着它就尝试着往刀背上落,最后全都没有成功。就无奈中缓缓飞了起来,在你头上旋转了好几圈后,就往你鼻子里钻。而你打了个喷嚏后就醒了过来。这就是说,你的精神从梦的城堡中出来,回到了你的身体中。'

"父亲一会儿像是在给我讲故事,一会儿又像是给我灌输什么玄妙的思想似的,但是我除了惊讶之外什么也没有理解。看来我是马齿徒增啊,我开始感到自己的精神中当真有一种怪诞的东西,它时不时就向梦的城堡呈递。这个时候我根本控制不住自己,要么发疯,要么就像死了一样。好似自然而然地做着一些事情,而我自己却没有任何感觉。"

我不明白赛莱大叔给我讲这事基于什么目的,但在我心里平添了几分忧愁。我真担心自己哪天也出现像赛莱大叔那样怪诞的性情,并且从那天起我再也没有去他家找过热依罕。

一天,我们起床后,发现院子里满是水。赛莱大叔双手抱着坎土曼,正躺在水渠口呼呼地睡觉。实在控制不住怒气的父亲跑过去,提起他的衣领拖到水渠边并强行灌了他几口泥水。赛莱大叔这才艰难地醒了过来。原来他又梦游,将水渠打开一个口子,将水放到了我们家的院子。

"够了,我实在腻烦透了!"父亲大声喊叫道,"要么赛莱巴依从这里搬走,要么我从这里搬走。我再也忍受不了与他继续做邻居了。只要这花斑盗贼住在这里,早晚会要了我们一家人的性命。"

父亲是生气时说的这番话，其实他哪里舍得丢下自己一手打造、水果品种如此齐全的如园林般美丽的庭院？好在赛莱大叔还算有自知之明，他自己搬到了村子最边上的灌木林处。他搬走后，我们家终于结束了提心吊胆的日子。

斗转星移中我们也长成了大小伙子。不知是我本来就笨拙还是命里就是如此，我高考一塌糊涂，返回家里跟随着哥哥们成了一名农民。而热依罕则金榜题名，去乌鲁木齐上了大学，梦想成真。尽管赛莱大叔一辈子在无休止的灾祸中生活着，但女儿热依罕在他的指引下，从小就树立起到乌鲁木齐上学的理想，她如今实现了梦想并有一个充满着光明的前景。

一想起热依罕我心里就不是滋味。虽然我们在后来的日子里不像孩童时那样亲如兄妹，但是我们互相间依旧存在着一种特殊的好感。她越长越漂亮，就像从尘土里一点点冒出的芳草中的红玫瑰似的光彩照人。我现在再没有说过一句以前那种瞧不起的话。只要遇见她，我就结结巴巴地说不出话来。我感到她就像会施魔法一样有能耐，而我则一天比一天渺小，这让我很受折磨。听说她要去乌鲁木齐念书的那天，我心里便有别样的像火一样熊熊燃烧的感觉。这是气量小、嫉妒心理作祟，还是舍不得她走呢？最后终于明白了，这时我已爱上了她。知道这个之后，我明知这绝无可能，但仍旧因痛苦而辗转反侧。很明显，她去上大学之日就是我们分手之时。因为她就像不住地朝前飞翔的凤凰，而我更像是慢腾腾爬行的乌龟。即使我心里再怎么想与她处对象，但在现实面前根本不可能。

虽说如此，有一天我还是为找她去了灌木林。

那天，她像是舍不得离开生养自己的村子，在田间的地埂上慢悠悠地转着，这给了我极好的机会。

"你很快就要去乌鲁木齐了。"我吞吞吐吐地说。

她心事重重,将正在瞭望广阔原野的美丽眼睛转向我,令我爱得死去活来的酒窝儿浮现出醉人的笑容。我有些忍耐不住,呼吸不足似的快要窒息,心像被刀割似的撕裂疼痛。

"就是。"她长吁短叹道。

"你……你……你真的很了不起。"

"这是哪来的话?"

"我们小的时候,你就这样说,当时我一点也不相信,总以为那只是你的狂想。"

我的话让她想起了以前的事情,她莞尔一笑。她的笑声就像潺潺作响的流水声和叽叽喳喳的鸟叫声似的悦耳动听,我陶醉了。

"你怎么了?"

"什么……什么也……我只是有点拘束。"

她望着我的眼睛。

"你父亲现在还生我们的气吗?"

听了这话,我惭愧得真想找个地缝钻进去,赶紧开始解释道:"不,没有,还时不时地说起你们。他年纪越大变得越发沉默寡言了。"

"你现在还会想起我们从前那些日子吗?"

我看着她,努力控制自己不要哭出来,心跳在加剧,一次次阻止才使它没有跳出来。

"经常想,怎么能够忘掉呢?那是我们最美好、最纯洁的时光呀。"

热依罕长长地叹了一口气。从她像太阳一样闪动着的火热的眼睛,像平静的湖水般沉稳的神情,很难想象她现在正寻思着什么。

"它就像一场梦似的,一场美丽的梦。"热依罕像是在自言自语地低声说。

"你……你是这样看的吗？"

"是的。生活最能驯服人，痛苦和快乐二者都是幸福。但是它们不是一成不变的，世界每天都在变，我们所熟知的那些只不过是回忆而已，但是我们除外。"

我感到自己在她面前变得越来越小，如同脚下地埂上的野草和枯枝败叶似的。在无法弥补的一种向往中，我就像一具苟全的僵尸一般难堪。微风从我的脸颊轻轻吹过，夹带着热依罕的体味。站立在我面前的这位出类拔萃的姑娘，她已经不属于我了。想到这里，我充满了无限的悔恨。

"我祝你幸福！"

我最后只能这样说。热依罕也不知正在为何事难为情似的，眼里映射出一丝淡淡的痛苦。

"生活非常艰难，我们谁都不要欺骗谁，但这也是没有办法的事情。"

"祝你一切如愿，在梦想的天空中自由飞翔。"

"谢谢，你也……幸福安康。"她用颤抖的声音说，但是这什么也改变不了，"噢，真的。"她说话的时候深情地盯着我的眼睛，我一下子像看到了孩提时代的她似的，心剧烈地颤动了一下，"明年我回来的时候，你能不能再偷着摘一串葡萄给我？"

她这样说着就哈哈大笑起来。我也笑了，或许这便是在分离的时刻她赠送给我的甜蜜感觉，但这也是痛苦的一笑。

"我给你摘，只是稍有点酸。"

"生活的滋味也一样。"

"或许如你所说。再见，祝你平安！"

我沿着地埂走，离她越来越远。似乎这脚，甚至这心绪、情感、身体都不是自己的。我自己像裂变为成千上万的微粒向四面八方反射的阳光似的。果真如此，我会变为空气渗透到这宽阔的旷野，渗透到热依罕的躯体吗？莫非像热依罕所说，生活的滋味真是这么酸苦吗？我们又为何对它如此热爱呢？啊，情感，把生命浓缩为一杯毒酒，明知它使人难受，为了爱我们还要去喝。

热依罕说得没错，世界每时每刻都在变。我认为不仅日月，生活和人们也都在不断地改变。这一生中不属于我的许多东西好像也会在某个时间留下影像储存在记忆中。生活中无论是折磨还是喜乐，我们都得与它们共存。

与赫则木谈论有关梦的话题那天之后，我们的生活又改变了不少。尽管先前我们只为一日三餐而忙活，但随着生活的节奏不断加快，经济上也开始出现了拮据的问题。为此我们不得不跟着大家四处奔波，努力挣钱。说起来容易做起来难，这样的日子里，才更加体会到了抚养我们成人的父亲的价值所在。我先前曾对他的吝啬和抓我们太紧而颇有怨言，现在四口人的生活负担落到自己肩上时，才感受到家庭生活的不易，开始为曾经的虚度年华而后悔。为此就跟村里的小伙子们一起外出去寻找生活的出路。出门在外的我们经历各种冒险后，总算是找到了适合自己做的事情。但丢下像鸟巢一样温暖的家，长时间在外终归不是长久之计。经过一个阶段之后，开始一个个地返回了家乡。唯独赫则木未归。听说他在城市里做过很多事情，最后成了承包旧房拆建的老板。但他究竟赚了多少钱，我们不得而知。

生活的忧愁使我忘记了那个关于梦的故事及一些有趣的事情。有一天半夜，轻轻的敲门声把我从睡梦中惊醒。这个时候会是谁在敲门？我恐慌不安。要么是谁来传送不好的消息，要么是哪个居心不良者盯上了我家的钱财，试探我们睡着了没有。但是我们家似乎没有足以让小偷们盯上的钱财。门被敲了好长时间。

妻子对我低声嘀咕道:"喂,你醒醒,有人正在敲门。"

"我醒着呢。"

"那你为什么还不起来?"

"我为什么要起来?我认为这个时候敲门不是什么好兆头,你觉着呢?"

"我们两家的老人都上了年纪,万一……"

"快闭上你的嘴。"

这么说着,我只觉轰的一下全身冷飕飕的。亡故会降到每个人的头上,但……但人们一时很难面对它。如果父母亲离开我们那可怕的时刻出现在眼前,我还是会胆战心惊的。我开始昏昏沉沉的,我感到自己好像就要跟着他们离开这个世界似的,我希望他们再多活几年。

门仍旧被轻轻地敲着,似乎与我不安的想法没有关系。

"天哪,你就起身吧,再怎么也……"

妻子又开始嘀咕了。她不知道我胆子特别小,我也不想让她知道我胆子小。以前热依罕说过我是"胆小鬼",从那以后,我在女孩子面前坚决不露出破绽。但在此时此刻……哼,男子汉胆小怕事会被人看扁的。许多次机会就是因为没有胆量才失去的。热依罕……啊……我一辈子似乎就是因为这个才落到这般在火上烤的地步。

我慢手慢脚地起了床。不知是害怕还是突然从睡梦中惊醒的原因,浑身打着哆嗦。我来到门前屏着呼吸听了一会儿,敲门声听起来比刚才更低更慢了。

"谁?"

"我。"

听到的是一个沙哑的声音,与我们任何一位熟人的声音都不像。我回头向屋内看去,黑暗中什么也看不到。妻子平心静气地躺在那里。我想抄起一个棍棒类的东西,但屋子里找不到那种东西,这让我忧心忡忡。

"'我'……你所说的'我'是谁?"

"赫则木……赫则木。"

他从村子里外出已经好长时间了。自从听说他当上旧房拆建老板以后,我就把他慢慢地忘掉了。在这半夜三更之时他突然来敲我家的门,不能不让我惊异,也不知这门该开还是不该开。

"你有什么事情?"

"多余的话别说,开门,亲爱的朋友。"

"我们明天见面行不行?"

"大难临头了,如果不找你就……"

"你是知道的,我这里没有钱。"

"哎呀,天哪,你咋这么婆婆妈妈的?我不是来借钱的,有别的事情,大难临头了……"

我的心"咯噔"一下,莫非是发生了意想不到的事?哪个人要谋害我?赫则木听说后跑过来给我报信?啊,我是一个非常老实的人,从来没做过对别人有害的事情,常常是看到一个小小的昆虫也要拐着走,这从天而降的灾祸是什么呢?想到这里,我全身开始剧烈地颤抖起来。如若再稍微松懈一下,怕是连把门打开的力气也没有了。

"你这个不吉利的家伙,这半夜三更地跑来,是要把我吓……"

"我的好朋友,天马上就亮了,不能让任何人看见,开门。"

"管它天亮不天亮,即便是死人的事,也要确认是我父母亲后……"

"你在说什么呢?我哪里说他们死了?"

"刚才你自己不是亲口说大难临头了吗？"

"我所说的大难临头的人是我。"

"那……"

"我的好朋友，快点把门打开，别戏弄我了。"

"谁戏弄你了？"

"好……"

"那好，不说了，我这就开门。"

我刚把门开了半截，赫则木就像风一般扑进来了，更像一根横梁压过来似的让我打了个寒噤。我的面前站着一个满身都是烟草气味的乌黑的身躯。我先是一愣，看来不让他进屋已经不可能了，这全都是自己心软造成的。我在墙上摸来摸去就要开灯。

"行了，灯就不要开了。"

"屋子里这么黑……"

"没有关系。"

"到底是什么事情？"

赫则木喘着粗气沉默了一会儿。

"则比黛木在不在家？"

"在。"

"则比黛木虽说嘴严实、人老实，但也……"

"行了，你就说吧，她睡着了，不会听到我们说话的。"

赫则木稍稍犹豫了一阵子后，接着前面的话说道："你是知道的，长期以来我都是住在城里。"

"是的，我听说你已经是大老板了。"

他沉重地叹了一口气。

"那么，我干的事情就用不着给你详细说了。我在城市里各方面的情况都还不错，赚到了钱。日子也过得挺好，后来不知是怎么了，突然我也做梦了……"他停止说话，朝我望过来，我虽然看不清他的脸,可看到他的两只眼睛像猫似的闪着绿光,"我那个时候说过自己不做梦,你还记得吗?"

"现在想起来了。"

"以前我真的不做梦,到城市里工作后突然开始做梦了。梦非常清晰,连最细小的事情都记得。最初我因此特别高兴,庆幸自己回到了正常状态,可后来却感到梦也存在着一些危险。我说的话你或许不相信,我每天都做梦自己变成了一只狗,真的是只狗。遇见人就咬,这样的梦做了很多次。天亮的时候我疲惫不堪就又睡过去了。我每天早晨做的第一件事情,就是先对着镜子看来看去,搞清楚自己是人还是狗。慢慢地开始对自己的生活和做梦讨厌起来,怀念不做梦的那些安稳的日子,哪怕就过那样的日子也好。一个星期前,我梦到自己变成了一只非常凶残的狗。发狂中我遇见谁就咬谁,咬了多少人我也想不起来。第二天起床后,我的身上和被褥上满是血迹,在我身边的妻子躺在血泊中。原来是在睡梦里我与她大吵了一架。我再一细看,她已经奄奄一息。哎呀,难道是我在睡梦里犯傻变成杀人犯了?我头晕目眩,眼前一片黑暗。坐下来思考了一会儿。万一妻子死了,我被逮捕是不容置疑的。可是,我还不到三十岁,正是风华正茂的年龄,如果就这样死去,岂不冤枉?所以就抱着能多活一天算一天的想法,最后做出了逃跑的决定。随便把身上的血迹洗了洗,连衣服也未顾得上换,就从家里逃出来了。我整天都在东躲西藏,不管在哪里只要看到警察或者穿着这类制服的人,就被吓得魂飞魄散。这不,现在还是夏季,在外面躲避都这么难。我想来想去,最后决定还是回自己出生的村子里来。可是,在我很小的时候父母亲就去世了,较近的亲戚们也靠不住。即使是这样,但老话有'石头在产地珍贵,人在本乡受尊敬'的说法,这样想着我就回来了。已经三天了,我一直偷偷摸摸地在村子里转悠，肚子饿得实在是受不了了，最后就来好朋友你这里避难了，半夜里来敲你的门。"

说完话他便沉默了下来。听了他的话我心里蓦然升起一种冰凉凉的感觉。眼前闪现出赫则木的妻子浑身是血地躺在地上的样子，我全身上下打起了哆嗦。梦游时与自己的妻子争吵……那是多么恐怖啊！我不由得想起了赛莱大叔的故事，天哪，梦的城堡真的存在吗？

"你妻子……她……她现在怎么样了？"

虽然我被吓得颤抖不停，可这个问题又不得不问，毕竟人的生命比什么都重要。

"她……她目前在医院里，还没有苏醒过来。你也知道，我妻子的哥哥是大款，我听说他为了抓到我，专门雇人正在四处寻找我，还说找到了就当场弄死我。"

听说他妻子还活着，我的心稍微轻松了一些。

"你说他们找到后要当场弄死你吗？"

"是的。"

"那怎么可能？我们是有政府的法治国家，哪能任由他想怎么就怎么？"

"你有所不知，我大舅哥是那种说到做到的人。"

"那你自己必须得赶快报警啊。"

"那会把我抓起来的。"

"你又不是故意所为，况且你妻子现在还活着。"

"不行，我害怕。"

"那你到我这里来，想要我做什么？"

"想住在你们家。"

"天哪，看你说的，就这鸟窝似的两间房子……"

"藏在你家地窖里也行。"

"唉，别做那种蠢事，你总不可能一辈子藏在地窖里不出来吧？"

"只要活着就可以。"

"这条路行不通，如果只是一两天还行，一辈子显然是藏不住的。即使你大舅哥找不到你，但公安早晚会找到的。"

"我的好朋友，你就先让我暂且藏到你这里吧，我恳求你。"

我一会儿心疼他，一会儿又为自己感到担忧。我和他毕竟是高中时的同学，可我也知道窝藏有罪潜逃之人同样是在犯罪。这让我陷入了两难境地，愁得我脑子都快要炸了。

"刚才你是不是说肚子饿了？"

"是的，已经三天了，我的肚子连一小块馕都没有进了。"

"喂，则比黛木，你快点起床做点什么吃的，赫则木饿坏了。"

则比黛木毕竟磨不开情面，起床给赫则木做饭。

"来，饭做熟前先躺在这里休息一下。"我劝导赫则木并在墙角铺上褥子。他像个温顺的小孩似的听话，蜷曲着身子躺下。我到厨房去给则比黛木当助手。

"你打算把赫则木藏匿在咱家？"妻子在厨房压低声音问道。

"我也不知道。"

"这事你可真要掂量清楚。"

"你认为这件事情怎么做才对？"

"你比我念的书多，根本不需要我给你指路。"

我没有吭声。我明白，我需要深思熟虑才能做出决定。

我不顾自己家境贫寒，两天中拿出最好的饭菜来款待赫则木。第三天，我们家来了警察，把赫则木带走了。我心里没有感到对不起他，因为纸是包不住火的。每个人都得对自己所做的事情负责。以后他一定会理解我的，或许他还会为我向警察报案而感到高兴。

　　发生这件事后的很长时间里,我都会做奇怪的梦,而且梦中的自己像醒着的人似的,常常想起赛莱大叔讲过的那个关于梦的精彩故事。这个时候,我会对晚上睡觉产生恐惧。但是人不睡觉哪能行,有的时候我又不由得期望夜晚更长一些。

　　有一天,我梦见自己变成了一只公鸡。天快亮的时候,我站在门前的杏树枝杈上伸长脖子打鸣。我的打鸣声铿锵有力,响彻云霄。从树枝上跳下来的一群母鸡向我簇拥过来。

　　"这地方是我的。"正在扒拉大麻的鸡群里的一只母鸡把嘴伸得老长老长地说。

　　"不,是我的。"另一只羽毛如披着美丽的婚纱般闪光的母鸡说。

　　"不,是我的。"

　　"我的……"

　　后来这些母鸡为了公鸡开始斗架,它们相互叽喳、抓挠了好长时间,头上全都沾着血。因为我从小见到血就害怕,所以就喊叫着醒来了。外面泛白的天际线正好把光亮照进屋子。回想起赫则木讲的事情,我赶快向则比黛木看去。只见她蠕动着嘴唇安详地睡着觉。即使是这样我依旧放心不下,快步走到镜子前。看到自己是人的模样,这才长长地舒了一口气。悬着的心缓缓地放下来,脸上浮现出笑容。

　　"则比黛木,起来。"

　　她揉了一阵子眼睛,才艰难地睁开眼。

　　"发生什么事了?"

　　"没什么,昨天晚上你听到公鸡打鸣了吗?"

　　"没有,你怎么问这个?"

　　"你梦见母鸡们互相打架了吗?"

　　"未梦到,这大清早的怎么净问一些奇怪的话呢?"

我笑了，没有回答她的问话，但接着又极度不安起来。我也会像赛莱、赫则木那样走进梦的城堡吗？今天什么事也没有，但谁知道明天、后天会不会发生呢？

"啊，生活，你让我像人一样生活，请让我这辈子像人一样活着，像人一样死去吧！"我这样说着，大声呼喊着。

时宜

妻子为了使今年的生日过得不同凡响，早在十天前就着手准备了。对此我当然不必也没有说三道四。因为生日以什么方式过，纯属每个人的私事。虽说她是我的妻子，但就此事而言，自己掺和其中既不合理也不明智。

我在想，我都四十岁的人了，这些年来也从未为庆祝生日而特意摆过筵席，只会在有的时候全家人小聚，一起到外面吃顿饭，或者因为自己忙于工作而把这事给忘个一干二净。如果过后想起来，就把自己关在书房一边看看书，又一边将自己一年来所做过的有意义的事情仔细梳理一遍。单从这方面来讲，自己与时下一些人的心理需求和社会风尚有点跟不上趟或者说是大相径庭。平日里我工作忙，下班回家后的闲暇时间，基本上是弓腰坐在电脑前，或者写学术论文，或者埋头于各种建筑工程的图纸设计工作。正因为如此，如今才刚四十岁的年龄，骨架子已经显现出猫腰驼背的特征。但我又没有别的办法，人生活在这个世界上，谁都有自己的爱好，并且愿意把更多的时间和精力花费在自己所爱好的事情上。

"我已经在花束酒楼预订了五十人的雅座。"晚上下班前脚刚迈进家门，妻子就笑得像朵花似的对我说。她的架势就像干成了一件惊天动地的大事，满脸焕发着夺目的光彩。

"那好吧，但是……"

"但是什么？"她逼视着我问。

我将眼镜稍稍往上抬一抬，用诧异的目光看着她的架势。她的模样看上去是如此地严肃，周身都充满随时可能爆发的强烈冲动。

"你邀请的人是不是太多了？"我尽力将腔调放得柔软些说。

"这也不只是我的客人呀，其中也包含你的。"

"哼。"

"你哼什么？你是不是反对我举办这生日筵席？怪不得这些天来你一点热情都没有。如果不愿意，你倒不如来个干脆，直接说出来。"

"其实不然，只是人如果太多了……"

"那这聚会就由我自己单独举办？"

"你误解我的话了，亲爱的。我……"

"我知道，你不愿意让我把生日宴办大，搞得热闹。因为这会花你好多钱，我不像你那样每个月都有工资收入，我是靠花你钱生活的女人。"

"你这说的是什么话？我根本没有你说的那种想法。"

"那你跟我说，我一年才过一次的生日，你为何不仅不高兴，还像无滋无味的汤面似的板着个脸呢？"

听了她这样的比喻，我不由得笑了起来。但是为了避免她产生别的想法而生气，又立即把笑收了回去。

"并非如此，请你原谅。对你办生日筵席这件事我是真心赞同的。你想怎么安排由你安排便是，银行卡在你手上，钱你想怎么花就怎么花。"

她调整了一下自己的情绪,长长地出了一口气。

"你是不是在唬我?"

"哪里,我的性情你是知道的,凡事不愿张扬,更不说违背自己心意的话,心里是怎么想的就怎么说。"

妻子听了这话,脸上露出了甜甜的微笑。看到她笑了,我便放下了心。本来今天还有不少要做的事情,但因要听妻子关于生日筵席的规划、愿望的说明,也顾不得那些要做的事情了。只能在心里暗暗叫苦。

我结婚较晚,妻子比我小六岁。我们结婚的时候,她在市医院做护士。后来看她工作辛苦,工资也不高,我就让她把工作辞了。从此她就闲居在家,大部分时间是在出游中度过的。因为我的工资收入高,就不愿意她再找别的工作。也因为我喜欢她,尽管她的脾气有些固执,但她的这种性情在我的眼里却是那样天真、可爱。有时我也突然会产生为婚后让她把以前那么好的工作辞掉而感到可惜的想法,但很快就为自己能够娶到这样如花似玉的娇妻而心里感到欣慰。

妻子的生日眨眼间就到了。与提早就进行的精心准备相符合,这次筵席的布置可称得上非常地道。包间里的装饰极具特色,绚烂夺目。客人们基本都按时到场,看上去像个不大不小的礼堂似的的大包间座无虚席。端上来的食物一道比一道精美和排场。妻子通过友人联系来了市里几位有名气的乐师和歌手,乐师们正忙着调试各自的乐器。筵席在规模、声势和华美程度方面,简直可以与婚礼媲美。筵席进行了一波之后,交谊舞开始了。精心打扮的女士们一个比一个漂亮,扭动着腰上场跳起了舞。陪伴她们跳舞的男士们的脸上也都容光焕发,举手投足间都在显示着自己的优雅。这些客人大多是妻子的亲朋,也有我的好友。所以在这个场面上,我不认识的人比认识的人多得多。因为妻子特意在美容院化了妆,打扮得连我都有些不太认识了。

听着悠扬的音乐,我虽然有些激动,但因我没有跳舞的细胞,依旧没有一点跳舞的激情。我坐在自己的座位上,看着跳舞的俊男靓女们,感觉到了自己的手脚是多么笨拙。妻子也知道我不会跳舞,所以她对我不管不顾。接下来客人们经过一阵子热舞之后,开始天南海北地聊了起来。

就在这时,一位身材苗条的少妇拿起话筒,以现场主持人的身份大声喊叫道:"大家先静一静!今天是萨阿代提古丽神圣的生日,我们有幸来参加这个聚会。在这美好的时刻,我们请他们夫妻俩共同为我们跳一支舞怎么样?"

现场响起了热烈的掌声。而我听到主持人的讲话后,就像一个人被赤身裸体地丢进一群人中间似的,感到窘迫极了。全身上下连说话的力气都失去了,肢体虚弱得快要瘫倒在地。但是,妻子却在大家热烈的掌声中转身看向我,无比激动地向我伸出手来。我刚想站起来,就感到一阵剧烈的头疼,使我差点摔倒。就像向险峻的山顶攀爬似的,全身满是恐惧。

"请,起来吧。"妻子催促道。

唰的一下我浑身开始冒汗。尽管手脚都在颤抖,可没有办法,在妻子的逼迫下我站了起来,步履艰难地跟在妻子的身后。心里就像谁要把我往死路上拖似的痛苦不堪,跌跌撞撞地来到了包间中心的空地,轻柔的乐曲响了起来。妻子示意我一只手抓住她的手,另一只手扶在她的腰部。我们在音乐声中开始转动。我感到自己就像在漫无边际的荒漠中跋涉似的焦虑不安。对于我来说,不是自己,而是这个包间、天地和周围的所有人都在旋转。

我的腿脚不听我使唤,好几次踩到她的脚上。即便是妻子用手揪着我的肩膀,其间仍有好几次差点跌倒。妻子也置我在别人面前可能跌倒于不顾,咬着牙坚持与我继续跳舞。

"你明明知道我不会跳舞呀。"我生气地说。

"这是什么难事？你的脚步跟着音乐的节奏踩不就行了吗？这对你来说有什么难的？"

"但是我……"

"别说那么多，放松一点跳，所有人都在看着我们。"

没有办法，只能跟着她继续转动。或许很多人都认为跳舞是一种享受，但此时对我来说，这哪里是享受，简直就像一次长途跋涉般难受。

我从小就对玩耍不感兴趣。当所有的孩子都在欢天喜地一起玩的时候，我却跑到不知谁家的屋檐下，兴致勃勃地看用嘴啄来泥巴正在筑巢的燕子，对燕子能在那么高的地方建造出像城堡一样坚固的窝儿叹羡不已。后来上了学，通过看书学习，又遇到了一个全新的世界。课本满足不了我求知的欲望，便开始尽可能地找来一些其他书阅读。只要把书拿到手，即便是饭菜端到面前，一双眼睛也不会从书页上移开。没有想到的是，我对于书的这种痴迷，常使家里的大人们为我感到担心。父亲只要看到我在看书，就不停地支使我干这干那，以分散我的注意力。那时，因为我们家住农村，很少能享受到电灯的光亮。晚上做事基本上是借着油灯的光亮进行的。

后来上了初中，我们学习的课本也多了起来，但对我来说还是太少了。好在乡镇学校里有一个小型图书室，由一位年纪较大的人负责管理。借阅者要在一个本子上详细登记有关信息后才有资格借阅。此外如若要借走哪本书，还有烦琐的手续才可带着书离开。我费了浑身解数才获得那个人的特殊照顾。平时为了不影响阅读，上课时我比其他孩子更用功，作业也比所有的人完成得早。但是到了晚上，天刚黑宿舍里的灯就熄灭了。起初，我曾为晚上看不成书而焦虑不安。后来发现学校大门上的灯彻夜亮着，所以只要宿舍的灯一熄，我就把书揣进怀里，假装上厕所从宿舍走出去，蜷缩在大门墙角看书至半夜。只不过这个办法到了冬季就用不上了，因为不可能在寒冷的室外久坐。

到了周末休息日，孩子们都兴高采烈地去四处玩耍，我便攀爬到自家的房顶看书。村子里发生的任何新鲜事情，我都不感兴趣。

这样的阅读习惯我坚持了许多年。随着年龄的增长，世界也在不断发展，我们的生活也得到很大改善，与此同时也建成了许多令人赏心悦目的娱乐场所。而我却对书更加亲近，除了喜好阅读之外没有别的事情能让我持久地坚持下去。上了大学后，空闲时间基本上是在学校图书馆度过的。对于别的同学喜欢去的一些场所，我从不感兴趣。对于他们的邀请也全都婉言谢绝。社会的发展为我们创造了许多机会，特别是对像我这样的书迷来说读书学习的条件更优越了。

大学期间，我选择了自己喜爱的建筑专业。与此相适应的是，大量的阅读使我见多识广，为我所学的专业提供了很多帮助，也使我以优异的成绩完成了学业，并被安排在市里的一个大单位工作。只不过，从孩童时代染上的读书瘾从未有丝毫的弱化。工作之余的空闲时间在家里不是读书，就是埋头于学术研究或方案设计。对于聚餐和娱乐之类的活动，既抽不出时间，更没有心情享受。

"音乐结束了。"妻子推着我的手说。

我拖着疲惫的脚步，跟着她回到自己的座位坐下。浑身上下汗水淋淋，像刚从澡池子里走出来似的。

筵席仍在继续，大家不停地品味美味佳肴，一曲接一曲唱歌跳舞。所有的人看上去都激情四射，享受着筵席带来的快乐。这样的场面我平时极少参加，今天我算是着实领略了妻子优美的舞姿。望着她跳舞和她从跳舞中获得享受的样子，我感到自己如同生活在另一个世界。甚至恍然觉得自己好像今天才认识妻子似的，而自己似乎脱离了现实世界。我在痛苦中长长地叹了一口气。如此看来，全场心情不愉快者只有我自己。今天如若自己不是东道主的话，我早就从这样的场合退出来了。

筵席直到半夜才结束。

妻子不顾跳舞带来的疲倦，一回到家就开始对我数落道："你看你，即使从乡下来的农民也比你强。"

"我怎么了？"我不服气地说。

"花费这么多钱才搞了这样一个盛大的场面，你要么不放开玩，要么不敢开吃。你到底是哪个年代的人？你好歹受过高等教育，况且又是个工程师。但是生活方式是如此落后，与当今的时代一点都不匹配。"

"你说什么？我不会跳舞，不会喝酒，仅凭这些就说我不合时宜了？和我一样不会跳舞、不会喝酒的人多的是，这叫注重健康，也是养生之道。"

"你这是什么话？只不过我不这么想。你今天真的让我很丢脸。"

"你是说我做了让你丢脸的事了？"

"你什么事情都没做已经让我很丢脸了。如果做了的话，那还不把我给活活气死？"

"我不会跳舞你不是早就知道吗？那你当初……"

"本以为我可以慢慢教会你，哪知道你是个从纸堆里爬不出来的书蛀虫。"

"哼，生活中就只有这种事吗？这些年来我获得的成果和荣誉也不少呀。"

"对于不懂生活的人来说，那些成果、荣誉也没有什么意义。"

"天哪，我真怀疑站在我面前的不是你，而是另外一个人。"

"或许，因为你想问题太狭窄，才对许多东西没有感觉。"

听了她的话，我一下子愣住了。这话似乎也对，又似乎不对。我好像应该重新认识自己了，戴上眼镜在镜子前站了好久，才使自己脑子里的矛盾想法慢慢平复下来。

妻子卸完白天的穿戴并做完涂抹后从浴室出来，径直向卧室走去。

"我睡觉了。"她头也不回地撂下这句话。

妻子进了卧室。望着她的背影我思绪万千。难道我真的低能吗？这些年来我埋头苦读，汲取知识营养的生活真的是没有意义的生活吗？我不懂生活吗？我不知道享受生活吗？我真如妻子所说是个不合时宜的人吗？

我想得头昏脑涨，想到最后干脆什么都不知道了。假如生命能够重来一次，我如果也像别人那样悠闲自在地游玩娱乐，成天泡在舞场上，看到外面的姑娘媳妇就两眼放光，尽情享受美酒佳肴，凡是世界上的善事恶事都试着去做，对工作也不满腔热忱地去做，每个月工资到手就把它挥霍一空，一天到晚满脑子想的都是如何痛快淋漓地享受，甚至视工作成绩和荣誉如同粪土。那样难道就是所谓的精彩的人生吗？

但我不会那样做。如果那样的话，就说明妻子所说的话在某种程度上是对的。最起码我该学会了跳舞，在场面上也能举杯把盏应对自如，为此也不至于会痛苦不堪，倘若因此死去也不打紧，因为任何人都逃脱不了死。人的一生非常短暂，在这个丰富多彩的世界里，我不可能做到面面俱到，我不在乎自己喜好之外的其他方面。我已是近四十岁的人了，现在要改变我儿时就养成的习惯似乎已无可能。

这种想法在我脑海里闪过之后，我没有回到卧室里的妻子身边，而是躺在客厅的沙发上睡着了。

我准备从明天开始试着来一个大的转变，迎来了新的一天。第二天，我按照日常习惯，很简单地吃了早餐后就往单位走。妻子因为在昨晚的场合上实在太困乏，没有任何动静继续睡自己的觉。

刚走进办公室，我就接到去参加会议的通知。所有人员都聚集到会议厅，局长特意招呼我坐到他身边。从他的神态可以看出将有好事降到我的头上，我的心里有说不出的欢畅。

"有一项重大的任务安排给了我们，"局长喜形于色地说道，"城市要在四个地方建设风景区，这些全部由我们来指导。"

同事们好像是在参加例行性的会议似的，大都心不在焉地听着。不言而喻，大家对负责风景区建设的指导工作并不感到满意。这本就是我们的业务和职责所在。从局长兴奋的表情看，今天莫不是有比这更值得高兴的事情？

"这些景区建设的方案正是我们单位设计的，设计的方案得到了市领导的有力支持和赞扬。方案的主要编制者就是坐在我身边的如斯太木·库尔班同志。"他说到这里停下来，亲切地望着我并紧紧握住我的手继续说道，"经局领导共同研究达成共识，做出了由如斯太木同志担任这项建设工程总指导的决定。"

会场上响起了热烈的掌声。这确实是一件值得高兴的事情。作为我市重点景区工程建设设计者，同时又担任此工程项目实施的总指导，无论是对于我们单位还是我本人，都是非常大的荣耀。这不仅是对自己专业能力的肯定，更是自己为城市发展和建设美丽城市做出贡献的最好机会。这时，我的眼前闪现出一幅幅未来园林城市的美丽画卷，心里感到就像喝了蜜般甜美幸福。此时，昨天晚上脑子里翻腾了一整夜的那些想法早已被抛到了九霄云外。

"你今天就开始工作。"局长用信任的口气说。

"好的。"我激动地回答道。

会后,我整理好有关资料,完成了赴新的岗位上任的准备。据局长讲,因为这项工程时间紧迫,所有人员都要日夜轮班工作,为确保工程任务保质保量快速如期完成,我似乎连回家的时间也没有了。

"没关系,"我对局长坚定地说,"为给美化城市做出贡献,这点苦对我来说算不了什么。"

"好样的!"局长轻轻地拍了拍我的肩膀说。

临走前我给妻子拨通了电话。她还在睡觉,电话里她的声音是瓮声瓮气的。我简短地向她做了解释,今天我将奔赴新的工作岗位,然后说道:"老婆,生活在这个快速发展的时代,合不合时宜并非那么重要,重要的是做了多少有意义的事情。我仍将按照自己的方式生活,在走自己的路的同时为社会做出自己应有的贡献。"

妻子没有吭声。对我的话,也不知她理解与否。或许她还没有从睡梦中完全醒来,根本就没听我在说什么,继续睡她自己的觉。

夙　愿

从懂事起，我就随奶奶生活。我们家的房屋紧靠着一片丛林，须走一个小时才能到达学校。门前有棵三四个人才能合抱得住的粗大白杨树，站在很远的地方就可以望见。到了夏天，房屋周围稻田里的青蛙呱呱呱的叫声彻夜不断。我的关注点并非这些。村子大院与学校只有一墙之隔。当时村子大院驻扎着部队，每天军事训练洪亮的口令、威武的喊杀和铿锵激越的歌声，在我听来是那样亲切。有时候他们会来我们学校的操场打篮球，每当这时，我们几个男孩子争先恐后地去抱他们脱下来的军服，谁如果把解放军叔叔的衣服抢到手，便会感到无比幸福，那神情就别提有多兴奋了。

那时粮食短缺，生活的方方面面都很困难。奶奶从自己嘴里省下的一小块粗粮馕，就是我一整天的饭食。一个月如能尝一次白面小圆馕，会高兴好几天。每次吃小圆馕时，奶奶总是用欢喜的眼神望着我。

"奶奶，你怎么不吃小圆馕呀？"我问奶奶。

"孩子，我的牙掉完了，嚼不动。别管我，你吃吧。"奶奶说。

现在回想起来，并不是奶奶嚼不动白面小圆馕，而是她舍不得吃，她只不过是为了让我能过把嘴瘾才那样说的。

寒冬的一天，我放学后看到门跟前放着一捆劈柴。通常情况下，只在家里有客人来时，奶奶做饭才会往炉灶添加它们。平时奶奶是舍不得用劈柴的，只用棉花秆、树林里拾来的碎柴烂叶、胡麻秆之类的东西生火做饭。那个时候不仅粮食短缺，就连枯枝烂叶也一样短缺。

看到这些劈柴，我还以为家里来了客人。既然有客人来，我就可以以此为由头，吃上一顿好饭菜。但走进家后什么也没有看到。

"奶奶，客人们在哪里？"我诧异地问。

"什么客人呢？"奶奶比我还诧异地反问道。

"那门口的那些劈柴……"我吞吞吐吐地说。

奶奶知道了我问话的来由后，会心地笑了。

据奶奶讲，今天紧挨我们家的棉田里来了一群军人，在地里拔干枯的棉秆儿。奶奶问他们拔棉秆儿做什么，他们说用来做饭烧柴。在拔棉秆儿的时候，他们的手都起了血泡。奶奶心疼他们，眼眶里涌出了热泪。于是她走进院子，拖出一大捆劈柴给战士们。但是他们说不能拿群众一针一线，怎么说也不肯接受。可奶奶也非常固执，与他们说道了好长时间。后来战士们实在拗不过她，就嘴上答应了下来。但等奶奶干完地里的活儿，天快黑回家的时候，却看到那捆劈柴原样儿堆在门跟前，而且劈柴上面还放着一个用纸包着的蒸馒头。原来他们无法拒绝奶奶的心意，拿走了劈柴，但害怕违犯部队纪律，打了个转身，又将劈柴原封未动地放到我家门口悄悄地走了。

奶奶把用纸包着的馒头给了我。它像苹果般大小，又白又软，香气四溢。我虽然垂涎欲滴，但觉得它凝结着许多人的善良，所以舍不得吃。第二天，我把它带到了学校。给大家讲了馒头是解放军叔叔送给我的故事后,大家都向我投来了羡慕的目光。那天尽管我肚子很饿,头晕得几次差点摔倒,但也没有舍得把馒头吃掉。两天后,馒头从包里不翼而飞了。可能是被哪个贪心的差劲的同学偷吃了。但对我来说,它不只是一个馒头那么简单,它体现了解放军叔叔的恩情、善良和严明的纪律,以及军人在老百姓中的良好形象。总之,我对解放军的尊敬和热爱之情全都凝结在了这个馒头上。因为这个馒头,我连续哭了好几天。

第二年夏天,全校师生参加生产队马厩收稻草劳动。参加这次劳动的还有驻我们村的解放军叔叔。我们负责在宽广的场地上用绳子将像一座座小山般的稻草分别捆成一个人能扛得动的捆子,然后由解放军叔叔扛着它踩着梯子送到几米高的房顶。当时有一位解放军叔叔立足不稳,从梯子上滑下后腿受了伤。我们所有人都围在他的四周。尽管他疼得面部打皱,但却忍着疼痛向我们投来热情的笑容。我感到自己也与这位解放军叔叔一样痛苦,因为他的腿受了伤,就像伤在了我的心上。

解放军叔叔像是知道我心里怎么想的,示意我到他跟前来。我把手放到他的手心上,他则用另一只手抚摸着我的头。

"小朋友,不用担心,我们解放军的医生本领大着呢,这么小的伤对他们来说不在话下。"

我没有吭声,不住地点头。但眼泪像断线的珠子般不停地流。这是激动的泪水,是解放军叔叔给予我特殊待遇而感到自豪的泪水。

后来的岁月里,驻扎在我们村的解放军奉命调走了。每次看到空荡荡的村子大院我就郁郁寡欢。他们的名字虽不得而知,但因有着特别亲切的感情,我对这些解放军叔叔的思念之情却历久弥新。

那些年从我们村入伍的青年也不少,每当他们回乡探亲走亲戚时,都要从学校前面的大路上经过。我们就不顾一切地紧跟在他们身后。直到他们与亲戚们见面,我们只能眼巴巴地看着他们走进屋内。不知为什么,我只要看见军人就激动不已。盼望自己快快长大,好像他们那样成为一名解放军战士。

我上初中那年奶奶去世了。这对我是不可言状的痛苦,成了吃不消的别离。因为奶奶就是我的一切,包括情感、名誉和精神支柱。虽然父母亲把我带到了他们身边,可这么多年与他们见面很少,与他们怎么也无法亲近,与他们之间总感觉像是被一堵看不见的墙阻隔着。奶奶离开我们后,我感到自己非常孤单,经常坐在一个角落里犯愁。只有与奶奶在一起生活的日子,特别是想起关于解放军叔叔们的那些难忘的日子,才使我有一种美好的感觉,让我愁苦的心得到宽慰。

初中毕业后我考入了地区师范学校。当时国家虽然还比较穷,但对教育非常重视,无论读大学还是上中专全都免费。我们只要努力学习就前景辉煌、道路宽广。

毕业后走上了工作岗位,我们的生活一天天好了起来,国家的发展也日新月异,社会进入了丰衣足食、生活优裕的时代。但是在这幸福的日子里,让我心酸的是,给我以慈爱、用善意的谎话说"嚼不动"那个白面小圆馒的奶奶却没有等到这一天。每当想到她,我就不由得流泪。

斗转星移、寒来暑往,我也成了一家之主,到了为子女操心的年纪。如今那种一小块碎馒当作全天食物的日子一去不复返了。对于孩子们来说,白面小圆馒已不稀罕,饭菜摆在面前还噘嘴不耐烦。我们成天为怎么能让他们多吃一点而伤脑筋。现在的孩子们一出生就满世界享受生活,他们走到哪里幸福的阳光就洒向哪里。如果提起有关过去艰苦的日子,他们会不相信似的瞪大眼睛看着我们。我们生活的年代早已成为过去。现在国家强盛，百姓富裕，社会安定，生活幸福。有些人认为不应该重提曾经困难的日子，就像所有人都反感婚礼上举哀似的。而实际情况是，忘记过去就意味着忘恩负义。如果不知道这幸福的生活是如何实现的，就不会珍惜今天这来之不易的幸福生活。

故事并没有到此结束。

我从师范毕业刚走上工作岗位那年，征兵工作开始了。在从小的志向和对部队、军人的热爱及许多因素的驱使下，我积极响应国家号召，毫不犹豫报名参军。父母亲听说后提出了不同意见，但我决心坚定，未告知他们就接受了组织挑选。遗憾的是，我在其他各方面全部合格的情况下，却因脚掌扁平未过体检关而被淘汰。或许这是因为小时候我们家距离学校远，步行走路太多，才形成了脚掌扁平的状况，这也成了我一生最痛苦、最懊恼的一件事。

如今为了让孩子少走路，我们在距学校不远的地方买了住房。如若担心时间来不及，我们就开车把孩子们送到学校门前。每天放学时间，我们又提前在学校门前接他们。啊，这是多好的条件呀！有时我会想，如果自己出生在现在那该多好。只不过，一个人在何时、何地出生，是不可预知且不是能由自己决定的。

儿子就是在这样好的条件下念书考上大学的。大学第二年他突然与我们中断了联系，全家所有人无不为他担心忧愁。有一天，终于等到了他打来的电话。

"好孩子，是你吗？"说话的时候我的心在扑腾扑腾地跳。

"是我，爸爸。什么事也没有，请你别担心。"儿子轻松地说。

"我怎么能不担心呢？即便是一只鸡丢了，我也会担心得四处去寻找，况且你是一个人，是我和你妈妈的一切。"

"爸爸，对不起。"

"学业怎么样呢？"

他沉默了下来。因为提起学业情况就哑火，我不免又担心了。难道是因犯了某个错误被学校开除了，还是发生了什么预想不到的事情？因过于担心，我的心脏快要停止跳动了。

"好孩子，你不要怕我担心，如果因为做了某件事被学校开除了……"

"不会有那种事。"

"那为什么好长时间一点音讯也没有？"

"爸爸，我想给你说一件事，你听了后可不要生气啊。"

"快点说，都这个时候了，还有什么不可以说的？"

"好爸爸，你可要控制住自己，绝对不要生气。"

"如果你没有做让我生气的事，我当然就不会生气，但是……"

"我如今在部队里……"

"什么？！"

现在我不仅没有生气，而且感到格外高兴。但这事发生得非常突然，我一时不知道做何反应才对。

儿子开始在电话里解释。几个月前征兵工作在他所在的大学中展开，同班的几个同学报名登记了，之后有个同学因其父亲不同意而退出了登记。儿子如同我小时候那样怀有长大参军的强烈愿望，但又怕我不同意，担心会像前面他那个同学那样半途而废。如果失去了这个难得的机会，即使是大学毕业，也会留下毕生的遗憾。于是将自己入伍的动机和当时的担心如实告诉并向负责征兵工作的领导说明，待到了部队之后再告诉家人，得到了有关领导的许可。

"唉，傻孩子，"我抑制不住自己激动的心情说，"你从哪里听说我不同意你当兵的？"

"爸爸……"

"孩子，我谢谢你。你在部队要好好工作。应征入伍，报效国家是我们所有老百姓的责任和义务，我为你感到光荣。"

"爸爸，谢谢你，我一定按照你说的做。"

"我的夙愿实现了。从我们家走出一位军人是我一生的荣光和骄傲。"

之后过了两个月，收到了儿子的来信。他在信里还夹带了两张照片。一张是他身着军装全副武装的全身照，另一张是他和一群战士就餐时的照片。餐桌上摆满了各种炒菜、馒头，儿子手里拿着馒头的特写镜头特别吸引我的眼球，不由得我想起了儿时的那个馒头，一种甜蜜的感觉油然而生，想起了许多事情。在这所有的记忆中，最为闪亮的当属每个时期的军人形象。